A Pílula do Amor

DRICA PINOTTI

A Pílula do Amor

Um romance sem contraindicações

PRUMO
leia

Copyright © 2010 by Drica Pinotti

Todos os direitos reservados. Nenhuma parte desta obra pode ser reproduzida ou transmitida por qualquer forma ou meio eletrônico ou mecânico, inclusive fotocópia, gravação ou sistema de armazenagem e recuperação de informação, sem a permissão escrita do editor.

Direção editorial
Soraia Luana Reis

Editora
Luciana Paixão

Editor assistente
Thiago Mlaker

Assistente editorial
Elisa Martins

Preparação de texto
Rebecca Villas-Bôas Cavalcanti

Revisão
Ana Cristina Garcia
Gisele Gonçalves Bueno Quirino é Souza
Isney Savoy

Capa, criação e produção gráfica
Thiago Sousa

Assistentes de criação
Marcos Gubiotti
Juliana Ida

Imagem de capa: Daryl Solomon/Getty Images

CIP-Brasil. Catalogação-na-fonte
Sindicato Nacional dos Editores de Livros, RJ

P725p	Pinotti, Drica, A pílula do amor: um romance sem contraindicações / Drica Pinotti. - Rio de Janeiro: Prumo, 2010. il. ISBN 978-85-7927-087-1 1. Romance brasileiro. I. Título.
10-1647.	CDD: 869.93 CDU: 821.134.3(81)-3

Direitos de edição para o Brasil: Editora Prumo Ltda.
Rua Júlio Diniz, 56 - 5º andar – São Paulo/SP – CEP: 04547-090
Tel: (11) 3729-0244 - Fax: (11) 3045-4100
E-mail: contato@editoraprumo.com.br
Site: www.editoraprumo.com.br

Para todas as pessoas que sabem como é delicioso amar.

1

Quando o despertador tocou, às 6h30min da manhã, achei que minha cabeça explodiria. Não que eu não esperasse que um dia isso fosse acontecer. Que uma erupção das veias do meu cérebro, tal como um vulcão adormecido, traiçoeiro, esperando o momento certo para entrar em atividade, me levasse da cama para o coma e do coma para o outro plano astral de uma vez por todas. Mas o que eu sentia, na verdade, era uma enorme dor de cabeça. Me apavorou saber que não se tratava de um caso de cefaleia pura e simples; para uma enxaqueca bastariam duas aspirinas e eu estaria nova em folha, mas isso era diferente. Meu estômago se debatia de um lado para o outro como uma máquina de lavar contendo apenas água e sabão e nenhuma roupa, fazendo movimento de vaivém – para cima e para baixo, me dando a sensação que não precisa ser um gênio da medicina ou especialista em coisa alguma para saber que era náusea.

A Pílula do Amor

Passei apenas cinco minutos na cama, analisando atentamente todos os sintomas, num total de quatro, para ter certeza de que meu fígado estava podre. Isso porque, na noite anterior, fiquei umas três horinhas bebendo coquetéis com uns amigos em um novo bar que abriu na esquina da Rua 83 com a Terceira Avenida. Um lugar bacana, com boa música e gente bonita. Mas um pouco escuro para minha visão, que não é das melhores. Ah, é bom que saibam logo de início que, apesar de todos os dias pós-bebedeira eu entrar em pânico achando que tenho cirrose, câncer de fígado e de pâncreas – só para todos perceberem como minha imaginação vai longe –, continuo bebendo. Confesso que também sou chegada a um cigarrinho após uma boa xícara de *cappuccino* ou uma refeição digna de rei. Combinação que me rende no mínimo um mês pensando em motivos para achar que ainda terei desde problemas sérios na garganta até câncer de pulmão.

De volta ao fígado. Acordei e resolvi fazer um *checklist* dos sintomas antes que meus pensamentos entrassem em curto e eu me desesperasse (mais!). O mal-estar por si só já era suficiente para eu não querer sair da cama, apesar de ter uma reunião importantíssima lá no escritório da ONG onde trabalho. Eu tinha todos os sinais de um problema hepático. Sentia também dor no estômago, bem ali do lado esquerdo, abaixo das costelas, muito enjoo, e cheguei a vomitar (três vezes! Pelo que pude contar). Sentia o fígado batendo no peito junto ao coração; eles saltitavam e dançavam felizes, em perfeita sintonia, dentro da minha caixa torácica. Isso me deixava muito, muito enjoada. E, por mais que eu já soubesse exatamente o que os médicos diriam, já que essa não é a primeira nem será a última vez que acho que tenho cirrose, lá fui eu tentar ligar para um deles. Aliás, muitos deles. Na esperança de encontrar um que pelo menos desta vez me levasse a sério. Afinal de contas, estou doente. E o juramento que os médicos fazem ao se formar e entrar para a carreira médica é o de salvar vidas, mesmo que sejam vidas hipocondríacas.

Abri a agenda de telefones, apelidada pelos meus amigos de DD (disque-doença), na qual mantenho uma lista atualizada de A a Z com os melhores médicos da cidade e suas respectivas especialidades. E também outros profissionais e entidades da área da saúde a quem eu possa recorrer, como hospitais e centros de atendimento ao consumidor de mais de 50 laboratórios confiáveis que consegui catalogar. Farmácias, todas as que funcionam 24 horas e que estão a um raio de 30 quilômetros do meu apartamento. Na letra H, lá estavam meus hepatologistas, com os quais eu tinha grande intimidade, dado o número de vezes que já visitei cada um deles.

Com o mais íntimo, Dr. Richard Ember – um dos poucos que ainda atendem a minhas ligações desesperadas –, tentei me consultar por telefone. Mas ele não estava, então deixei uma mensagem na secretária eletrônica.

– Dr. Ember, é Amanda Loeb. Preciso falar com o senhor urgente. Estou com cirrose. Tenho certeza, mas preciso que o senhor confirme o diagnóstico. Por favor, me ligue assim que puder. É realmente urgente. Obrigada.

Com os menos íntimos, tentei marcar uma consulta de urgência para hoje mesmo, cedo, antes de começar o expediente no escritório; afinal é sexta-feira, e pega muito mal faltar ao trabalho justamente numa sexta. Só não é pior que faltar em uma segunda-feira – confesso que acho uma estupidez esse tipo de protocolo "velado": é como se a gente pudesse escolher o dia mais apropriado para ficar doente. Enfim, consegui apenas um encaixe na agenda de um deles. Tive praticamente

A Pílula do Amor

de implorar para que a secretária me desse uma brecha no horário, segundo ela, até então apertadíssimo.

– Brenda... Seu nome é Brenda, não é? – perguntei, tentando bancar a simpática.

– Isso mesmo. Amanda, infelizmente a agenda do Dr. White está lotada para hoje. Tenho certeza de que ele adoraria atendê-la, mas isso não será possível.

– Brenda, por favor! Olhe novamente, veja se tem alguém que não confirmou o horário. Estou tendo uma crise hepática. Se meu diagnóstico estiver correto, tenho poucos meses de vida. Por isso, esperar uma semana por uma consulta está fora de cogitação. Entenda, não tenho esse tempo todo – eu implorava.

– Olha, Amanda, o que posso fazer é conseguir um encaixe para você. Vou agendar para o primeiro horário da manhã, mas talvez você tenha de esperar para ser atendida se os pacientes com hora marcada chegarem. Tudo bem? É o máximo que consigo fazer.

– Está ótimo para mim. Chegarei o mais rápido possível. Muito obrigada, Brenda, você é um anjo – disse eu, claramente tentando bajulá-la. Muitas pessoas em Manhattan odeiam bajulação, mas senti que ela gostou.

Aqui faço uma pausa para reflexão. Nunca tinha parado para pensar que tantas pessoas, como eu, sofrem de cirrose silenciosa e têm os sintomas desmascarados após uma quinta-feira de bebedeira com os amigos.

Depois de tanto eu insistir que estava realmente com todos os sintomas de uma cirrose em fase crítica e que talvez na próxima semana já estivesse morta, Brenda, muito a contragosto, concordou em me dar o primeiro horário da manhã. E lá fui eu.

Antes, como não poderia deixar de ser, fui estudar meu caso para não faltarem termos técnicos e argumentos na hora de fazer o relato para o médico. E foi lá, na minha biblioteca pessoal, na coleção de livros da área de saúde, que vai desde *YOU: the smart patient* até *Merck manual of medical information* (atualizado!), passando por *The complete manual of things that might kill you: a guide to self-diagnosis for hypochondriacs*, que vi minha doença, tão clara e cristalina quanto água mineral – e a essa altura eu já tinha o diagnóstico fechado e me sentia de posse da moléstia: era uma lesão de células do fígado. Os hepatócitos, que levam à formação de fibrose, me pegaram; não tem cura e pode ATÉ provocar câncer. Pronto, CÂNCER. Essa era a palavra que faltava para me enlouquecer de vez! Estou com câncer!

Liguei para minha assistente e pedi que cancelasse a reunião. O motivo? Questão de saúde. Depois liguei para minha mãe. Como, aliás, sempre faço quando entro em crise. Afinal, não basta ser mãe: tem que participar.

– Socorro, socorro... Você não vai acreditar *(acho que ela pensou: não mesmo!)*, mas eu vou morrer.

– Bom dia para você também, Amanda – respondeu ela, calmamente, antes de me escutar.

E, com mais um de meus discursos nosofóbicos, fiz a pobre ir à consulta comigo. Jurando que dessa vez era verdade, ela ouviria da boca de um especialista que tenho o pior dos males da humanidade (um tumor maligno se apossou de meu fígado!) e não tenho mais que poucos meses de vida.

Como tudo começou...

Não sei bem precisar quando tudo isso começou. Alguém sabe me dizer quando começa uma depressão? Em que ponto precisamente alguém se torna alcoólatra ou viciado em cocaína?

A Pílula do Amor

Qual a carreira de pó que vicia um dependente de cocaína? O primeiro baseado de um maconheiro que, a partir dele, não vive mais sem sua erva? Quando a anorexia toma posse do corpo e da alma de uma criatura saudável e a transforma em uma coisa cadavérica e cheia de vaidade? Qual é o primeiro gole ou o primeiro porre que dá origem a uma existência alcoólatra até a pessoa se dar conta de que precisa frequentar as reuniões do AA? Alguém consegue precisar? Eu também não.

Quando me dei conta, já evitava cumprimentar as pessoas com beijos no rosto alegando uma gripe horrorosa. Colocava a mão sobre a boca e simulava tosse e rouquidão. Isso para não ter contato com a porcaria da pele de ninguém. Sei lá que tipo de vírus as pessoas carregam! Sei lá quais são seus hábitos de higiene, ou se têm algum. Carregar meus próprios vírus já é mais do que suficiente, e *Cipro* é uma medicação caríssima! Além do mais, já li em algum lugar em minhas pesquisas que a boca das pessoas é um poço sem fim de contaminação. Que a mordida de um ser humano (irônico!) pode até matar. Sou uma pessoa inteligente, e como tal decidi não correr riscos desnecessários. Em dado momento também me convenci de que meu sistema imunológico é deficiente. Sofro de imunidade baixíssima. Tenho certeza de que um bebê recém-nascido é mais forte e está mais protegido da sujeira do mundo do que eu. Deve ser algum tipo de defeito genético que carrego. O mais impressionante é que, mesmo com toda a tecnologia envolvida nos exames e diagnósticos hoje em dia, ninguém ou nenhum exame consegue detectar e confirmar isso. O que significa que preciso continuar buscando uma resposta para as muitas doenças das quais sou vítima todos os anos.

Quando entendi que precisava de ajuda, já era tarde demais. Andava com álcool em gel na bolsa, desinfetando a mão logo após abrir cada uma das mil maçanetas entre o térreo do prédio onde trabalho e minha sala, no oitavo andar, no escritório SMPD (Salvem o Mundo pelo Amor de Deus), a ONG ambiental onde trabalho.

Minha mãe conta que, quando eu tinha mais ou menos cinco anos, sempre a via cuidando carinhosamente do meu avô, que padecia de uma grave pneumonia. Tão forte que ele não resistiu. Muitas vezes ela delegava as funções de dona de casa e mãe para uma empregada, dedicando-se exclusivamente a ele. Lembro como isso me incomodava. Eu também o amava, mas não entendia sua dor. Eu era uma criança, e como tal não compreendia por que apenas ela, dos três filhos, precisava abandonar marido e filhas para dedicar tempo integral a essa tarefa. Hoje, obviamente, eu entendo.

Meses depois, segundo ela, eu já dava os primeiros sinais de loucura. Sentia febre e calafrios só para chamar a atenção dela e do meu pai. Enquanto minha irmã mais nova, linda e cheia de talentos, só precisava sorrir, eu tinha de recorrer a uma faringite ou, em caso de extrema necessidade, a uma tuberculose. E bastava eu tossir duas vezes para que o mundo passasse a girar ao meu redor. Aqui você começa a entender também por que minha irmãzinha me odeia até hoje.

Mas, como não poderia deixar de ser, eu contesto essa versão. Não posso aceitar que a verdade seja essa, tão simplista: uma garota desenvolve um distúrbio mental seriíssimo, como uma ferramenta de manipulação, apenas para chamar a atenção dos pais. Ganhar sorvete e brinquedos ou faltar a algumas aulas na escola.

O que eu me lembro é que aos dez anos, com o problema do meu pai (não gosto de falar desse assunto!), passei a frequentar hospitais e já andava com o livro de clínica médica embaixo

A Pílula do Amor

do braço. Adorava ler livros como *The pill book* ou *The Johns Hopkins complete home guide to symptons and remedies*, enquanto minhas amigas liam romances açucarados de Sidney Sheldon ou sobre temas da moda, como jovens drogadas, vampiros e meninas ricas de Beverly Hills. Eu não perdia um episódio de *Mistérios da medicina*, e ainda hoje adoro todas as séries de TV cujo foco seja a medicina. Discutia síndromes das mais esdrúxulas com meus médicos, a ponto de tirar os coitados do sério – e minha mãe também. Meus amigos achavam que eu estudaria medicina. Só que as pessoas nunca conseguiram entender que ler sobre medicina não é meu *hobby* ou algo que me dê prazer. É puro desespero. A propósito, foi assim que, pronta para uma brilhante carreira na área médica, fui estudar direito na Yale Law School, em New Haven. Quando não estava enlouquecendo por causa de cada célula do meu corpo que eu achava não funcionar bem, estava estudando para ser a melhor da turma.

Ou seja, não faço ideia de como começou minha neurose hipocondríaca. O que sei é que não estou nada bem e que meus acessos de pânico têm sido mais frequentes. Tenho feito associações loucas. Consigo transformar uma simples dor de dente em câncer no maxilar. Uma pontada no cotovelo em inflamação no nervo, uma coceira em urticária, um simples espirro em pneumonia. Por isso, já pensei (por livre e espontânea pressão, que fique claro) em me juntar a um grupo de ajuda, tipo hipocondríacos anônimos, ou até mesmo procurar um terapeuta para desabafar sobre minhas "quase prováveis doenças", paranoias e esquisitices. Quem sabe lá eu consiga um namorado que me aguente por mais de três crises? A outra hipótese provável, racionalmente falando, é me render aos constantes apelos de minha mãe e finalmente buscar a ajuda de um psiquiatra.

Quando eu já estava na porta, o telefone tocou. Era o Dr. Ember: ele ouvira meu breve relato sobre o caso. Passou-me uma pequena lista de exames, que anotei atentamente, e prometeu acompanhar a evolução da doença. Um pouco mais tranquila, parti para minha consulta com o Dr. White.

Encontrei minha mãe na portaria do prédio onde ficava o consultório. Assim que chegamos ao andar, avistamos Brenda, sentada atrás de um balcão, organizando fichas em um arquivo. Logo que me viu, disparou:

— Você deve ser Amanda — ela com certeza notou o desespero em meu olhar.

— Sim, sou eu — respondi, meio sem graça.

— O Dr. White ainda não chegou, mas não deve demorar. Sente-se e aguarde.

Claro que sentarei e aguardarei. Aonde ela pensa que posso ir com o fígado neste estado? Será que ela acha que tenho algo melhor para fazer? Uma festa, quem sabe? Será que tenho disposição física para correr uma maratona?

Quando o Dr. White chegou, minha mãe e eu ainda éramos as únicas pessoas na ampla sala de espera. Então, assim que ele se acomodou, veio logo nos chamar.

Os dois médicos que consultei me pediram as mesmas coisas. Acho até que existe certo complô médico contra mim e preciso refazer a agenda, talvez incluindo médicos de Nova Jersey para combater esse cartel.

— Hemograma, avaliação de enzimas hepáticas, ultrassom e mais alguns — e a biópsia? — gritei, quando a consulta terminara e ele não havia pedido um determinado exame, crucial em minha opinião.

— Ninguém vai examinar um pedaço do meu fígado?

— Amanda, acalme-se e deixe que o Dr. White faça o seu trabalho — disse minha mãe, visivelmente envergonhada.

A Pílula do Amor

– O que você tem pode não ser cirrose, não se preocupe – acrescentou o Dr. White.

Não me preocupar? Como poderia não me preocupar se essa é a única coisa que faço? Dia e noite estudando e pensando qual será a próxima doença traiçoeira que vai me pegar e me deixar de cama para o resto de meus dias. Enquanto eu brigava com meus pensamentos, ele continuava explicando meu caso para mamãe, que ouvia atentamente.

Fiz todos os exames exigidos e aguardei os resultados. Duas horas depois, sem delongas, a consulta recomeçou mais ou menos do ponto onde havia parado anteriormente.

– Os exames que avaliamos até agora são suficientes para nos assegurarmos de que o que Amanda tem não passa de uma boa ressaca – disse ele, quase sorrindo. Nessa hora senti os olhos de minha mãe queimando em cima de mim, querendo me exterminar. O médico continuou:

– Um paciente com cirrose verdadeira – ele me olhou – pode ter vermelhidão nas mãos, manchas avermelhadas na barriga, fígado aumentado, inchaço em algumas partes do corpo e uma série de alterações nos exames de laboratório. – Ele explicava pausadamente.

Fora a tontura, os enjoos, o vômito e a dor, que a essa altura já me afetava a alma, eu não tinha nada que me colocasse como possível cirrótica.

Paguei a consulta, pois o Dr. White, um dos melhores em sua área, não aceitava convênios. Paguei em dinheiro, enquanto minha mãe observava, desnorteada, mais um rombo em minhas finanças. Dessa vez, quase US$ 600 entre consulta e exames, que tentarei, inutilmente, fazer o plano de saúde me reembolsar – como sempre acontece, já estava visualizando a carta-resposta com a negativa: *Sentimos muito, mas essas despesas não são reembolsáveis*, blablablá... E terei de arcar sozinha com os custos de minha frágil saúde.

Fui caminhando para o escritório, a apenas quinze quadras do consultório do Dr. White. Minha mãe me abandonou, enfurecida, no metrô da Rua 77 com a Avenida Lexington. No caminho passei na Crumbs Bake para pegar um copo grande de café descafeinado com muito adoçante e uma enorme fatia de bolo com muito açúcar e gordura. Sei que isso é um grande contrassenso, mas o que você pode esperar de uma pessoa que jura que uma ressaca é na verdade uma cirrose? Sensatez? Além disso, já que meu fígado estava tão bom, eu tinha de aproveitar. Segui para o escritório, na Rua 72 com a Terceira Avenida. Nas mãos, além do lanche, uma receita prescrevendo dois medicamentos, um analgésico e um antiácido, e a recomendação de muita hidratação.

Ainda não totalmente convencida de que minha enfermidade não era um caso a ser levado a sério, cheguei ao escritório e fui direto olhar o capítulo de doenças hepáticas em minha bíblia de clínica médica (guardo um compêndio em casa e uma versão de bolso na gaveta do trabalho). Se não estou com cirrose, vou ao menos começar uma prevenção! Preciso dar férias para meu fígado! Amanhã (se houver amanhã) viro abstêmia, não bebo nada que contenha mais de 1% de teor alcoólico. Começarei uma dieta (amanhã!) com pouca proteína, pouco sal e pouco açúcar, para não sobrecarregá-lo. Como remédio para o fígado não falta, graças a Deus, o tratamento convencional fica para quando essa doença deixar de teimosia e mostrar para os médicos, principalmente para o Dr. White, que ela está lá, escondida, silenciosa, esperando o momento certo para dar o bote. Espero sinceramente que esse dia chegue logo, caso contrário pode ser tarde demais.

2

Início de semana de amargar. Contrariando todas as expectativas, pois havia me prometido começar a semana de maneira saudável. Sem nenhuma consulta médica, seria a primeira segunda-feira livre de consultórios em cinco meses. Passei o sábado sem dar uma olhadinha sequer num artigo sobre doenças. Não li o obituário do *The New York Times* e, como resultado, fechei o final de semana tendo tomado apenas três comprimidos de um poderoso antibiótico (não há quem me convença de que eu não esteja com infecção urinária, e já ouvi dizer que posso perder os dois rins numa dessas crises). Tomei também um desses não-sei-o-quê-prazol, pois minha gastrite (acho que já tenho quase uma úlcera!) não me dá trégua. E no sábado à noite passei somente duas horas na internet – o que para mim é um recorde – buscando detalhes sobre um novo vírus da gripe, super-reforçado, já que ouvi no noticiário que no próximo inverno esse maldito vírus não vai dar moleza! Provavelmente vai

A Pílula do Amor

empestear a cidade com sua nova versão mutante, transformando meu corpo em uma incubadora ambulante. Tudo parecia perfeito, o final de semana dos sonhos. Eu já chegava a pensar que era uma garota de sorte, imagine, passar 48 horas seguidas sem uma ocorrência médica. Isso é um sonho! Mas, como a perfeição não existe mesmo, nem precisa me beliscar para eu acordar: no domingo tudo mudou! Agora são 8h25min da manhã de segunda-feira e adivinhe onde estou? Acertou quem disse: sentada em um confortável sofá branco, ao lado de uma pilha de revistas de saúde, ioga e boa forma. Além das medonhas revistas velhas de fofocas sobre a vida das celebridades, é claro! (Paris Hilton trocou de namorado novamente! Nossa, como eu poderia viver sem essa informação?) Em uma espaçosa recepção, de frente para mim há uma recepcionista gorda e sorridente. Ela não para de comer barras de cereais cheias de compostos químicos, mas *diet* – achando que isso a fará emagrecer com saúde. Ou seja, estou no consultório da Dra. Linda, minha nova ginecologista. E, para quem ainda não reparou, preciso dizer: estou à beira de um ataque de nervos!

Não gosto de colocar a culpa por minhas crises de ansiedade em ninguém. Longe de mim dizer que a culpada por eu estar aqui agora é Julia, minha melhor amiga há mais de oito anos. Mas não tenho como negar: a culpa é dela sim. Tudo porque no sábado ela inventou de dar uma festa para comemorar seus trinta anos. Segundo ela, é uma data tão especial quanto os quinze anos, e ela precisava debutar pela segunda vez. Que ridículo! Quando eu completar trinta anos, o que vai acontecer em quatro meses (se eu estiver viva até lá; do jeito que as coisas andam, não posso garantir nada), por favor, me esqueça! Já disse a todos os meus amigos e também aos inimigos: não me mandem flores, a menos que eu esteja morta. E não encarem isso como falta de gratidão (como pode parecer), mas não posso agradecer alguém que manda para dentro da minha casa uma arma biológica. Isso não é presente, é um atentado! As flores são como bombas contra meu sistema imunológico (deficiente), desencadeando em mim um processo alérgico gravíssimo. Ninguém pode imaginar como me sinto. É mais ou menos assim: as flores soltam pólen, uma nuvem de um pozinho quase invisível que fica pairando no ar. Pois bem, esse pólen vai parar em minha garganta, ataca meus brônquios, causando a inflamação das minhas vias respiratórias, e eu começo a asfixiar. Minutos depois, caso eu não tenha atendimento médico, posso virar mais um cadáver nas estatísticas. Agora, vê se isso é presente que se mande para alguém. Também não quero que me liguem: sou muito ocupada e não tenho tempo a perder. Não mandem e-mails, não façam nada! Por favor, entendam que estarei extremamente envergonhada e depressiva por ter cruzado a linha de chegada da velhice. Estar a poucos anos da menopausa e incluir geriatras em minha lista de médicos não são pensamentos agradáveis. Sendo assim, não terei motivo algum para comemorar, e sim para lamentar. O único presente que vou adorar ganhar, se alguém quiser me dar, é uma semana na clínica Mayo, em Jacksonville, na Flórida. Assim poderei fazer um checkup completo, da unha do dedão do pé até a última célula viva que compõe meu cérebro. E saberei com exatidão a extensão dos malefícios que a idade avançada já causou ao meu organismo. Com um pouco de sorte, talvez confirme meu autodiagnóstico sobre o problema genético que causa minha baixa imunológica. Quem sabe?

Voltando aos fatos, Julia incluiu em sua lista de convidados o Diego, um cara superfofo que namorei por muito tempo,

A Pílula do Amor

tipo duas semanas, três dias e quatro horas. E que, após me levar para o hospital pela terceira vez nesse espaço enorme de tempo, resolveu me abandonar. Concluiu sozinho que a relação não era mais viável e sumiu sem deixar rastro. Pois é, também acho que hoje em dia as pessoas não têm mais o coração solidário com a saúde dos outros. Em minha última crise na frente do Diego, lembro-me como se fosse hoje (e, pelo jeito que ele me olhou ao entrar na festa, acho que ele se lembra também), eu estava asfixiando, meus pulmões não tinham nem um mililitro de ar e eu me debatia nas paredes, em total desespero. Ao mesmo tempo, forçava o dedo indicador contra a garganta em direção à traqueia, tentando fazer uma traqueostomia, sem sucesso, em busca de ar. Ele ficou pálido e quase desmaiou. Sinistro, eu admito, mas em vez de me ajudar ele foi ligar para a emergência. Pode? Eu estava morrendo, com os lábios roxos, e o cara não teve coragem de enfiar o tubo de uma caneta na minha garganta! É muita insensibilidade!

Depois disso nunca mais ouvi falar dele, não foi comigo na ambulância e não me deu nem um telefonema para saber se eu estava bem. Nem isso ele teve coragem de fazer. E agora Diego estava ali, na minha frente, lindo, com o sorriso mais branco que já vi, motivo pelo qual um dia imaginei que ele seria o cara certo para mim. Sorriso lindo, boca saudável, consequentemente contendo menos bactérias que os demais homens da face da Terra. Lembro-me de ter pensando: *Aqui está o grande erro da humanidade, pensar. Pensei demais e lembrei o segundo bom motivo para ter ficado tanto tempo com ele: o sexo.* O sexo era algo fantástico, e ele fazia questão absoluta de usar preservativo com espessura extragrossa – pirei nesse detalhe! E como ele era limpinho (aquilo também!)... pés bonitos e bem cuidados, cheiro bom de perfume... hummmm...

Daí, pronto... Foram suficientes essas lembranças e mais três doses de um destilado qualquer, que bateram com meu anti-inflamatório e subiram feito fogos de artifício. E lá estava eu me atracando com Diego novamente. E foi aquele me-beija-que-eu-te-beijo, me-esfrega-aqui-que-eu-te-esfrego-ali. Fazendo alguns intervalos para retocar minha maquiagem, aproveitando para fazer um eficiente gargarejo com enxaguatório bucal. Eu precisava reduzir o risco de contrair herpes ou algo parecido, então um gargarejo com antisséptico bucal se fazia necessário. Depois de uma hora chacoalhando ao som daquela música barulhenta e insuportável para meus ouvidos tão delicados, finalmente Diego fez o convite para irmos a outro lugar, mais sossegado. Fomos dali, do Mr. West, o novo *lounge* em Chelsea onde Julia resolveu reunir os amigos para dividir o início de sua decadência, diretamente para minha casa, ou melhor, para minha cama. Daí para minha descoberta foi um pulo. Ou um susto! A fonte secou? Fiquei frígida!

– Amanda, você está bem? – perguntou, assustado.

– Claro, estou ótima – não consegui ser convincente.

– Você não vai ter outro daqueles ataques, vai? – ele estava ainda mais assustado.

– Ataques? Que ataques? – tentei desconversar.

Enquanto ele tentava voltar às manobras iniciais do que prometia ser uma noite de sexo excepcional, eu pensava em maneiras de tirá-lo de cima de mim e depois do meu apartamento. Mil pensamentos se abatiam sobre mim. Por que não sinto nada? Por que estou tendo a sensação horrorosa de estar fazendo algo contra minha vontade? Eu quero estar aqui. Eu convidei Diego para meu apartamento. Então, por quê? Por que não sinto nada? Perguntas, perguntas, milhares

23

de perguntas e nenhuma resposta. Eu precisava agir. Precisava entender o que acontecera comigo.

Primeira providência: botar Diego para fora de meu apartamento no momento em que ele se preparava para tomar banho. Tentando não parecer assustadora: dessa vez ele não me perdoaria e sairia contando para todo mundo que eu era uma versão moribunda da Glenn Close em *Atração fatal.* E eu sou uma advogada de respeito; preciso manter minha reputação, não importa quantos Prozacs isso me custe. Tratei logo de encenar uns espirros e inventar que estava com uma virose altamente contagiosa. *Você não ouviu no noticiário? Está pegando todo mundo em NY.* Tentei não parecer esquisita, mas acho que não adiantou.

Assim que ele saiu pela porta, segurando sua jaqueta e visivelmente chateado, tive certeza de que nunca mais o veria novamente. Mesmo assim, tratei de tomar minha segunda providência: liguei para minha irmã caçula. Sei que, por ser a mais velha, eu deveria ser a mais experiente nesses assuntos, mas minha irmã sempre foi a mais adiantadinha de nós duas, entende? Lauren já está casada há quase cinco anos, uma eternidade segundo seu próprio marido, Eric. Eles têm uma filha linda e normal, que no entanto já simula seus primeiros ataques de cãibra – nada muito sério ainda!

Liguei para Lauren e lancei-lhe uma questão da máxima urgência e grau de importância 8, superado apenas pelos assuntos de graus 9 e 10, câncer e morte.

— Você sabe me responder quantas mulheres sofrem de frigidez? Já fiz uma busca na internet e os resultados de todas as pesquisas são inconclusivos – eu disse, indignada.

— Não faço ideia do número de mulheres que sofrem de frigidez, mas imagino que seja pequeno. Se for grande, acho que muitas mulheres não admitem o problema por vergonha, sei lá – ela respondeu com toda a tranquilidade, como se falássemos de um problema de queda de cabelo.

É preocupante, eu acho, uma pessoa viver como Lauren. Ela acha que nunca pode ficar doente. Não cansa de se gabar de sua saúde de ferro e diz que só aceita morrer de velhice. Quase nunca vai ao médico. Além das consultas e exames de rotina, recusa qualquer tratamento preventivo ou novo experimento natural que seja apresentado a ela. Confesso que às vezes invejo sua normalidade e aparente calma diante de questões como a morte, palavra cuja simples menção me faz tremer.

Passei as duas horas e meia seguintes discutindo com Lauren, que tentava irritantemente me convencer de que o fato de eu não ter tido um orgasmo com um quase estranho era algo normal. Repetia que eu não deveria me preocupar. Mas eu já estava convencida, naquele ponto, de que todos os argumentos usados por ela eram apenas parte de seu papel de irmã para me acalmar, ou talvez para que eu não a importunasse mais com minha crise sexual.

Desliguei o telefone e fui direto à fonte que sacia minha sede de saber, ou, como diz minha mãe, a fonte de todos os meus problemas: a internet.

Já que as pesquisas sobre o assunto não eram confiáveis, decidi ler relatos de mulheres que admitiam abertamente sofrer, assim como eu, com a falta de prazer sexual. Depois tentei um chat para discutir o assunto, mas, quando sugeri o tema, as mulheres começaram a se desconectar uma após a outra. Até agora não entendi o porquê desse tabu. A mim, porém, que me diagnostiquei frígida há alguns minutos e que não tenho a menor pretensão de "incorporar" personagens (porque ninguém me convence de que a maioria desses discursos de orgasmos múltiplos não é verdade; pra mim é mentira ou delírio puro), resta apenas o direito de permanecer calada para não ter minhas palavras usadas contra mim.

Encontrei lá, entre relatos e correlatos, a explicação necessária: a frigidez é um transtorno da excitação sexual da mulher, caracterizado pela falta de desejo e de qualquer resposta sexual, mesmo quando a estimulação é adequada (e aqui preciso fazer justiça a Diego: a estimulação foi pra lá de adequada). Bem, se é transtorno, na língua que conheço muito bem é doença; se é doença, eu tenho!

Pesquisando mais um pouco, percebi que existe uma corrente de médicos que não pensa assim, não considera essa condição uma doença, o que em minha opinião é puro machismo. Pode apostar que esse estudo é coisa de homem desocupado. Então quer dizer que só aquilo que cai merece tratamento? Patologia, prótese, medicamentos aos montes, cirurgias, depois Viagra, Cialis... E o que fazemos com o que não dá prazer? E com o que seca? E com o que não floresce? Digam-me, me deem uma luzinha no fim desse túnel.

Se for doença, transtorno, problema emocional, "inabilidade" ou "inexperiência" (os últimos dois do parceiro, é claro), não me interessa. Eu sou ou estou frígida; se é um caso temporário ou definitivo, ainda não sei. Por ora é apenas um fato constatado, e isso basta para eu entrar em estado de consumação.

O que importa nessa nomenclatura toda é minha falta de vontade de fazer sexo e meu deserto particular, meu próprio semiárido, que está em chamas e não é de prazer. Quero um tratamento! Preciso de tratamento urgente! Mas quem procurar? Um sexólogo? Um psicólogo? Ou um ginecologista? Um padre?

Bem, com base em meus achados literários, essa condição pode ter causa física, psicológica, emocional ou religiosa (por isso o padre), sendo comum a combinação dessas duas influências. Dentre as causas psicológicas, a depressão (tenho), o estresse (tenho muito) e os conflitos de casal (não tenho, mas adoraria ter) são as mais frequentes. As causas físicas podem ser transtornos da glândula tireoide (acho que tenho), aumento do hormônio prolactina, que tem relação direta com a hipófise (e está envolvido na produção de leite – sou mulher, então devo ter), insensibilidade relacionada com diabetes (como chocolate o dia inteiro – será que é diabetes? Por via das dúvidas, devo checar isso também), alcoolismo (sim, minha cirrose oculta não me deixa negar) ou o uso de ansiolíticos e antidepressivos (uso todos!). Emocionais, não acho necessário checar agora, afinal me sinto suprida, emocionalmente falando. E religiosas? Sinceramente, estou muito ocupada com meus problemas de saúde para pensar que fazer sexo pode ser pecado e que minha frigidez pode ser algum tipo de punição. Resolvi ser prática e descartei o padre e uma sessão no confessionário.

Voltando aos sintomas, preciso observar que os ansiolíticos são para mim um contrassenso: se a falta de sexo me transforma num poço de ansiedade, e se o uso de ansiolíticos pode provocar frigidez, os ansiolíticos – medicação que deveria combater a ansiedade – são a causa de minha ansiedade! É lógica pura!

Eu soube ainda que a frigidez também pode ter como causa o incômodo produzido por uma infecção da bexiga ou da vagina (como eu suspeitava, estou com infecção urinária!), ou por uma endometriose (quando células de uma das camadas do útero se instalam fora dele), a retirada cirúrgica dos ovários ou a deficiência de estrógeno na menopausa, *eu lia em voz alta*. Menopausa. Eu sabia que a chegada aos trinta anos não me traria coisas boas, como todo mundo insiste em dizer. Maturidade uma ova; o nome disso é velhice. A quem esse povo acha que engana?

Cheia de teorias na cabeça, optei por visitar primeiro a ginecologista. Se em geral as mudanças devem ocorrer de dentro para fora, que assim seja. Além disso, meu plano não cobre psicólogos. Provavelmente a Medicare acha que é um luxo, e uma cabeça tão boa e bem resolvida como a minha não precisa de tratamento supérfluo.

Já dentro da sala, expliquei meu caso à Dra. Linda Kayes, com detalhes (acho que não volto lá nunca mais). Ela sentiu minha angústia (escolhi um consultório fora de minha rota diária e acredito que minha fama de hipocondríaca ainda não tenha chegado a essas redondezas). Mas acho que me enganei: essas recepcionistas que atendem no máximo dez ligações por dia devem fofocar o dia todo umas com as outras, por pura falta do que fazer. É isso. Elas devem estar espalhando minha fama por aí. Agora, além de doente, sou desacreditada.

— Amanda, o fato de você não ter tido uma relação satisfatória uma vez não significa que é frígida — disse ela, minimizando.

— O que acontece, então? Nunca tive isso. Sei que tenho muitos problemas de saúde, mas com relação ao sexo sempre correu tudo muito bem. E agora essa... — ela não me deixou terminar.

— Não acredito que seja nada sério. Mas, se for uma infecção, podemos tratar com antibiótico. Passarei alguns exames para você e, dependendo dos resultados, saberemos o que fazer.

"Nada sério"? Nada sério, ela disse. Ela disse mesmo "nada sério"? Um transtorno dessa dimensão em minha vida sexual não pode ser resumido com um "nada sério". Não sei como isso vai acabar, mas já vou avisando que não volto mais aqui.
– Quantos exames? – Perguntei, ansiosa.
Ela riu e continuou sua explicação em tom professoral.
– Amanda, realmente acho que não temos com que nos preocupar. Se der qualquer alteração hormonal, o que não acredito, vamos tentar corrigir o problema com calma.
Calma? Ela diz isso porque não está na minha pele. Eu queria ver se estaria tão zen se a fonte dela tivesse secado. Deve ser maluca. Como eu disse, não volto mais aqui.
Uma semana de espera pelos resultados, nada de infecção (acho que minhas bactérias guerreiras estão num nível tal de inanição que estão se alimentando de qualquer outra bactéria que ouse se aproximar), e hormônios ridiculamente dentro da normalidade. Isso é impossível. Esse laboratório não trabalha direito, ou trocaram meus exames com os de outra garota com a saúde impecável. Preciso mudar de novo? Mês passado mudei de laboratório cinco vezes; já estou ficando sem alternativas. Prometi a mim mesma que começaria a acreditar nos resultados dos exames. MAS NÃO CONSIGO! Meus sintomas são tão claros, não entendo como, com toda a tecnologia envolvida nos exames hoje em dia, os laboratórios não consigam detectar minhas doenças.
Só sei que cheguei ao consultório querendo uma pílula milagrosa (algum tipo de estimulante sexual) e saio com a seguinte orientação: fazer exercícios relacionados com os músculos pélvicos e vinculados às sensações que podem ajudá-la a sentir mais prazer no ato sexual. Ah tá, exercícios com os músculos pélvicos... em outras palavras: *Amanda, você precisa se masturbar*

mais. Essa é boa! Essa mulher cobra US$ 400 por uma consulta e vem com esse tipo de conselho? Eu poderia comprar um Jimmy Choo com essa grana. Pensando bem, um sapato de boa qualidade é para a vida toda, considerando que meu pé não vai mais crescer nem nada. Já minha vida sexual... bem... ela tende a murchar, mesmo, um dia.

Estou precisando de algo um pouquinho mais forte. Será que ela não entende? Uma injeção de oxitocina, por exemplo. Sei que isso não existe. Mas seria o máximo se as pessoas com problemas para criar vínculo ou ter uma boa relação sexual pudessem fazer uso de um medicamento que aumentasse o nível da oxitocina, o hormônio relacionado ao amor, em seus cérebros. Imagine! Isso poderia ser usado até como inibidor de violência. *Amanda Loeb, você é um gênio. Precisa patentear essa ideia* – pensava.

Passei uma semana contrariada, mas tentando seguir as orientações da Dra. Kayes. Só parava os movimentos lá embaixo na hora de comer, para não engasgar. Vinte e quatro horas de contração diárias! Acho até que tive cãibra. E vez ou outra algum sinalzinho de prazer, confesso.

Agora só penso em uma coisa, já que passei em vários autotestes: preciso urgente fazer um teste de verdade, com um parceiro de verdade. Pensei em ligar para Diego e pedir para ele me ajudar nessa tarefa –, mas rapidamente voltei atrás. Acho improvável que ele tope me ajudar a refazer minha reputação; posso tentar, e o máximo que pode acontecer é levar um NÃO bem redondo. Pensando bem, quem precisa de um homem se tem um estoque de chocolate Godiva no armário?

3

Acordo quase todos os dias no mesmo horário, às 7h15min da manhã. Normalmente *indisposta*. Levanto com energia suficiente para engatinhar vagarosamente da cama até o banheiro. Só depois de expulsar de dentro de mim as primeiras toxinas da manhã é que acordo de verdade.

Começo a prestar mais atenção a minhas tarefas matinais. Com os olhos ainda adormecidos, analiso todo o meu corpo em busca de um sinal de anormalidade ou de um sintoma de enfermidade. Sempre que acordo me sentindo *bem* (o que raramente acontece), penso logo que posso ter uma doença daquelas taciturnas, silenciosas, das piores, sabe? Se acordo com dor de cabeça, tomo logo Paracetamol extraforte. E, se sua eficácia, quase milagrosa, não vence a dor, me desespero. Já não encaro o sintoma como uma simples dorzinha de cabeça, partindo do princípio de que uma dor de cabeça resistente pode ser uma enxaqueca ou até mesmo um aneurisma. Se eu tiver que escolher, fico com a segunda opção, claro! Começo uma contagem regressiva esperando que o pior me aconteça. Nesse caso, o pior é um AVC. Se acordo me sentindo realmente *mal*, chamem a equipe médica, um padre e meus familiares, porque esse é, sem dúvida, o meu dia.

Recobro a sanidade mental e o que sobrou de minha dignidade (preciso resgatar ambas todos os dias) geralmente após falar com minha mãe ao telefone. Isso já faz parte da rotina; falo com ela todos os dias. Concluo que não tenho um aneurisma e que não preciso de um médico, e sim escovar os dentes. De alguma forma, tento passar para a parte prática da vida. Desligo o telefone e me arrasto para o chuveiro, visualizando apenas um banho quente. Mas nada em minha vida é simples assim. Gasto um longo tempo examinando cada centímetro do meu corpo, e somente após a terceira checagem me sinto finalmente pronta para desligar o chuveiro.

Todos os meus dias começam desse jeito. Esse é meu primeiro sinal de distúrbio. É o que me faz lembrar todos os dias: sim, você tem um problema. Você tem um problema grave. Você precisa de ajuda profissional. Aquela que você se recusa a procurar.

Passo mais dez minutos escolhendo o que vestir. Preciso confessar que, ao contrário da maioria das mulheres, essa é uma tarefa banal para mim. Sou uma pessoa prática, e, como tal, tenho todas as roupas previamente coordenadas em meu *closet*. Assim como meu armário de remédios, meu guarda-roupas funciona com códigos de cores e por ordem de prioridade. Roupas adequadas para o trabalho estão ordenadas em conjuntos do lado esquerdo. Roupas para os finais de semana e momentos de lazer, do lado direito. E no meio as roupas de festa e os vestidos para sair à noite. As peças são colocadas juntas nos cabides, formando conjuntos coordenados entre si, por cores e estilo. Os sapatos ficam posicionados logo abaixo de cada cabide, o que também facilita minha vida todas as manhãs. Algumas pessoas poderiam dizer que isso é um sintoma de TOC, mas prefiro acreditar que sou apenas pragmática e me recuso a perder tempo em frente ao espelho todos os dias.

Faço meu próprio café em uma cafeteira italiana que Eric, meu cunhado, me deu no último Natal. Incrivelmente versátil, ela tritura o grão colombiano, ferve a água e prepara o café do jeito que eu gosto, forte e encorpado. Adoro o cheiro bom que fica pelo apartamento todas as manhãs. Nesses momentos até consigo me sentir como uma pessoa normal. Sentada a minha pequena mesa de jantar para duas pessoas, com minha xícara **I love NY** em uma das mãos e a outra folheando calmamente a *The New Yorker*.

Continuando a rotina, tomo minhas pílulas. Um pacote com oito cápsulas de um complexo vitamínico que tomo há dois meses, desde que visitei uma loja de suplementos e fui convencida (sem muito esforço) por uma atendente de que deveria tomá-las, pois estão na moda. *Todas as celebridades estão tomando, você não sabia? Juro. Sabe aquela atriz do filme... como é mesmo o nome? Não me lembro agora. Mas ela tem mais de 60 anos, com rosto e corpo de 35. Essas vitaminas são mesmo ótimas. E previnem os efeitos do envelhecimento* – dizia a atendente, analisando minha pele. Como sempre acontece, não precisou fazer um discurso muito elaborado para que eu adquirisse dois kits reforçados, o suficiente para dois meses de uso. Paguei o equivalente a US$ 49 mais taxas por kit, o que certamente se somaria a outros gastos feitos dessa mesma maneira (inconsequente!) e estouraria meu cartão de crédito mais uma vez. Mas quem se importa com dinheiro quando o assunto em questão é a saúde? Oito pílulas gigantes que enfio goela abaixo todos os dias, logo após saborear meu café: bagels com queijo cremoso sabor azeitona.

A Pílula do Amor

Não sou uma pessoa obcecada por magreza. Mas, como todo mundo sabe, a obesidade também é uma doença, e, assim, ela entra em minha vida, infelizmente, transformando a comida em inimiga do prazer. Então procuro controlar meu peso com regras rígidas. Faço isso com dor no coração, pois amo comer! Durante a semana, me alimento pouco e apenas de coisas saudáveis. Não deixo de ter em minha casa aqueles compostos vitamínicos que, dizem, substituem uma refeição. *Shakes* e sopas que alternadamente entram em meu cardápio durante as noites da semana, fazendo com que eu mantenha o índice de massa corporal no limite do aceitável para minha estrutura óssea. Mas nos finais de semana eu libero geral. Vale tudo, desde um *brunch* com ovos e bacon, passando por um hambúrguer gorduroso no almoço, até uma sopa de batatas com queijo cheddar no jantar. Se bater a maldita culpa, corro por duas horas no Central Park e me sinto absolvida. Três quilos mais leve na cabeça e pronta para mais uma semana.

Exercício físico é, para mim, um desafio. Nesse ponto, eu consigo transgredir três dos sete pecados capitais. Primeiro porque, sempre que penso nisso, me vem logo uma preguiça, aliás, muita. Só de falar no assunto já me sinto cansada. A associação com a vaidade é óbvia: não acredite em ninguém que diz que passa quatro horas (no mínimo) por dia dentro de uma academia apenas por motivos de saúde. Não entendo essas pessoas! Como conseguem passar dias e noites de folga em uma sala apertada, cheia de equipamentos esquisitos e gente suada, achando isso o máximo? Alguns até acham que é um lugar interessante para paquerar. Acreditam? Aqui violo o terceiro pecado: morro de inveja de quem tem disposição para cuidar do corpo com tanta dedicação. Mas fazer o quê?

Sou preguiçosa e minha saúde não ajuda. Sei que a atividade física é fundamental para uma velhice tranquila e distante de artrite, diabetes e problemas circulatórios. Sem falar em flacidez, celulite e outras coisas que deixam as mulheres malucas. Mas não consigo mover meu corpo do sofá macio que tenho no canto da sala. Num final de semana chuvoso ou de inverno, então, nem pensar. Sou uma sedentária assumida. Correr faz minha pressão subir. Nadar? Detesto. Bicicleta? Sinto dor nas pernas. Musculação? Um tédio. A única parte do meu corpo que é exercitada todos os dias são os dedos, no teclado do computador. Uma média de 50 palavras por minuto. Tenho orgulho disso.

Uma primeira olhada em meu Blackberry para checar mensagens deixadas durante meu sono revigorante. E outra olhada para verificar a agenda. Compromissos profissionais e consultas médicas são sempre a primeira parte do meu dia. Que começa no sofá de um consultório qualquer. Ou em uma reunião de trabalho fora do escritório. E termina em minha sala, rodeada por milhares de papéis, por volta das oito da noite. Todos os dias.

Saio de casa e vou andando pelas ruas de Manhattan. Moro a apenas oito quadras do escritório, o que me facilita a vida, já que sofro também de claustrofobia e outras tantas fobias que você possa imaginar. Isso me impede de usar o metrô ou transportes públicos de modo geral. Já tentei, mas fica inviável andar pelos corredores das estações usando minhas máscaras antigermes, aquelas usadas pelos japoneses para evitar contágio. Aqui preciso fazer uma observação: amo Tóquio, a cidade mais limpa do planeta. No dia em que eu resolver abandonar Manhattan, com certeza mudarei para lá. Mas, voltando aos fatos, infelizmente elas – as máscaras – não são consideradas artigo *fashion* em Nova York, e o som das risadas contidas quando passo com a minha é intimidador. Admito que pode ser um exagero, mas não se esqueçam: eu sou doente!

Então prefiro caminhar, coisa que amo fazer. Às vezes me permito uma pausa no meio da correria para observar as pessoas, os carros, enfim, a vida da cidade em movimento. Minha pausa é bruscamente interrompida por uma buzina aguda, que quase me fura o tímpano, bem ao estilo novaiorquino, que me faz acordar e desviar dos táxis para não sofrer uma fratura exposta.

Quando me mudei para esta cidade, cinco anos atrás, iniciei uma verdadeira cruzada pelo apartamento perfeito. Como todo mundo sabe, o mercado imobiliário em Manhattan é uma loucura. Preços absurdos para estúdios do tamanho de uma despensa. E os corretores ainda dizem que alugar aquilo é uma ótima oportunidade. O pior é que, dependendo da localização, do estado de conservação e da concorrência para viver no armário de mantimentos, isso acaba sendo verdade.

De imediato contatei vários corretores, falei sobre mim (não muito), sobre meu trabalho e sobre as exigências (se é que podemos chamar de exigências) para o apartamento certo para mim.

– Sim, isso mesmo. Preciso de um apartamento bem próximo a um hospital. Um grande hospital, com todas as especialidades e um bom pronto-socorro – eu repetia ao telefone, até ele se convencer de que meu pedido não era nenhum tipo de brincadeira. – Não, não tenho nenhuma doença contagiosa e também não vou morar com nenhum idoso – tive de repetir várias vezes, até cansar.

Apenas um corretor muito simpático, chamado Tim, realmente me levou a sério. Ele se mostrou eficiente e discreto desde o início.

Sei que pode parecer estranho, já que o normal é exigirem praças para as crianças brincarem e bons colégios. Ou ainda um bairro badalado, para os mais jovens, e tranquilidade para os mais velhos. Mas eu só preciso de um bom hospital por perto para me sentir confortável. Da próxima vez pode ser que eu exija um prédio com proibição expressa a animais de estimação. Não que eu não goste de bichos, mas um episódio em particular me fez olhá-los com outros olhos: os de inimiga! Mas isso eu conto depois. Alguns corretores com quem conversei insistiam em perguntas como: "você vai morar com seus pais doentes?" ou "Tem alguma doença terrível?" (Nesse caso *não alugaremos nenhum apartamento para você!* fica subentendido.) Poderia me dar detalhes sobre o motivo de sua exigência? – Perguntavam outros, ainda mais curiosos. Tim foi o único que simplesmente disse: já sei por onde começar a procurar. Ligo quando encontrar algo perfeito para você. Duas semanas de idas e vindas, e nada. Cheguei a visitar cerca de 15 apartamentos. Alguns com potencial para se tornar uma moradia decente; outros, com vizinhança barulhenta, cachorros, gatos ou crianças (todos prováveis hospedeiros de criaturas hostis a minha saúde), foram imediatamente descartados. Prédios muito velhos podem até ter certo charme, mas morar entre ratos e vizinhos com higiene duvidosa, convenhamos, só se o meu bom senso me abandonasse, assim como todos os meus outros sensos já haviam feito. Continuei minha busca incansável até a terceira semana, quando recebi um telefonema eufórico e – a essa altura – exausto do corretor, dizendo que ter encontrado o que eu procurava.

— Amanda, preciso que você venha imediatamente. Não posso segurá-lo por muito tempo, mas posso garantir que você vai adorar.

— Mas estou no meio de uma reunião agora, Tim. Não posso simplesmente sair correndo — tentei argumentar.

— Isto é Manhattan, Amanda. Você precisa se acostumar. Se não puder vir até as quatro da tarde, infelizmente terei de mostrá-lo para outro cliente que também está interessado neste apartamento; mas estou dando preferência a você, porque acredito que seja o seu apartamento.

— Está bem, Tim. Me dê alguns minutos e eu te retorno a ligação, está bem? — desliguei rápido, ligeiramente excitada com a possibilidade de enfim terem acabado meus dias naquele sofá-cama empoeirado do quarto de hóspedes onde há mais de dois meses eu residia.

Desliguei e liguei para a única pessoa que estava mais interessada em minha busca pelo apartamento dos meus sonhos do que eu mesma: minha mãe. Ela não aguentava mais minhas crises, ataques de pânico, mania de limpeza (que faz parte de meu conjunto de medidas para prevenir doenças infectocontagiosas) — enlouqueceu quando eu disse ter produzido uma cartilha explicativa — e meus remédios espalhados por sua sala, seu banheiro e sua cozinha. A cada vez que o telefone tocava, ela ia irritantemente empolgada atender, pois a mera probabilidade de Tim encontrar o apartamento ideal bastava para ela se encher de esperanças de se livrar de mim um dia. Parece que o dia chegou.

— Mãe? — perguntei, mesmo tendo certeza de que era ela do outro lado da linha. — Tim me ligou e disse que finalmente encontrou o apartamento certo para mim. Mas o problema é que ele precisa da resposta urgente e eu não posso sair do escritório agora. – Antes mesmo que eu terminasse a frase, ou tivesse chance de pedir-lhe que por favor fosse lá ver o apartamento para mim, ela se ofereceu.

– Eu vou lá para você – disse ela, alegre.

– Mãe! Se eu não soubesse que você me ama, poderia até ficar ofendida, sabia? Mesmo assim, obrigada. Vou ligar para Tim e avisá-lo que você vai no meu lugar. Quando estiver lá, por favor me ligue para contar todos os detalhes, está bem? Não se esqueça de nada, observe bem os detalhes... Mamãe... olhe os detalhes – insisti, pois sabia que talvez lhe escapasse algo.

Meia hora depois eu já tinha meu CEP e um endereço na *Big Apple* (Rua 64, Upper East Side, Manhattan-NY). A oito quadras do hospital Cornel e a 13 quadras do hospital Lenox Hill. Em caso de emergência eu levaria apenas 16 minutos para caminhar a maior distância, se meu estado me permitisse. Ou nove minutos e meio de táxi num dia de trânsito normal, seis minutos à noite ou nos finais de semana. Se precisasse de uma ambulância, segundo meus cálculos, e se o motorista da ambulância não fosse uma lesma, quatro minutos e 22 segundos seriam necessários para os paramédicos baterem em minha porta. Perfeito. Tempo mais do que suficiente para salvar uma vida, no caso, a minha.

Decoração composta por poucos móveis. Tudo em tons claros. Bem iluminado e com ótima ventilação. Alguma decoradora metida poderia até classificá-lo como *clean*. Mas o fato é que a decoração do meu apartamento é assim não porque eu siga alguma tendência minimalista. Talvez eu goste do estilo decoração de hospital, mas também é mais fácil identificar e aniquilar um foco de contaminação ou hóspede (rato ou barata) indesejável.

A Pílula do Amor

O bairro é ótimo. E conta com vários consultórios médicos com todos os tipos de profissionais. Uma Walgreen, duas Rite Aid, três CVS, duas GNC, uma Pharmacy e mais de uma dúzia de Duane Reade. Além da minha preferida, East Side Drugstore. Minhas doses de cafeína e distração nos finais de semana eram garantidas por três Starbucks, e a ingestão de carboidratos, pelos bolos da Au Bon Pain ou pelos bagels da H&H Midtown Bagels East, na esquina da Rua 81 com a Terceira Avenida. Era preciso dar uma boa caminhada até lá apenas pelo prazer de comê-los; mesmo com o pensamento fixo de que tanto carboidrato poderia me render um diabetes nível 3, eu corria o risco.

É assim que vivo, dia após dia. Convivendo com problemas normais e conflitos existenciais como qualquer garota da minha idade. Mas convivendo também pacificamente (eu tento) com meu transtorno: hipocondria. Ela é a minha droga. Me deprime e me comanda. É meu vício, me controla e asfixia.

Eu sei que essas histórias que contam por aí sobre maníacos por doença podem até parecer engraçadas. Tenho de admitir, elas são de fato engraçadas, e confesso que me sinto patética por ser o motivo das risadas. Mas fazer o quê? Sou nosofóbica, dá licença? E, para quem não sabe que hipocondria ou nosofobia é doença, aí vai uma informação: ela está lá, triunfante, no manual de transtornos mentais. Não é só loucura da minha cabeça! Li em uma matéria, em um jornal reconhecidamente sério, que 4% da população que frequenta consultórios e hospitais nos Estados Unidos padece desse mal. E 2% dos internautas são cibercondríacos, usam a web para pesquisar doenças, trocar experiências médicas e discutir sintomas. Ouvi dizer que o total chega a 1% da população mundial. E, se alguém aí tem problemas para captar porcentagem e acha que 1% não é nada, repito: 1% da população mundial não acha tão descabido relacionar uma picada de pernilongo com a hepatite B! Não é pelo sangue que essa doença é transmitida? Então. O que há de tão absurdo em achar que um mosquitinho imundo, que se alimenta do sangue das pessoas, pode ser um bioterrorista? Essas mesmas pessoas também acham que vão morrer nos próximos 60 segundos. Assim como eu.

4

Tinha tudo para ser uma simples terça-feira com muito sol do lado de fora do escritório, enquanto eu estava presa em minha sala com o ar-condicionado baforando em minha nuca. Sempre odiei ar-condicionado. Primeiro pelos motivos óbvios – ele é um propagador de doenças respiratórias em potencial. Segundo porque odeio passar frio. E o ar-condicionado central do escritório foi programado por alguém que deveria morar no Polo Norte, num iglu sem aquecimento. Essa pessoa não tem a menor noção de que mulheres magras (e eu sou magra, graças a Deus) sentem mais frio que os homens. Isso a biologia explica: as mulheres magras têm menos gordura e, consequentemente, menor resistência ao frio. Os homens, além de serem mais encorpados, têm mais massa muscular. Os mais gorduchos, como a maioria por aqui, têm mais gordura corporal, portanto maior resistência, e não sentem tanto frio. Se não tomasse minha dose sagrada de vitamina C todos os dias eu viveria resfriada, mesmo no auge do verão.

A Pílula do Amor

Quando Julia ligou, já passava um pouco das duas da tarde e eu acabava de retornar do almoço. Estava cheia de trabalho à minha espera e sem a menor vontade de fazer absolutamente nada além de jogar conversa fora. Então Julia recebeu, naquele momento, todas as minhas sinceras atenções.

– Nova o quê? Esteticista? – questionei, enquanto checava meus e-mails.

– É, Amanda. Acho que você é a única garota nesta ilha inteira que ainda não ouviu falar dela. Ela é brasileira e faz depilação artística.

– Como é isso? Ela pinta nossos pelos pubianos de cores berrantes ou algo assim? – perguntei, ainda sem muito interesse no assunto.

Uma grande gargalhada saiu do meu Blackberry, me deixando quase surda.

– Não, Amanda. Quando o assunto não é remédio, bulas e novas tecnologias para diagnósticos, você é a pessoa mais desinformada que conheço – debochou. – Ela faz depilação com cera, a famosa depilação brasileira. Até aí nenhuma novidade. Mas ela consegue fazer desenhos incríveis. É muito interessante. Uma amiga minha foi lá há algumas semanas e ficou muito satisfeita com um desenho de flor, que por dias se manteve com o mesmo formato.

– Uma flor?! – Eu não estava acreditando naquele papo de maluco. Tentei me lembrar por que estava dando atenção àquela conversa e me lembrei: pela total falta de vontade de voltar ao trabalho, que consiste em nada menos que tentar salvar o mundo de seus predadores. Em vez disso, Julia tentava me convencer a ir a uma depiladora, que usava uma técnica de tortura milenar, a meu ver, a fim de ter uma flor desenhada em minhas partes íntimas. Por acaso alguém viu minha sanidade mental por aí?

— Já marquei hora para mim. Vou na quinta-feira. E já estou pensando no desenho que farei. Talvez uma estrela. Sei lá... — disse ela, animada.

— Por que eu deveria participar de algo assim? Não tenho namorado, não estou planejando ir à piscina e acho, honestamente, um absurdo pagar US$ 70 mais gorjeta por uma experiência horrorosa como essa.

— Amanda, pense comigo. Você está andando pela rua e tem um mal súbito — ela sabia que me pegaria exatamente nesse ponto. — Você é levada às pressas para o hospital e, chegando lá... uma enfermeira daquelas grandes e grosseiras lhe arranca as calças sem se preocupar com o conteúdo que irá encontrar. Sem pensar se está tudo em ordem ou não — fez uma pausa quase dramática. — Depois, ela nem se preocupa em colocar um lençol ou uma toalha em cima de você, porque o mais importante é descobrir o que você está sentindo. E daí... — nessa hora fui obrigada a interromper.

— Já entendi. Ficarei com minha intimidade peluda exposta para que todos possam ver.

— Além do mais, você vai se sentir dez quilos mais leve quando se livrar desses pelos todos — ouvi seus risinhos abafados.

— Uau! Dez quilos? Estou mesmo precisando de um regime. Dez quilos em um dia me parece um ótimo começo — repliquei, entrando na brincadeira.

— Não é ótimo? Posso marcar para você também na quinta?

— Na quinta eu não posso. Mas me dê o telefone do seu achado do século que eu mesma ligo para marcar.

— Tente mesmo. Vai ficar lindo e você pode pedir para ela desenhar um coração. Quem sabe isso dá sorte na próxima conquista — riu dissimuladamente. Odeio quando ela faz isso.

A Pílula do Amor

Anotei o telefone, desliguei e voltei ao trabalho (pelo menos estava tentando voltar). Porém, além de meus problemas imaginários de saúde, sou também conhecida por ser extremamente curiosa. E aquela história de depilação artística da virilha não me saía da cabeça. Então decidi, por livre e espontânea pressão da Julia, que deveria tentar. Até cheguei a pensar: por que não? Quem sabe eu não adoro isso? Quem sabe depois da primeira vez talvez eu não queira outra coisa? Liguei.
– Salão de beleza da Lucinda, Márcia falando.
– Olá, como vai, Márcia?
– Bem, obrigada. Em que posso ajudá-la?
– Eu gostaria de agendar um horário.
– Cabelo, limpeza de pele ou depilação?
– Depilação artística – me senti ridícula ao pronunciar a palavra "artística".
– Vai depilar o quê? Virilha, axila, pernas ou pacote completo?
– No quê consiste o pacote completo?
– Pacote completo é virilha artística, axila, meia perna e buço. Quando você fecha o pacote tem preço especial, e você ganha um gel refrescante para passar nos primeiros dias após a depilação. O que vai ser?
– Pacote completo... acho... – Tive um momento de hesitação. Sei lá o que é pacote completo. Não sabia se iria me arrepender da escolha, mas resolvi arriscar.
– Nome e telefone, por favor.
– Amanda Loeb, 917 470...
– Segunda às cinco da tarde é um bom horário para você, Amanda?
– Sim, sim. Está ótimo.
– Está marcado. Lucinda vai atendê-la na segunda-feira às cinco em ponto. Obrigada. – Desligou tão rápido quanto a

atendente de um restaurante *delivery*, que precisa se apressar para pegar a próxima ligação antes que o cliente desista.

    O final de semana transcorreu tranquilo. Não tive nenhum infarto, nenhuma ameaça de aneurisma. Ter convulsões foi outro pensamento que não passou pela minha cabeça. Nem tive de ligar o computador para buscar notícias sobre alguma doença nova. O obituário do *The New York Times* trazia apenas meia dúzia de defuntos, a maior parte das mortes causada pela velhice, pura e simplesmente. Outros poucos morreram num acidente automobilístico, quatro deles da mesma família. Uma tragédia, sem dúvida, mas nenhum relato de doença grave. Endemias, epidemias ou pandemias também estavam descartadas, por enquanto. O mundo era um lugar seguro, por ora. E isso me deixa mais calma. Havia também muitos anúncios de missas de sétimo dia e cerimônias em sinagogas. Nada que me despertasse particular interesse.

    Fui ao cinema com Lauren. Ela conseguiu um dia de folga em sua maratona doméstica. Eric concordou, à força, que ela precisava de uma folga. Sophia é um amor, mas ser mãe em tempo integral não é uma missão fácil. Então o pai ficou com ela, para que pudéssemos ir ao cinema e fazer um programa de irmãs. Como nos velhos tempos. Desde que Lauren se casou, nossos momentos juntas têm diminuído gradualmente. Uma pena: antes éramos muito chegadas, passávamos longo tempo tentando ser rebeldes ou salvar o mundo. Assistimos a uma comédia romântica, daquelas de dar enjoo de tão açucaradas, com final previsível e momentos em que queríamos chorar. Mas um bom filme. Comemos muita pipoca – há tempos eu não fazia isso. Até fiz Lauren sair do seu eterno regime de folhas, vegetais e frango para experimentar minha pipoca com muita manteiga e um pouco de meu sorvete caramelado.

A Pílula do Amor

A princípio ela fez cara de nojo, depois pediu mais. E foi ótimo. Ótimo estar com ela. Ótimo não pensar em nada que não fosse diversão e coisas boas. Ótimo gastar um pouco do meu tempo com alguém que amo tanto.
    Voltei para casa às nove da noite. Tomei um banho quente e coloquei meu pijama vermelho com bolinhas brancas. Escovei os dentes e prendi os cabelos com papelote para ficarem cacheados no dia seguinte. Gosto de meus cabelos lisos, naturalmente lisos, mas às vezes sinto vontade de mudar. Jantei uma salada, coisa leve. Afinal, já havia comido muita bobagem na rua e não precisava de uma indigestão. Só para garantir, antes de dormir tomei um antiácido.
    Enquanto me preparava para dormir me lembrei de que na segunda tinha um encontro marcado com Lucinda, a brasileira mais famosa de Nova York depois de Gisele Bündchen. A mulher milagrosa que me faria perder dez quilos somente em pelos pubianos. E de quebra ainda iria arrematar o coração de algum bom partido solto pela cidade, se é que isso existe.
    Lembrei-me de colocar uma *lingerie* novinha, para fazer boa presença. Esse foi o meu segundo erro. O primeiro foi ter escolhido o pacote completo sem direito a reembolso em caso de desistência. O segundo erro me custou uma calcinha da Victoria's Secret de US$ 45. Mas o primeiro erro eu descobri tarde demais e me custou bem mais do que isso. Afinal, dor e desespero não têm preço.
    Enfim, chegou a hora de conhecer Lucinda e seu aclamado método de tortura, que tem levado minhas amigas a fazer fila para lhe dar gordas gorjetas. Almocei apenas coisas leves, uma salada com um mix de verduras e atum. Não sabia exatamente o que me esperava, então preferi evitar alimentos que me causassem algum efeito indesejável,

como flatulência, por exemplo. Sou hipocondríaca, mas não quero sair distribuindo amostras grátis dos gases que habitam meu corpo.

Às 4h30min finalizei as coisas no trabalho e deixei um bilhete para meu chefe. Menti, como todo mundo no escritório. Disse que tinha um encontro com um ex-revolucionário da Colômbia. Um cara muitíssimo importante, que tinha informações preciosas que me fariam ganhar uma causa que movia sobre o desmatamento ilegal na Amazônia. O cara havia morado na floresta por alguns anos e conhecia bem o problema na região. *Foi a história que inventei.* No final do bilhete, apenas: *Volto em duas horas.* E fui.

Peguei um táxi na esquina da Terceira Avenida com a Rua 72 de um taxista indiano com um turbante vermelho enorme. Rapidamente chegamos lá. O salão ficava em Downtown, na Rua 14, entre a Sexta e a Quinta Avenidas. Nem precisei procurar muito: ele era bem sinalizado, e o movimento de mulheres entrando e saindo era impressionante.

Quando entrei, me deparei imediatamente com Márcia, a garota do disque-tortura. Ela me lançou um sorriso amável e em seu rosto eu podia ler: *Você é a próxima vítima? Entre e fique à vontade. Lucinda já irá torturá-la.*

– Boa tarde. Você tem hora marcada? Qual é seu nome?

– Amanda. Meu horário com Lucinda é às cinco. Acho que estou um pouco adiantada.

– Sim, sente-se e aguarde. Lucinda está atendendo outra cliente.

Pessoalmente, sua voz era muito potente, e seu ar era arrogante e mandão. O tipo de garota que olha a gente de cima para baixo. E o nariz se movimenta de um lado para outro enquanto fala, como se estivesse sentindo mau cheiro.

A Pílula do Amor

Menos de dez minutos depois, Lucinda apareceu no topo da escada. O salão era amplo e tinha dois andares. Embaixo ficavam os cabeleireiros e as manicures. Na parte de cima, as esteticistas. A moça no topo da escada era alta, cabelos loiros, mas eu, mesmo não sendo especialista, podia ver que a maquiagem não era de boa qualidade. Sorridente, uma simpatia, mas também, pelo preço que cobrava... Tinha de compensar de alguma maneira que fosse, além de seu talento para desenhar as virilhas bem depiladas das clientes.

Preciso confiar nela, pensei. Por outro lado, são apenas pelos, vai crescer de novo. Se eu não gostar, é simples. Já estou há mais de um mês sem sexo; fico mais duas semanas até os pelos crescerem novamente e tudo bem. Ninguém terá conhecimento desse episódio se eu mesma não contar.

Ela fez um sinal; eu me levantei. Ela então pediu que eu subisse e a acompanhasse. Lá fui eu, seguindo-a até a sala onde seria escalpelada. Subindo as escadas, entrei num corredor espaçoso. Dos dois lados havia salas minúsculas, cubículos com portas de vidro semitransparente. Não se podia ver nada além de vultos se mexendo. Mas por trás das portas, que eram baixas, eu podia ouvir. Às vezes gemidos, gritos de socorro (isso acho que foi minha imaginação), conversas animadas e gargalhadas afetadas. O filme *O albergue* imediatamente assombrou minha mente (não me pergunte por quê). A cada passo a caminho de minha sala de tortura voluntária, o frio na barriga ia aumentando. Eu, já nervosa, comecei a temer o pior. Uma crise ali mesmo, um ataque de nervos, uma cena histérica, digna de *O exorcista*. Tentava controlar minha mente. *Calma, Amanda, é apenas um ritual de passagem para o mundo das mulheres maduras, bem resolvidas e com tudo depilado.* Deu certo. Consegui me acalmar e esperar para ver aonde tudo aquilo iria me levar.

Chegamos a um dos boxes. Lá havia uma maca e apetrechos que provavelmente faziam parte do ritual, imprescindíveis a Lucinda. Alguns ganchos na parede para eu pendurar a bolsa e a roupa. Isso mesmo, toda a minha roupa. Assim que entrei no minúsculo espaço, que comportava apenas duas pessoas, eu na maca e ela em pé, Lucinda foi me orientando e saindo da sala – talvez para que eu ficasse mais à vontade. Como paguei pelo pacote completo, deveria ficar apenas de *lingerie*. Intimada, tirei as roupas timidamente. Coloquei-as bem organizadas nos ganchos e me deitei na maca.

Lucinda voltou um segundo depois. Nas mãos, espátulas de madeira e um potinho com uma meleca grudenta de cor marrom-caramelo (como algum estilista famoso poderia nomear), que, depois vim a saber, era a cera de depilação.

Sem olhar no meu rosto, remexendo a cera, ela perguntou: *Você vai querer a virilha cavada ou normal?*

Mil pensamentos me ocorreram, mas nenhum que justificasse essa pergunta. Não fazia a menor ideia do que ela estava falando, e, num ato de pura arrogância, para não bancar a ignorante, chutei: cavada. Aqui caí no terceiro erro. E aprendi uma lição importantíssima para a vida toda: nunca responder a uma pergunta estranha, em um ambiente estranho, se não for com outra pergunta!

– Vou iniciar pela virilha. Enquanto trabalho, você pode se concentrar em escolher um desenho. Já pensou em alguma coisa?

Você pode escolher algum desenho? Como assim? Ela tem um catálogo obsceno cheio de virilhas depiladas com vários tipos de desenhos, tamanhos e pelos coloridos? Isso é um salão ou uma sex shop? E ela tinha. Bem embaixo da maca, havia um armarinho onde ela guardava suas ferramentas. Ela abriu uma das gavetas e de lá retirou dois enormes álbuns de fotografias com várias modelos, provavelmente clientes, exibindo sua arte.

– Abra bem as pernas – ordenou.

– Uhummm... – consenti, mesmo sem entender nada.

Totalmente vulnerável, só de calcinha e sutiã, com as pernas abertas em posição de lótus, lá vem ela, com uma máscara de cirurgião no rosto e um barbante nas mãos. Não consegui conter meus pensamentos; novamente me vieram imagens à mente, como no *trailer* do filme *O albergue*. *Ô, meu Deus! O que essa mulher pretende fazer com esse barbante? Amarrar meus braços e minhas pernas para que eu não possa fugir?* Enquanto eu enlouquecia e a assistia, de olhos arregalados, ela passava o barbante pelas laterais da minha calcinha e prendia bem firme a parte da frente para que não atrapalhasse o seu trabalho. Esse processo danificou irremediavelmente minha Victoria's Secret. Ufa! Respirei aliviada. Não havia motivos para preocupação além de uma calcinha nova, linda e cara que seria atirada no lixo.

Eu observava, tensa, os álbuns, sem tirar os olhos de seus movimentos. Mas ela parecia não perceber minha tensão. Se percebia, não parecia se importar. Começou a organizar seu material em uma mesinha auxiliar. Uma panelinha quente, com a meleca marrom dentro (a tal cera, que eu já havia atestado ser descartável). Uma máquina de cortar cabelo elétrica, algumas espátulas de madeira, novas e em vários tamanhos, um lápis de olhos e uma pinça – esterilizada. Até agora nenhum problema para o meu outro eu. Amanda, a hipocondríaca, não precisava se preocupar.

Fingi estar familiarizada com tudo aquilo, e tratei de escolher o desenho rapidamente, o que não foi difícil: meu eleito foi o logotipo da *Playboy* – cá entre nós, duvido que ela pague direitos autorais para usá-lo. Mas decidi esquecer o fato de ser uma advogada. Afinal, seria um privilégio para a *Playboy* ter seu logo estampado em minhas partes íntimas. E isso não poderia ser enquadrado em mau uso da imagem. (Imaginei-me num tribunal, defendendo essa versão para algum juiz ranzinza.)

– Os pelos estão muito altos. Preciso aparar antes de começar. Assim vai doer menos.

Doer menos? Por quê? Isso dói muito? Mas ninguém me avisou que ia doer. Uma dor pequena, insignificante, vá lá, mas dor de verdade? Acho que quero minha mãe.

– Ah! Claro – concordei, pensando: *Fique à vontade; a casa é sua.*

Ela aparou cuidadosamente os pelos altos. Lembro-me de ter pensado como ela era jeitosa e como tratava com carinho da privacidade alheia.

Em seguida pegou a espátula maior e começou a espalhar o creme quente em minha virilha. Senti queimar; a fumaça subia, trazendo ao meu nariz um cheirinho de pelo queimado. Até essa hora as sensações eram boas. Quentinho, relaxante, até agradável. Foi quando ela puxou pela primeira vez que desejei com todas as minhas forças: *Deus, me desencarna!*

Foi muito rápido e ao mesmo tempo fatal. Achei que toda a pele do meu ser havia saído junto. Imaginava o músculo da virilha aparente e o sangue jorrando até o teto. Tentei olhar pelos olhos semicerrados, mas não tive coragem.

Só então Lucinda tomou conhecimento de que eu era novata no assunto. Eu estava pálida e com a respiração acelerada como um cachorro cansado. Ela parou por alguns segundos para perguntar se eu precisava de água e se iria aguentar até o final.

– Você está bem? – perguntou, com olhar maternal.

– Estou ótima. E você? – respondi, desorientada.

Ela riu e continuou. Eu só conseguia pensar que a recomendação da Julia era provocação. Ela não queria passar por esse episódio traumático sozinha. Então incluiu a melhor amiga (assim ela dizia) no seu pequeno fardo. Também acho que deve ter falado coisas horrorosas de mim para Lucinda, porque, tenho certeza, essa mulher me odeia.

Sentia tanta dor que por várias vezes pensei em desistir. Mas o alívio de alguns minutos sem dor bastava para eu criar coragem e deixar que ela iniciasse novamente seu processo medieval. Outros pensamentos me vinham à mente, transtornada de dor. Pensava nos piores exames que já fiz na minha curta existência, e dessa maneira até conseguia relaxar. Afinal, o que é a arte de Lucinda diante de uma punção lombar ou de uma endoscopia?

– Garota, está ficando ótimo – dizia ela, em sua tentativa de me consolar.

– É mesmo? – gemi, quase chorando. Mas sem dar na cara, para que ela não pensasse que eu era uma doida.

Num pequeno momento de distração – minha, é claro –, Lucinda, com uma força espantosa, me girou 180 graus em uma manobra ninja, realmente rápida. Quando percebi, ela estava depilando a parte interna de minhas bandas traseiras. Só eu e Deus sabemos como doeu. Senti uma lágrima teimosa escorrer pelo rosto. Limpei e disfarcei de forma que ela não chegou a perceber nada.

– Estou quase acabando aqui – disse ela, com a cara no meio das minhas pernas.

– Hummm rummm... – O que mais eu poderia responder?

Um novo mantra me veio à cabeça e comecei a rezar, ou melhor, implorar para que acabasse logo. Quando achei que o pior tinha passado, eis que ela aparece com uma maldita pinça na mão.

– Preciso usar a pinça aqui, porque ficaram uns pelinhos, está bem?

Não! Não! Não! É claro que não está nada bem! Minha alma está que é só sangue e minha pele nem sei como descrever. Você é uma louca sádica e mal-amada e eu sou uma louca masoquista que paga para você me torturar! Acho que não! Não está nada bem nessa droga dessa sala! – desabafei, gritando em pensamento.

– Está tudo bem, sim, Lucinda. Pode continuar – e sorri sem graça por estar mentindo e por saber que ela sabia que eu estava mentindo.

– Prontinho. Doeu muito? – ela sorriu.

Essa vaca acha mesmo que isso é engraçado? Eu tive vontade de amarrá-la na maca e depilar o corpo dela inteiro apenas com a pinça. Bem devagar e cada centímetro dos seus braços, pernas, rosto, onde eu pudesse encontrar um pelo que fosse. Desde o dedão do pé até o último pelo do nariz. Enfim, todo o seu corpo esbelto. Olhar em seus olhos e sorrir de maneira acolhedora, como quem diz: seja bem-vinda, amiga – desabafei novamente, apenas para mim e meus pensamentos.

– Não, querida. Imagina. – Eu tentava convencer a mim mesma.

Nem tive vontade de olhar o resultado. Me sentia esgotada demais pelo esforço mental que tive de fazer para não sair correndo no meio do processo.

– Vamos fazer o resto?

Resto? Que resto? A verdade cruelmente saltou aos meus ouvidos. Eu havia concordado com o pacote completo, que incluía meia perna, buço e axilas. Olhei para um lado e para outro da exígua sala, tentando encontrar a saída mais digna. Pular pela pequena janela? Acho que não, pois meus quadris certamente não passariam por ela. Ou pegar minha bolsa, quando Lucinda se distraísse, e correr em disparada pela porta? Nenhuma das duas alternativas me pareceu suficientemente digna. Então resolvi encarar de peito aberto, ou melhor, braços abertos. Era chegada a hora das axilas.

Já paguei, já sofri e já chorei. Não poderia ser pior. E não foi. As pernas, apesar de longas e com pelos mais grossos, doeram relativamente menos que a pequena área das axilas – que nem de longe me lembrava o sofrimento da virilha. Aguentei calada por mais 30 minutos. Quando já estava quase gritando: *Deus, me leva daqui!* Ou *Enterprise, me teletransporta!*, ouvi o anúncio da liberdade: *Acabamos por hoje*, disse ela, realizada por mais um trabalho bem feito. *Por hoje? Pelo resto da minha vida! Não volto nunca mais a esse lugar.* – Pensei, com convicção. Sofrer porque sou doente e preciso de exames e cuidados médicos é uma coisa. Mas sofrer em nome da vaidade, da futilidade, é uma coisa na qual não acredito. É contra meus princípios. Francamente. Tem mulher que faz isso a cada 15 dias. Depois eu é que sou louca!

– Vou passar o talco e sair da sala para você se vestir, ok?

– Sim – a essa altura, eu era uma garota temporariamente monossilábica.

Assim que ela saiu, pulei para dentro da calça, coloquei os sapatos na velocidade da luz, peguei minha blusa e minha bolsa e, ainda me arrumando, corri para a porta da rua. Antes de respirar o ar puro novamente, deixei o pagamento e a gorda gorjeta para Lucinda, com a promessa implícita de nunca mais voltar ali.

Quando eu já estava do lado de fora, Márcia, a arrogante, chamou meu nome três vezes, e na quarta não pude mais ignorá-la. Ela estava a menos de um metro de distância.

— Amanda, você esqueceu seu gel refrescante — gritou.
— Ah! O gel. Obrigada, Márcia. Como eu poderia viver sem ele? — brinquei.

Joguei-me dentro do primeiro táxi que parou na minha frente. Gritei o endereço ao taxista, que me olhou assustado.

Na próxima encarnação quero duas coisas: nascer homem e ignorante. Preciso dizer que a ignorância é uma bênção. Quem tem não faz ideia da maravilha que é. Eu, por exemplo, até este fatídico dia, não sabia que uma mulher precisava sofrer tanto para manter as coisas lisinhas e bonitas. E só agora eu sei que preferia morrer sem saber.

Voltei para o trabalho andando com certa dificuldade. Quando abri a porta de minha sala e pensei finalmente em me sentar, me virei e dei de cara com meu chefe em pé na minha frente, com um sorrisinho bobo na cara.

— E então? Como foi com o revolucionário colombiano?
— Bom, para começar, ele não era colombiano, era brasileiro. Além disso, não era revolucionário, era terrorista. Acho que não será de grande ajuda. Não acreditei em suas histórias, e, para ser sincera, espero não precisar vê-lo nunca mais.

Ele saiu pela porta, completamente desapontado. Me senti culpada por ter exagerado na história. Tranquei a porta da sala para que ninguém mais me importunasse e fiquei ali, passando aquele enfadonho gel refrescante, que ardia mais que pimenta nos olhos, em minhas pernas vermelhas. Morrendo de vontade de ligar para Julia e lhe dizer uns bons desaforos. No entanto, olhei novamente para meu coelhinho e dessa vez examinei direito. Não é que ficou bom? Agora só preciso de um mágico para tirá-lo da cartola — e quem sabe resolver definitivamente meu problema de frigidez.

5

Sempre fui amiga dos animais, até o dia de hoje, depois dessa desafortunada manhã de sábado, que utopicamente seria o meu dia de folga. Descansar, ir para a rua, ver pessoas, levar minhas roupas à lavanderia e comprar sem culpa comidas gordurosas para me empanturrar no fim de semana. Esse era o plano! Não tinha programado nada em especial. Apenas um fim de semana de ócio, sem preocupações ou compromissos de trabalho. Mas meu castelo de cartas desmoronou e meus planos foram inesperadamente interrompidos por um pitbull. Agora são 11h30min da manhã e eu estou aqui, num pronto-socorro. Com um residente muito jovem, e inexperiente, costurando um *prêt-à-porter* com duas bandas da minha perna.

Quando acordei, nem podia imaginar o que estava prestes a acontecer. Meu dia começou igual a todos os outros. Acordei cedo, tive meus cinco minutos de paranoia ao olhar no espelho e constatar que minha pele estava ressecada e com pequenas manchas avermelhadas espalhadas pelo rosto. Que, até ontem, não estavam ali. Não demorou muito para eu associar isso à síndrome de Sjögren (uma doença que causa o ressecamento extremo da pele), e me convencer de que eram os primeiros sintomas de envelhecimento precoce. Minha pele poderia estar sofrendo um terrível processo de desidratação aguda. Em poucos meses eu não poderia mais chorar, não teria mais saliva na boca, que estaria cheia de cáries, e sentiria dores horríveis nas articulações. Algum tempo depois estaria em uma cadeira de rodas, devido ao agravamento da artrite. Ai, meu Deus! É assim que acontece. Eu sei! – *eu me imaginava em plena agonia.* – cinco minutos inteiros com meus pensamentos girando em torno da infundada teoria. Mas, como o ressecamento e as manchas desapareceram dez minutos após eu lavar o rosto e passar um poderoso creme hidratante, livrei minha mãe de ouvir mais um de meus testemunhos matinais.

    Escovei os dentes e organizei as roupas para levá-las à lavanderia. Tudo muito bom. Eu tinha programado tomar o café da manhã no Viand, na Rua 61 com a Madison. Sempre vou lá aos sábados para tomar meu café e bater um papo com Fernando, um garçom muito amável que grita meu nome, anunciando minha chegada, para todo o restaurante assim que apareço do lado de fora da porta de vidro. Peguei a sacola de roupas e a bolsa, ensaiei abrir a porta, mas me dei conta de que não estava com a chave. Então voltei para pegá-la, em cima da mesa de jantar. Esse movimento durou menos de um minuto. Minuto precioso, que poderia ter salvado meu dia e minha perna. Quando finalmente saí do apartamento, me deparei com o ataque. Isso mesmo. Abri a porta e lá estavam eles: o entregador, o cachorro e o dono do cachorro. Até esse ponto ainda não tinha entendido exatamente o que estava acontecendo. Mas não demorou muito para que eu me desse conta: o cachorro estava atacando o entregador. E o dono do cachorro estava atacando o cachorro. Ou algo assim. Falta de sorte a minha? Bota falta de sorte nisso.

Desde que me mudei para esse prédio, tenho tido uma convivência pacífica com meu vizinho da frente e seu pitbull, ambos lindos, tenho de admitir. Mas, se o dono for tão agressivo quanto seu *pet*, pretendo ficar bem longe dos dois. O adorável cachorrinho estava atacando o entregador da FedEx. Já havia mordido sua bota e estava pronto para lhe pular na jugular. Foi quando eu apareci. Salvei-lhe a vida, e, em vez de me agradecer, ele não disse uma palavra e saiu correndo. Deixou para trás seus pacotes, e fiquei à mercê de um cão com sede de sangue. O cara desapareceu escada abaixo. Resultado: assim que escutei o estalo da porta de meu apartamento se fechando em minhas costas, o monstro já havia tomado posse de minha coxa. Com dentes afiados, ele mordeu um pedaço da minha perna, entre o quadril e o joelho. Serviu-se do osso do meu fêmur como se fosse um pedaço de carne suculenta. Nem tive tempo de entender a situação. Que dirá pensar em reagir! O peludo veio pra cima de mim, com a boca salivando. Senti-me um pedaço de filé *mignon*, fresquíssimo, pendurado em um gancho de açougue. Ganhei uma laceração do tamanho da fenda estelar, ou seja, incalculável. E ainda não era nem dez da manhã!

Enquanto um quadrúpede tentava controlar o outro, este já tinha me arrancado meia perna e agora se divertia rasgando minhas roupas, minha sacola da lavanderia Pink comprada há menos de duas semanas. Na sacola havia três calças jeans (sendo duas da Diesel), lingeries caras, meias de náilon, dois *tailleurs*, uma calça de alfaiataria, muitas camisetas e lençóis de puro algodão egípcio.

A Pílula do Amor

Assim como o animal, meu lado garota problemática ficou incontrolável. Por mais que tentasse, não consegui me conter. Disparei a falar, dizendo coisas que para mim faziam total sentido. Faziam na verdade parte de meu plano instintivo de salvamento.

– Você sabe a quantidade de bactérias que tem na boca dessa fera? Estou sangrando muito. Acho que fui atingida na artéria – ensaiei um desmaio, mas continuei – não tenho nenhuma chance. Preciso ir para o hospital em cinco minutos, senão será tarde demais – eu gritava.

– Calma! Me deixa controlá-lo que eu já chamo a ambulância – dizia o rapaz, enquanto tentava puxar o cão pela guia.

– Deixe esse monstro comer minha *lingerie* La Perla suja! Que morra de indigestão. Ligue logo para o serviço de emergência! Para o controle de zoonoses, para o serviço secreto, a polícia, o FBI e a CIA! – gritei, atirando meu celular contra sua cabeça. – Solta esse bicho e liga agora! Senão EU vou morder você!

Ele hesitou por um segundo, mas resolveu me obedecer. A essa altura ele não sabia mais quem era o real perigo, o pitbull ou eu. O cachorro ainda dilacerava meu jeans Diesel quando o idiota terminou a ligação: – Estarão aqui em dez minutos. Tente ficar calma.

Ficar calma? Ficar... Hã...? O que será que ele tem dentro dessa cabeça oca? Papel picado? Será que ele não conseguiu conceber que em alguns minutos todo o sangue que mantém minha existência pode estar no chão e meu espírito em outro sistema solar? Será que ele não percebe que seu lindo filhotinho arrancou minha perna? E eu, vendo minha perna lacerada, ainda preciso ficar calma! – pensava eu, querendo furar os olhos dele com o salto do sapato.

– Dez minutos!!! – *gritava eu, com toda a força dos pulmões.* Em dez minutos eu posso estar morta. Você é estúpido. Não disse a eles que seu animalzinho me feriu mortalmente? Se eu morrer, porque eu sei, eu vou morrer, você será indiciado por homicídio doloso! Eu estarei no inferno, mas você virá junto comigo. Você e seu brinquedinho assassino!

Mesmo quase inconsciente e lutando para não desmaiar, escutei, bem longe, as sirenes. Eram duas, eu conseguia distinguir. Uma era da polícia e a outra da ambulância.

– Já estou ouvindo a ambulância, mas e o helicóptero? Não consigo ouvir o helicóptero. Você não chamou uma equipe de resgate aéreo? Você é um asno! Juro, nunca vi um cara mais idiota na minha vida!

Depois disso, não me lembro de mais nada. Apaguei com a lembrança das minhas mãos escorregando na parede bege do corredor, deixando um rastro de sangue que evidenciava meu sofrimento.

Existem várias teorias especulativas e histórias mal contadas. Alguém pouco confiável e lindo, como o dono do cachorro, diz que surtei completamente. Gritava coisas incompreensíveis, como *tragam o desfibrilador, meu coração está falhando*. Ou *preciso do meu computador! Tenho de checar se a raça desse animal selvagem transmite alguma doença específica!* Ou ainda *não atualizei meu testamento esta semana; não posso morrer assim, dessa maneira tão estúpida. Por que não uma infecção generalizada? Pelo menos eu teria tempo de refazer meu testamento.* Ele também mencionou coisas como *"Julia estava certa, ela estava sentindo que alguma coisa errada aconteceria comigo"* e *"graças a Deus eu tive tempo de fazer meu coelhinho. Eu não vou passar vergonha no hospital."* Definitivamente, não acredito nessa versão. Ou a outra, que diz que iniciei um monólogo médico. Um dos paramédicos perguntou a Brian, o dono do cachorro, se eu era médica ou roteirista de *House*, a série médica da tevê... Exigia dos paramédicos exames, medicação e vacinas. Cheia de razão e de termos científicos que ele diz não se recordar, dadas as circunstâncias, o nervosismo e o clima tenso. Outros dizem que desmaiei ali mesmo, na escada, enquanto tentava me controlar. Respirando com dificuldade e cada vez mais rápido, até que apaguei. Um cara da ambulância, o primeiro a chegar, disse que eu, já roxa, pouco antes de desmaiar, disse: *Meu tipo sanguíneo é AB negativo. O tipo mais raro, não se esqueça, não se esqueça.* E depois apaguei, segundo ele.

Minha mãe, como sempre, acha que todas as teorias são verdadeiras. Na minha opinião tudo não passa de intriga e fofoca de gente curiosa, que não tem mais o que fazer.

Finalmente estou liberada para voltar para casa. Apesar do trauma, estou ansiosa para voltar ao meu lar. Não que eu não goste de hospitais. Na verdade adoro. Mas ficar internada em um quarto privativo é uma coisa. Ficar na enfermaria, junto com um monte de gente doente, é outra muito diferente.

Sempre fiz questão de pagar um bom plano de saúde. Tenho um Medicare Top, do tipo que cobre até quarto privativo no padrão hotel cinco estrelas. Aqueles amplos, com cortinas, camas largas e todo tipo de aparelhagem no quarto. Na TV, todos os canais pagos. Um grande *closet* e uma cama extra e confortável para o acompanhante. E o banheiro? Tem até banheira. Maravilhoso. É como passar férias num *spa*.

Tentei convencer os médicos de que era melhor eu passar 48 horas em observação. Porém, como meu ferimento, segundo eles, foi leve e superficial, já poderia ir para casa.

– Amanda, seu celular está vibrando. Quer atender? – perguntou minha mãe, estendendo o braço para me entregar o aparelho.

Era Lauren, minha irmã caçula, perguntando se eu estava bem ou se ficaria em coma induzido por algumas semanas. Claro que ela estava debochando, como normalmente faz.

– Oi, Lauren. Sim, estou bem agora. Obrigada por se preocupar. Sim, enorme, o monstro arrancou metade de minha perna direita. Juro. Pergunte a mamãe. – Minha mãe apenas balançava a cabeça em negativa, enquanto ouvia abismada o diálogo. – Obrigada por ligar. Amo você também.

No segundo em que desliguei, um médico apareceu na porta da enfermaria. Era um dos que estavam cuidando do meu caso. Era experiente; pretendia dar as últimas orientações antes de me liberar. Aproximou-se para conversar. Ele tinha a língua presa e um jeito engraçado de andar. Mas o que importava é que era competente. Aparentava preocupação; queria dar as explicações necessárias sobre meu estado de saúde ainda debilitado. Passar o receituário e marcar meu retorno.

– Amanda está bem. A mordida foi superficial e foram dados apenas quatro pontos. Nenhum nervo foi afetado. Ela vai tirar os pontos em uma semana, mas já pode voltar ao trabalho na segunda-feira mesmo.

Simples assim? Fui atacada por uma fera em meu dia de folga. Levei vários pontos na perna, antes perfeita. Passarei o fim de semana de molho. Tomei mais de cinco injeções. E não ficarei nem um dia internada?

Vi o alívio no rosto de mamãe. Afinal, essa era minha primeira ocorrência real em anos. Ela estava abatida e visivelmente preocupada. Talvez porque soubesse antes de mim mesma que esse episódio não acabaria ali.

Acontece que a mordida de um animal pode transmitir uma doença fatal, popularmente conhecida como raiva ou hidrofobia. Essa doença é transmitida pela saliva do animal,

A Pílula do Amor

caso ele esteja contaminado. Os sintomas aparecem geralmente dois anos após a contaminação. É chamada de raiva porque a pessoa ou o animal tendem a ter acessos terríveis de violência, ficam muito irritados e descontrolados. Minha mãe, informada pelos médicos, foi orientada a pedir um exame do cachorro que havia me mordido. Previa que eu ficaria louca e passaria dois anos inteiros esperando a doença aparecer. A medicação preventiva, a vacina com os anticorpos da doença e a antitetânica foram aplicadas. Mas eram apenas preventivas. Se eu realmente estivesse contaminada, nada poderia ser feito. A morte era certa!

Minha mãe fez questão de ficar em casa comigo no final de semana. Ela me manteve longe do computador, para que eu não pesquisasse nada a respeito de doenças relacionadas a mordida de cachorro. Conversou com meu vizinho, que apareceu para uma visita amistosa, com flores e um pedido de desculpas.

Pedi que ela o recebesse e mandei dizer que estava em coma. Por isso não poderia aceitar o pedido de desculpas, muito menos encontrá-lo novamente.

– Boa tarde, meu nome é Brian. O meu... é... o meu cachorro... mordeu Amanda... Bem, eu... sinto muito – ele parecia visivelmente constrangido e entregou as flores para minha mãe.

– Mãe, não se esqueça de dizer para ele levar de volta essas flores. Uma tentativa de assassinato por dia já é suficiente – gritei de propósito, para que ele pudesse ouvir.

– Desculpe, Brian. Amanda está mal-humorada e um pouco chateada com o que aconteceu. Você entende não é? – disse ela, com simpatia. – Mas obrigada pelas flores. O médico disse que ela está bem. Levou quatro pontos na perna, mas está bem. Não se preocupe – mamãe tentou consolá-lo, como se ele precisasse de consolo.

– Entendo. Estou indo para o trabalho agora, mas se precisarem de alguma coisa é só ligar. Fique com meu cartão. Ligue mesmo se precisar de alguma coisa – fingindo estar preocupado.

– Brian Marshall. Le Antique Restaurante. Fica no Soho? Acho que já ouvi falar desse lugar. Você é gerente lá? – perguntou, curiosa.

– Também. O restaurante é meu. Sou o proprietário. Mas posso garantir que a comida é ótima. O *chef* é da Turquia, e se formou em Paris. Tem receitas incríveis. Vocês deveriam experimentar – disse ele, se gabando.

– Um dia, quem sabe? – disse mamãe, com um sorriso.

– Vocês são minhas convidadas. Aceite como meu pedido de desculpas, já que as flores não deram o resultado esperado. – Ele estava desapontado. Acho que pensava: que tipo de mulher não gosta de flores? Resposta simples: o tipo alérgico.

Ele se despediu e foi embora levando as flores. Depois tive de escutar mamãe defendendo o cara. Perguntando se eu já havia reparado que ele é uma graça de menino. Solteiro, inteligente, ama os animais, tem bom coração. Cheio de predicados. De repente o cara virou o melhor partido da cidade. Acho que não, obrigada! pensei.

– Amanda, a culpa não foi dele. O cachorro ficou inquieto pela presença do entregador. Isso acontece. São coisas da vida.

– Como você sabe de tudo isso se conversou com ele apenas cinco minutos? – eu não estava com a menor paciência.

– Eu vi nos olhos dele – respondeu ela, sorridente.

Viu nos olhos dele. Pois sim. Minha mãe tem dessas coisas. Mania de achar que todo mundo é bom. Ela olha nos olhos de alguém e, se não estiver amarelo (hepatite) ou vermelho (mariju), ela acha logo que é boa pessoa. Se tiver olhar meigo ou de pobre coitado, ela atribui logo o rótulo de bom genro. Eu não aguento isso!

O que me sobrou do sábado eu passei na cama, recebendo os paparicos da minha família. Lauren, Sophia e Julia também vieram cuidar de mim. No domingo, senti as forças voltando lentamente ao meu corpo.

Levantei às dez horas, coisa que raramente acontece. Adoro dormir, mas nunca passo das nove na cama. Fui para o banho e, quando terminei, Julia, que chegou cedo, me ajudou a trocar o curativo. Mas não pensem que o interesse de Julia era no meu estado. Ela estava morrendo de curiosidade sobre Brian. Queria saber detalhes sobre a visita que ele fez no sábado. Ela e minha mãe se deliciaram com todos os detalhes de minha tragédia.

Saímos para um *brunch* as três. Fomos ao Extra Virgin, no Greenwich Village. A fila estava enorme, mas consegui convencer o gerente de que eu não poderia ficar em pé esperando uma mesa por mais de 30 minutos. Ele gentilmente nos cedeu a primeira mesa que ficou disponível. Nesse momento até cheguei a agradecer o incidente; passar horas na fila de um restaurante me deixa estressada. Na volta, pegamos um táxi até a entrada do Central Park, na altura da Rua 61 com a Quinta Avenida. Caminhamos um pouco e nos sentamos no gramado para descansar.

Cheguei em casa com o sol ainda brilhando. Era uma tarde ensolarada. Preparei a roupa de trabalho para o outro dia e fui me deitar cedo. Dormi como um anjo, sem lembranças nem pesadelos sobre o que aconteceu. O episódio aparentemente estava superado.

6

— Para falar a verdade, não lembro quanto tempo faz — digo, tentando minimizar o assunto, fingindo não dar a menor importância. — Talvez oito semanas ou mais... não me lembro.

— Oito semanas sem sexo! — gritou ela ao telefone.

— Julia, espero sinceramente que não haja ninguém perto de sua estação de trabalho neste exato momento, porque você acaba de anunciar para todos em sua empresa, talvez no quarteirão onde sua empresa esteja estabelecida ou quiçá para a cidade inteira, que sua melhor amiga não faz sexo há oito semanas. — Não acredito que ela fez isso! Julia é impossível. Quanta indiscrição com a sexualidade dos outros! — Esse é um assunto de foro íntimo, ou seja, particular, e só estou dividindo com você porque... porque... sei lá... nem sei por quê — eu já estava irritada com a indiscrição dela — talvez porque não consiga conter minha boca grande — completei, indignada e brava comigo mesma.

— Amanda, já se passaram cinco semanas desde Diego, você tem noção disso? Já estou preparando meu próximo aniversário e você ainda está vivendo as consequências do último? É verdade mesmo, oito semanas? Não sei como você aguenta esses longos períodos sem sexo com tantos homens maravilhosos nesta cidade – ela riu. – Você precisa concordar comigo. Talvez seja difícil encontrar um relacionamento estável e duradouro em Nova York, com um cara sensato, maduro, com senso de humor, responsabilidade, que pense no futuro e tenha um bom emprego. Mas sexo? Amanda...

– Primeiro tire da sua lista de homens maravilhosos os casados. Pelo menos 50% dos homens desta cidade são comprometidos. Depois, dos outros 50% você pode tirar os *gays* e os caras que morrem de medo de se relacionar. Tire também os artistas e os que acham que são artistas. Os que têm três empregos (esses são ocupados demais para pensar em sexo) e não têm tempo para se relacionar. Os *workaholics*, pelos quais não tenho interesse, e os desempregados, pelos quais também não tenho o menor interesse. Daí você vai chegar à desesperadora conclusão de que menos de 2% dos homens residentes em Nova York estão disponíveis e dispostos a ter um relacionamento – completei, exaurida, minha análise. – Mesmo assim, tome cuidado, pois esses 2% acabaram de sair de algum tipo de relação e estão frustrados, magoados ou só querem curtir a noite com uma mulher bonita.

– Mas quem está falando em relacionamento, Amanda? Acho que você está precisando mesmo é de diversão. Quente e animada. Quem sabe um caso, talvez até com um cara casado, para sair da rotina. Hum, esses são os melhores – ela caiu numa gargalhada estrondosa.

É claro que Julia não está falando sério. Desde que a conheço, não a vi sair da linha uma única vez. O gosto dela para homens pode ser duvidoso e até mesmo trazer problemas, como a vez em que foi parar na delegacia porque seu então namorado estava portando uma quantidade de maconha que dava para abastecer toda a cidade. Mas ela não sabia que o cara era um traficante, apenas se deu conta disso quando o delegado lhe mostrou a ficha suja do moço. Até hoje ela jura que ele é um amor de pessoa e estava guardando o pacote para um amigo. É, eu sei, minha amiga é realmente ingênua.

– Julia, você me conhece há tanto tempo... Será que ainda não percebeu que não me arrisco a ter sexo casual? Você sabe a quantidade de pessoas que têm DST em Nova York? Além disso... – ela me interrompeu.

– Já sei, já sei... Mas como você vai resolver esse problema, então? Porque, convenhamos, sua situação já pode ser considerada como problema. Podemos catalogá-la como emergencial.

– Eu não tenho culpa de ter um radar altamente seletivo. Não posso sair por aí com qualquer um. Ou cair na cama de um cara no segundo ou terceiro encontro. Eu não consigo agir assim!

– Segundo ou terceiro encontro? Amanda, acorda! Já sei, você tomou um daqueles anti-sei-lá-o-quê, que te deixa sonolenta, né? Hã? Terceiro encontro? Pois sim... é por isso que você está há tanto tempo sem conforto carnal.

– Só estou esperando um cara decente, com emprego e hábitos de higiene razoáveis. Claro que se ele souber fazer a manobra de Heimlich eu terei encontrado minha alma gêmea.

– Razoáveis em quais parâmetros? Nos seus ou nos meus? Nos meus, se o cara tiver um pouco de chulé ou chegar suado a minha casa após uma partida de tênis ou vôlei no Central Park, está tudo bem. Até mesmo deixar de tomar banho um dia na semana é totalmente aceitável. E manobra de quem? O que é isso, Amanda? Uma técnica nova de sadomasoquismo? – ela soltou outra gargalhada.

— Não, Julia. Manobra de Heimlich é uma técnica de emergência para salvar uma pessoa que está se asfixiando engasgada com um pedaço de alimento.
— Ah, sei. Aquela que está na porta de todas as lanchonetes da cidade? O cara, além de não ter chulé, mau hálito, ser magro e ter cabelo, ainda precisa saber isso.
— Você não vai entender nunca. Que horror... É por isso que só namora vocalista de banda de *rock*, cabelos longos e sujos e calça jeans. Meu Deus, aquelas calças que saem da loja e vão direto para o corpo do sujeito, do corpo dele direto para a lata do lixo. Nem preciso mencionar que isso acontece sem elas nunca terem passado pela máquina de lavar. Definitivamente, amiga, seus parâmetros têm muitas falhas de formulação – debochei.
— Já sei, ligue para o Diego. Nunca se sabe, não é mesmo? – sugeriu, sabendo que eu não poderia fazer isso.
— Você sabe que já pensei nisso. Mas as chances de levar um não são enormes. E, como estou acostumada a trabalhar com dados realistas e boa chance de vitória, prefiro não arriscar minhas fichas com essa alta taxa de improbabilidade.
— Você precisa de ajuda nessa sua busca pelo Sr. Higiene Razoável – disse ela. – Acho que posso ajudá-la nisso.
— Como? Não me venha com um daqueles seus ex da faculdade. Aqueles que assistem aos jogos do Super Bowl tomando cerveja e arrotando em algum *pub* irlandês da cidade. E ainda chamam a gente de "minha linda". De jeito nenhum! Ou um dos caras da banda do seu namorado roqueiro. Como é mesmo o nome dele? Aquele cheio de *piercings*. Por favor, meu estômago fica atacado quando preciso fazer uso intenso de Polaramine. Depois vou ter que tomar remédio para controlar a gastrite e...

— Amanda, acho que a solução para seus problemas tem 1,98m de altura e está na minha frente agora — ela me interrompeu sem se interessar pelo final da história.
— Quem? — perguntei, sem saber se a resposta me agradaria. Aliás, estava quase convicta de que não. Julia era minha amiga há anos e nunca conseguiu entender o que exatamente eu buscava em um namorado. Bem, não posso culpá-la: sou uma pessoa complicada de fato. Coisas como gentileza, limpeza e tolerância não faziam parte dos acessórios indispensáveis para o que ela chamava de "homem kit perfeito".
— O meu chefe! — disse ela, eufórica.
— Ooooh! Calma aí. Você deve estar maluca. Aquele careca com problemas sérios de halitose? De jeito nenhum...
— Não, Amanda, não é esse chefe. É o outro, o Peter.
— Mas ele não estava noivo, às portas da sinagoga? — perguntei, dessa vez ansiosa pela resposta negativa.
— Terminaram. Foi o maior comentário aqui no escritório. As pessoas chegaram a fazer bolão para adivinhar o motivo do fim do casal perfeição. Lembra que cheguei a me interessar por ele quando vim trabalhar aqui? Lembra como ele me tratou quando...

Julia agora tagarelava e lamentava sem parar o fato de Peter, o maravilhoso, não ter se interessado por ela. Obviamente por ter uma noiva linda, que fala quatro idiomas, trabalha numa revista de viagem e tem tudo que uma garota precisa para ser a esposa maravilhosa. Todos a admiravam (ou tinham inveja do casal) e faziam planos para que os dois ficassem juntos e tivessem logo um lindo filhinho. Sim, lindo, pois ambos são lindos. A combinação genética perfeita. Enquanto Julia fala e fala, eu penso: aquele cara, até semanas antes, era inacessível. Suspirei. Agora, poderia ser a alma caridosa que ajudaria a reverter meu quadro de frigidez. Será? Procurei não me empolgar demais com a história. Se eles terminaram, poderia ser por várias razões. E algumas delas poderiam dar margem a uma reconciliação. E a última coisa de que eu precisava era mais problemas.

Outras coisas passavam em minha mente. Talvez ele a tivesse traído, e eu não gostaria de ter um homem assim em minha vida. Se ele teve coragem de trair uma mulher como ela, o que não faria comigo? Tentei não pensar mais no assunto. Era tudo delírio da cabeça de Julia. Peter continuava inalcançável.

– Julia, preciso trabalhar. Nos falamos depois.

Desliguei antes que ela começasse a fazer planos para meu casamento com Peter.

Quatro dias se passaram. E, para ser sincera, eu já nem me lembrava mais da conserva lunática que tive com Julia. Ela também não tocara mais no assunto "Peter, o perfeito". Era quinta-feira, dia difícil no escritório. Tínhamos acabado de perder de forma irrevogável uma causa contra uma empresa pesqueira, que conseguiu na justiça o direito de continuar pescando lagosta no período de desova. Um veredicto inacreditável e totalmente incoerente. Mas é como eu sempre digo: ninguém sabe o que se passa na cabeça de um juiz. Acho que esse adorava lagosta e não poderia viver sem essa iguaria, mesmo que isso custasse a extinção da espécie em algumas décadas. Carl, o advogado que coordenou o processo, estava visivelmente abatido, arrasado. Até pensei em lhe oferecer um de meus porretes farmacêuticos. Acho que faria muito bem a ele dormir por três dias consecutivos. Meu chefe também estava com cara de poucos amigos. Eles esperavam usar essa causa como uma espécie de bandeira para alardear ao redor do mundo uma nova campanha para conscientizar os pequenos pescadores dos males que isso traz ao meio ambiente. Eu não estava diretamente envolvida, mas trabalhar em uma organização como a nossa (na qual você veste a camisa e sai pelo mundo afora, literalmente tentando salvá-lo) é como jogar em um time, os Yankees, por exemplo. A vitória é a única coisa que importa e deixa todos felizes.

Recebo uma média de 30 mensagens de texto por dia em meu celular. A grande maioria é de parceiros de trabalho. Algumas de minha mãe ou de Lauren, outras poucas de Julia, Marc e um ou outro amigo. Então, não me espantei quando recebi uma mensagem de Peter em meu Blackberry. Ele trabalha em uma agência de publicidade, talvez quisesse um conselho sobre alguma questão legal. Eu sei. Pouco provável, mas mais improvável ainda foi o que aconteceu na sequência.

Peter Thompson: Está livre hoje à noite?

Nossa, ele é mesmo direto. Claro que pegou meu número com Julia, que deve ter falado horrores para ele. Até consigo vê-la dizendo como estou carente e precisando de um ombro amigo, ou qualquer coisa do tipo.

Eu: Depende, qual é a proposta?

Peter: Apenas um jantar, vinho e boa conversa.

Perfeito! Adorei! Julia fez mesmo o dever de casa. Como havia prometido, conseguiu um encontro entre mim e Peter. Essa garota é das minhas.

Conheci Peter alguns meses antes, quando Julia praticamente me arrastou com ela para uma festa da empresa para a qual ambos trabalham. Uma agência de publicidade que tem a conta de quase todas as grandes empresas do mercado da moda. Julia insistiu muito. Enquanto eu argumentava e articulava desculpas para não ir, ela quase suplicava. Mas

A Pílula do Amor

eu não estava me sentindo bem naquele dia. Tentando fazê-la entender, eu alegava com termos científicos o que se resumia em: *Julia, não posso. Você não entende, mas EU ESTOU DOENTE.* Não teve jeito. Menos de 40 minutos depois lá estava eu, vestida e maquiada como uma *dragqueen*, na tal festa com Julia.

Festinha animada, gente bacana, *drinks* coloridos e um monte de publicitários esquisitos. Vestidos como estudantes recém-formados. Atitude jovial, rodeados de garotas lindíssimas, incrivelmente magras e altas, todas possivelmente modelos. A música era tão alta que afetava meu nervo auditivo. Até hoje não sei como não fiquei surda; talvez um dia ainda sinta os reflexos (retardados) dessa noite e precise usar um daqueles aparelhos de surdez.

Tudo aconteceu numa das maravilhosas coberturas de Manhattan, na esquina da Quinta Avenida com a Rua 27. Lugar lindo! Lá de cima eu via grande parte da cidade iluminada. O prédio da Chrysler, a iluminação do Empire State (que naquela noite homenageava a bandeira da França). Provavelmente se referia a alguma comemoração ou feriado da terra da gastronomia, do champanhe, dos queijos e vinhos. *Ai, que fome!* Essas festas costumam ser maravilhosas. E foi nesse clima sedutor que meus olhos alcançaram Peter Thompson pela primeira vez.

Ele usava uma camisa listrada em azul e branco, com os punhos dobrados. Jeans novos, sapatos também novos. Seus cabelos ondulados estavam precisando de um corte novo, mas nada que pudesse levar alguém a pensar que era desleixado com a aparência. A barba feita, a pele lisa e clara. Não tinha aquelas cicatrizes ou irritações da maioria dos homens. Seus olhos eram um mix de cores e tonalidades diferentes que iam do verde-escuro ao castanho-claro, quase amarelo. Lembrava um garotinho, mas com braços fortes. Lindos braços, corpo esculpido cuidadosamente em academia, com certeza. Mas não era só a beleza dele que impressionava. O porte, a atitude, o jeito de olhar. Olhar atento, audacioso. Ele circulava entre os convidados com desenvoltura. Fazia comentários sarcásticos, porém engraçados. Dizia coisas inteligentes. Chegava, deixava sua marca e sumia no meio da multidão. Parecia parte de um plano para estruturar a imagem que as pessoas faziam dele. Fomos apresentados em uma dessas aparições, no grupo em que eu tentava me enturmar. Ele sorriu, apertou minha mão e disse algo simpático. Mas, antes mesmo que eu pudesse me empolgar, conheci também Bárbara, noiva dele na época.

Fiquei muda e pensativa. Meus dedos, congelados no teclado do celular. Eu pensava em várias palavras e tentava juntá-las numa frase que fizesse algum sentido, já que a euforia da situação não me permitia agir naturalmente. Estava atrapalhada, admito. Não é todo dia que se recebe um convite para jantar de um homem assim. Um cara como Peter, o genro dos sonhos de minha mãe, aparentemente preenchia todas as minhas exigências. Achar um homem como Peter solto por aí só não é mais difícil que achar um táxi livre em um dia de chuva. Então preciso dar a resposta certa. Se disser sim, posso parecer fácil demais. Se disser não, talvez não tenha outra chance de dizer sim. Racionalizei. Resolvi não arriscar; aceitei. Tem um milhão de garotas nessa cidade atrás de um cara como Peter. Isso já era motivo suficiente para eu aceitar. Considerando minha situação sexual, então, o convite se tornava irrecusável. O que tenho a perder? Nada. Então...

A Pílula do Amor

Eu: Quando e onde?
Peter: Hoje às 7h45min. Está bom para você?
É engraçada a reação das pessoas em certas situações. Quando ele mencionou um horário exato como 7h45min, cheguei a duvidar de sua sanidade mental. E olha que isso, partindo de mim, a pessoa mais esquisita que conheço, chega a ser hilário. *Teria ele transtorno obsessivo-compulsivo?* Não tive coragem de perguntar. Mas, convenhamos, é muito estranho uma pessoa marcar um compromisso informal dessa maneira: *Vamos nos encontrar para um café amanhã às 15h28min.*
Eu: Perfeito. Onde?
Peter: Na Rua 56 com a Broadway. Não se atrase. Encontrarei você no *hall* do Hotel Summer; quero te mostrar uma coisa lá. Mas farei reservas em um restaurante lá perto. Não ficaremos no bar do hotel.
Eu: Ótimo para mim. Como eu te encontro lá?
Peter: Não se preocupe, eu encontro você! (Isso soou tão poderoso! Um pouco autoritário talvez, mas confesso que gostei.)
Eu estava entusiasmada, como há muito tempo não ficava. Meu estômago borbulhava, e não eram gases. Queria sair dançando pelo escritório, contar para todo mundo que um homem maravilhoso estava interessado em mim. E que eu tinha finalmente um encontro com alguém que valia a pena.
Abri a porta e pedi a Sarah, minha assistente, que me trouxesse um chá de camomila.
Tomei dois ansiolíticos, uma xícara de chá e fiz muitos exercícios de respiração para manter-me no controle da situação. Eu teria apenas três horas para finalizar o trabalho no escritório, o que levaria duas horas e quarenta, ir para minha casa, o que daria 15 minutos caminhando, mais três minutos dentro do elevador até meu apartamento, no quarto andar.

Tomar um bom banho, mais 20 minutos, pensar na roupa que vou usar (nessas horas essa é a pior parte para mim!), maquiagem e perfume, mais 15 minutos. Calculando ainda o tempo que o táxi levaria para atravessar a cidade do lado Leste, onde moro, até o lado Oeste, onde eu o encontraria, pensei: acho que consigo estar lá às 7h45min, como ele espera.

Gastei não mais que cinco minutos do precioso tempo ligando para Julia e contando como tudo havia acontecido. Tive de desligar, deixando-a furiosa e com um misto de inveja e curiosidade, esperando por detalhes que prometi contar assim que o encontro acabasse.

Enquanto eu corria para não me atrasar, pedia mentalmente que meu corpo me obedecesse e que meu cérebro não parasse de funcionar inesperadamente. Uma pane agora seria inconcebível. Coração e pulmões, apesar de acelerados, também funcionavam de maneira aceitável.

Banho tomado, maquiagem feita – dessa vez maquiagem leve, quase imperceptível. E a roupa? Eu precisava escolher algo marcante. Não muito sensual nem muito recatado, algo elegante e discreto. Bonito para causar boa impressão e ousado o suficiente para que Peter tivesse vontade de descobrir o que estava por baixo. *Essa não. Essa também não... nossa, eu ainda tenho esse vestido? Esse... talvez. Acho que esse vestido serve.* Escolhi um vestido xadrez em preto e branco, com saia evasê até o joelho. Uma camélia preta média (segundo Marc, meu amigo *gay*, homens não gostam de mulheres que usam flores enormes na roupa ou no cabelo. Pelo sim, pelo não, vou usar uma camélia discreta, e se o encontro for um fiasco já tenho a quem culpar: a camélia!). Bolsa pequena, na cor prata, uma sandália de saltos altíssimos também prata. Num primeiro momento achei que estava perfeito. Quando entrei no elevador e me vi de corpo inteiro naquelas paredes de espelhos enormes, senti uma insegurança que se apossou de minha alma e me deu um nó na garganta. Estava na hora de tomar mais um calmante. Desta vez optei pela homeopatia; eles não são tão fortes, e eu não poderia correr o risco de aparecer drogada no encontro com Peter.

Quando meu relógio mostrava 7h35min eu já estava dentro do táxi. O motorista era ágil. Apesar do péssimo inglês, parecia inteligente o bastante para não me enfiar no meio da Times Square no horário do *rush*. Àquela altura eu ficaria presa horas por lá e sem dúvida me atrasaria, arruinando não só meu encontro, já que Peter foi bem claro no "Não se atrase!", como também minha saúde, pois teria de tomar doses cavalares de Prozac para superar o trauma.

Enquanto observava as luzes da cidade em uma noite de final de verão quente, mas agradável, eu tentava adivinhar aonde Peter me levaria. Rezando para que não fosse uma cantina italiana, onde meu vestido seria motivo de risos, já que lembrava uma toalha de mesa quadriculada. Não era em vermelho e branco, mas isso não diminuiria em nada minha sensação de ridículo. Outra opção desastrosa seria um daqueles restaurantes coreanos com uma churrasqueira no centro da mesa. A fumaça que sai daquilo ataca minha garganta; eu passaria a noite tossindo. Completo desastre!

Quanto o taxista encostou o carro a dois metros da porta do hotel, meu relógio marcava 7h41min. Eu ainda tinha quatro precisos minutos para entrar e atravessar o saguão e me fazer visível para que Peter, como ele mesmo disse, me encontrasse. Corri elegantemente até a entrada, onde o porteiro me aguardava com a porta semiaberta. Ao me aproximar, perguntei onde era o aquário – essa foi a única dica que

Peter havia me dado. O rapaz gentilmente atravessou o *hall* comigo, deixando-me de frente para um imenso aquário, no meio do saguão decorado com motivos chineses. Peixes de vários tamanhos, tipos e cores nadavam em harmonia sob uma iluminação gloriosa em tons de azul e verde. Simulação óbvia das cores do oceano. O lugar era lindo. Eu estava distraída com a beleza dos peixes quando Peter se aproximou. Nem percebi sua chegada, mas vi seu reflexo na parede de vidro do aquário. Seu perfume era muito envolvente. Virei-me rapidamente, dando-lhe a oportunidade de me cumprimentar com um beijo no rosto.

– Você está linda. Adorei a flor.

Marc estava errado ou Peter era um sedutor nato. De qualquer forma, ponto para a camélia.

– Aonde vamos? – e, antes que ele pudesse responder: – Posso fazer uma pergunta?

– Vamos a um restaurante francês aqui perto. Marquei o encontro aqui porque adoro este lugar. Este aquário é fascinante. Você não acha?

– É realmente lindo.

– Qual é a pergunta?

Pergunta? Que pergunta? Tentando me lembrar, depois de me embriagar no sorriso dele.

– Por que 7h45min? Achei estranho você marcar com exatidão os minutos e sorri com simpatia.

– Eu saio da academia às 7h20min. Calculei tempo suficiente para chegar em casa, tomar um banho e trocar de roupa. Achei que levaríamos uns 15 minutos aqui, então fiz a reserva para as oito. O restaurante é bem frequentado e exige reserva.

– Então... É melhor ir andando para não perdermos nossa reserva.

A Pílula do Amor

O restaurante era mesmo o máximo. A comida estava divina, a sobremesa primorosa, o café saboroso. Peter se divertiu com o fato de eu ser uma garota que gosta de comer. Não tenho as neuras de regime que a maioria das mulheres tem. Eu como de verdade. A maioria das mulheres nunca come nos primeiros encontros, disse ele. Algumas não comem nunca. Isso é horrível, pois lhe dá a sensação de ELE ser o inadequado.

A noite infelizmente terminou cedo. Peter interrompeu meus delírios românticos dizendo que tinha uma reunião de manhã e precisava acordar muito cedo. Mas não sem antes fazer a promessa solene de me ligar para marcar um novo encontro.

Na saída do restaurante, ele me colocou num táxi rumo a minha casa. Despediu-se me dando um beijo carinhoso na testa. Enquanto eu seguia em meu táxi, ele virava a esquina a pé em direção a sua casa, a quatro quarteirões dali.

Ainda no táxi, lembrei-me de que não poderia deixar Julia dormir sem notícias. Sim, ela provavelmente não conseguiria dormir. E, pior, talvez fosse perguntar a Peter como foi nosso encontro. E isso eu não poderia permitir.

– Conta tudo! – ela atendeu o celular muito ansiosa.

– Não tem muito o que contar.

– Como não? Amanda, não começa. Não vem com essa de Senhora Discrição. Vai contando logo tudo em detalhes.

– Bom, nos encontramos no hotel...

– Hotel, assim direto no quarto de um hotel? Mas ele não tem um apartamento em Manhattan?

– Julia, nos encontramos na porta de um hotel porque ele queria me mostrar um aquário. Só isso.

– Ah... tudo bem, continue.

— Fomos a um restaurante francês maravilhoso. O papo foi ótimo. Conversamos sobre muitas coisas e descobrimos que temos muito em comum.
— Tipo o quê? Ele também consome remédios como se fossem balas de goma?
— Muito engraçado. Olha, vou ter que desligar, porque o taxista já está parando na porta do meu prédio. Nos falamos amanhã, está bem?
— Não! – gritou, de maneira ensurdecedora. – Pague o táxi e continue falando. Quero saber todos os detalhes.
Paguei o táxi e continuei.
— Não tem mais muito o que falar. Ele foi um cavalheiro. Simpático e fofo, como você já está cansada de saber que ele é. Jantamos, ele disse que precisava acordar cedo. Chamou um táxi para mim, se despediu e foi embora. Só isso.
— E o beijo? Não teve beijo?
— Na verdade teve, foi muito carinhoso.
— Ele beija bem?
— Não sei, Julia.
— Como não sabe? Você beija o cara e não sabe? Se você não sabe, quem vai saber? Eu?
— Julia, ele me deu um beijo na testa.
— Na testa? Você está brincando comigo. Você quer me matar! Beijo na testa quem me dá é meu avô! Não acredito que você passou uma noite inteira ao lado daquele Apolo e só conseguiu um beijo na testa, Amanda! – resmungou, indignada.
Conversei com ela por mais dez minutos, tentando mostrar que a atitude dele me deixou encantada. E que eu ficaria muito feliz se ele me convidasse para sair novamente. Desliguei, entrei em casa, tomei um banho e, quando me

preparava para ir para a cama, uma mensagem chegou no meu celular.
Me diverti muito essa noite. Vamos repetir. Tenha bons sonhos.

7

Um mocha frappuccino, por favor. E um pedaço de torta de nozes também. Fiz meu pedido para uma garota com cabelos ruivos e engraçados na Starbucks, enquanto esperava Julia chegar. Desejando que ela não demorasse muito, caso contrário a ansiedade faria minha ingestão de carboidratos chegar ao limite máximo em um final de semana. Estava com tanta fome que minha boca salivava enquanto meus olhos percorriam a vitrine de guloseimas da cafeteria. Fiquei tão atribulada com as tarefas de fim de semana que simplesmente não tive tempo de parar para almoçar. Julia e eu combinamos de nos encontrar ali por volta das duas da tarde. Como era sábado, eu precisava, antes, cumprir minha rotina do início do final de semana. Em minha lista de afazeres já estavam riscados alguns itens: levar as roupas para a lavanderia, ok. Manicure, pedicure e limpeza de pele, ok. Limpar e organizar o *closet*, tarefa que entra na lista a cada 15 dias apenas, mas nesse sábado estava lá, eu faria na volta. Passava um pouco do

A Pílula do Amor

meio-dia e eu já estava liberada de minha lista, com exceção do *closet*. Como ainda faltavam algumas horas para encontrá-la, decidi fazer umas comprinhas.

Tracei um breve itinerário, que incluía a nova loja da Victoria's Secret na Lexington, para comprar um pijama de meia-estação. Depois a Chanel, para comprar meu perfume favorito, Mademoiselle Chanel, que estava no fim. Programei também uma passada na Bloomingdale's a fim de comprar um jogo de lençóis Ralph Lauren para minha cama, que raramente recebe uma visita masculina, mas nunca se sabe... Quando isso acontecer novamente, pretendo ter lençóis novos. O aniversário de Sophia estava perto, então pensei em aproveitar para comprar-lhe um lindo presente. Talvez uma daquelas bonecas da *American Girls*, com pele branca, cabelos negros e longos, olhos atentos e cílios enormes como os dela e com um *closet* completo para ela e para a boneca também.

Na Victoria's Secret usei meu cartão de crédito pela primeira vez naquele dia. Entrei pelo térreo, procurando, entre *lingeries*, cremes e espartilhos sensuais, um pijama de flanela confortável, já que a última coisa que queria era impressionar um cara. Aliás, minha frigidez, que poderia ser aguda e passageira, agora já passara de um caso crônico, pela pura falta de entusiasmo de alguns em me ajudar a resolver o problema. Encontrei no terceiro andar, entre as coisas fofas da *Pink*, o que estava procurando. Comprei um pijama macio de flanela, rosa com corações coloridos, e outro azul com listras miúdas, também coloridas. Uma pantufa gorda e muito confortável. Duas camisetas, seis pares de meias e algumas *lingeries* para substituir as que perdi no ataque do pitbull. Aliás, quanto a estas, estou pensando em mandar a conta para Brian; nada mais justo. Comprei tudo de que precisava.

Traje perfeito para uma garota solteira se divertir sozinha em casa, com muita pipoca, bons filmes e livros de autoajuda, medicina, romances e alguns esotéricos (é, sou eclética).

Saí da loja e atravessei a rua correndo, enquanto os carros ainda estavam parados no farol da Rua 60 com a Lexington, rumo à Bloomingdale's. A loja estava lotada, coisa comum aos sábados naquele horário. Caminhei em busca de um elevador que pudesse me levar rapidamente aos meus lençóis, já que não tinha muito tempo. Num rodopio de 180 graus, visualizei o meio de transporte que procurava. Corri; a porta estava aberta e várias pessoas tentavam se acomodar dentro dele. A menos de três passos do elevador, tive um segundo de hesitação. Antes mesmo que eu pudesse me controlar, fui vítima de um incidente terrível. Senti um desconforto intestinal na porta do elevador – até aí tudo normal, acontece com todo mundo. Mas o que veio a seguir me deixou histérica e morrendo de vergonha. Senti um burburinho no estômago e, quando pensei em segurar, foi pior. Uma rajada malcheirosa tomou conta do ambiente assim que a porta do elevador se fechou em minhas costas. Me fiz de desentendida, procurei um canto para me encostar, mas, conforme eu me mexia, a névoa de odor se espalhava no elevador, deixando-me ainda mais sob suspeita. O setor de roupas de cama, mesa e banho ficava no sexto andar, mas, morta de vergonha, abandonei o pequeno e abarrotado recinto na primeira parada, no terceiro andar, sob o olhar crítico e indignado dos outros ocupantes. Preferi subir pelas escadas e ter a liberdade de liberar mais uns estalinhos sem constranger ninguém, principalmente a mim mesma. Não consegui contar ao certo quantos, mas nesse dia minha produção diária estava muito acima da média nacional de 15 flatos por dia.

A Pílula do Amor

Tem dias em que me sinto assim, como uma garrafa de champanhe prestes a estourar. Não sei se acontece assim com todo mundo, mas tenho a sensação de que produzo mais gases que a maioria das pessoas. Sempre consegui disfarçar, mantendo um semblante de normalidade durante a situação, mas ultimamente a coisa tem ficado incontrolável. Não posso mais pegar o elevador com outras pessoas. Táxi também se tornou uma experiência assustadora. Tenho dado vexame em filas de banco, correio, supermercado e farmácias. Em filas com mais de dez pessoas evito entrar, pois sem dúvida a espera me levará a um episódio desastroso.

Fui ao gastroenterologista há umas quatro semanas. Ele me explicou que uma pessoa normal libera em média de um litro a um litro e meio de gases por dia, entre arrotos e flatos. Mesmo eu jurando que minha produção diária é muito superior a isso, ele não se convenceu e disse que não era nada tão grave.

– Isso é normal. Todo mundo libera gases. Às vezes muitos num dia, às vezes menos. Mas é normal – ele explicou, sem muita paciência.

Tenho o desprazer de conviver semanalmente com esse médico no ambulatório do Hospital Lenox. Dr. Hanson. É um homem grande; chego a ter medo dele. Sua voz grave me remete à minha classe na pré-escola; sinto-me uma garotinha levando bronca por ter feito xixi na calça involuntariamente. E ele, assim como minha professora má, não me facilita em nada a vida.

– Eu sei que meu intestino é preguiçoso e precisa de incentivo extra para funcionar. Isso deve ocorrer por causa de algum defeito genético. Você precisa me internar para exames mais detalhados – ordenei, desesperada.

— Amanda, não posso fazer isso. Você não está doente. Apenas sente uma coisa normal para qualquer ser humano. Talvez devêssemos mudar sua dieta, o que acha?
— Só isso? Desculpe, acho que você não entendeu. Tem dias em que me sinto um aterro sanitário personificado. No quê uma mudança na dieta poderá me ajudar? Meu caso é cirúrgico, eu sei – respondi, irritada. – Mudança de dieta é lá solução para um problema tão sério quanto o meu?
Ele riu e insistiu na história.
— Você faz algum tipo de dieta? Alguma coisa diferente que coma todos os dias que possa estar causando esse desconforto?
— Faço a dieta do tipo sanguíneo. Meu tipo é AB. Comprei um livro sobre essa dieta alguns anos atrás e realmente me sinto bem melhor com ela do que com minha antiga dieta vegetariana. Como muitas frutas, fibras, carne de cordeiro e peru. Adoro bacalhau, atum, queijos e laticínios. Bebo água o dia todo. Não sou fumante ativa, mas fumo eventualmente e bebo socialmente. Quer dizer, às vezes volto para casa completamente bêbada. Outro dia o taxista precisou abrir a porta do prédio para eu entrar, mais isso não faz de mim uma alcoólatra. Ou faz?
— O hábito de beber e fumar não é saudável, você sabe. Mas isso não tem nada a ver com seu caso. A dieta que você me descreveu parece equilibrada. Vou encaminhá-la para uma nutricionista. Se houver algum problema com sua dieta ela vai ajudar a resolver. É o máximo que posso fazer por aqui – ele me despachou antes que eu pudesse dizer mais alguma coisa.

Só isso? Consulta com nutricionista? pensava eu indignada. Para uma hipocondríaca como eu, sair de lá apenas com a indicação de uma nutricionista parecia uma opção muito pouco extremada. Mas ele não parecia se importar com minha cara de decepção. Quando implorei por um remédio, então, me botou consultório afora.

Finalizei minhas compras na Bloomingdale's, mas não tive tempo de procurar o presente de Sophia. Já estava quase na hora do encontro com Julia, por isso fui direto para a Starbucks. Eu estava faminta demais para pensar em outra coisa que não fosse comida. Quando cheguei, Julia ainda não estava lá, então tive tempo de acomodar meus pacotes em uma mesa no canto da vitrine, onde podia ver o movimento da rua, e fiz o pedido. Sentei e me pus a esperá-la.

Julia é muito diferente de mim, mas existem muitas coisas especiais em nossa amizade. Nos conhecemos assim que cheguei a Nova York e ficamos amigas imediatamente. Ela acha graça em minhas teorias sobre doenças e na forma como eu encaro minha saúde frágil. E eu adoro sua alegria. Julia é uma dessas pessoas únicas, com coração gigante, que se preocupam com os outros. Está sempre feliz e positiva. Não importa o que aconteça, sempre acha uma maneira de justificar positivamente o injustificável. Ela tem qualidades incríveis e uma capacidade ímpar de fazer as pessoas gostarem dela. Talvez o sorriso enorme e branco, com dentes que beiram a perfeição, ajude nessa tarefa. Mas o fato é que Julia tem carisma e simpatia, isso é inegável.

No momento em que eu saboreava meu *mocha frappuccino* e lia um artigo (*Anatomy of a meltdown*, de John Cassidy) na *The New Yorker*, Julia apareceu do lado de fora da vitrine. Sua aparência era de extrema felicidade; estava em êxtase. E eu, curiosa, claro, para saber o motivo de tanta euforia.

O motivo tinha nome e sobrenome: Lucas Stone, um cara lindo e perfeito que Julia conhecera meses atrás. Eles já vinham se encontrando há algum tempo, e o rapaz finalmente oficializou as coisas. Julia acabara de ganhar a chave de seu apartamento. Isso, para quem não sabe, é o indicativo de duas coisas: primeiro, de que você não é uma louca ou sociopata – o cara confia em você. Segundo, que você a partir de agora será a única mulher a circular pelo apartamento dele, ou seja, você é a oficial.

– Parabéns! Acho que ele gosta mesmo de você! – comemorei.

– Não é maravilhoso? Estou eufórica. Acho que vou chorar de alegria. Ele me ama!

– Ops... Calma aí, Julia. Acorde ou vai se machucar. Não quero ser estraga-prazer, mas, sei lá... Ele não disse que te ama, disse?

– Não, mas essa atitude é um ato de amor.

– Julia, escute. Sei que não sou especialista em relacionamentos amorosos. Na verdade estou bem longe disso, mas vamos com calma. Os homens são práticos, pensam de maneira prática. Ele não disse de maneira metafórica que te ama; os homens não dizem nada metaforicamente. Eles nem sabem o que é isso. Lucas só disse: "Fique com minha chave para facilitar suas idas e vindas aqui no meu apartamento". Essa é a mensagem.

Os homens amam com a razão. Eles mostram com atitude o que estão pensando ou sentindo. Se um cara ama você de verdade, vai tentar fazê-la feliz. Só isso. Ele vai demonstrar com atitudes o que sente, e eventualmente poderá dizer "eu te amo".

– Eu sei, mas isso significa também que as coisas estão indo bem entre nós. Ele gosta de mim. Sinto que dessa vez vai ser diferente.

— Você é a namorada dele, disso não tenho dúvidas. Mas tome cuidado, ok? Os homens dizem exatamente o que querem dizer, e nós precisamos aprender a escutar. Eles sempre dizem o que querem e como se sentem, às vezes timidamente, não expõem os sentimentos como nós. Mas eles dizem.

— Amanda, eu sei que estou me entregando demais novamente e talvez volte a me machucar. Mas estou tão feliz! Você poderia ficar feliz por mim?

Eu me limitei a sorrir. Afinal, ela estava certa: às vezes é melhor se arriscar e investir tudo em um amor — aconteça o que acontecer — do que ficar sentada na janela esperando o amor passar e talvez pedir para entrar. Isso pode ou não acontecer, e a dor e a frustração por estar sozinha podem não ser menores que as de perder alguém. Será?

Antes de nos despedirmos, Julia me fez narrar pela centésima vez o encontro com Peter. Todos os detalhes, os mais irrelevantes de que pude me lembrar. O encontro foi um sucesso. Peter e eu mantínhamos contato quase diário. Mensagens e telefonemas açucarados faziam parte de minha rotina matinal desde o jantar na semana passada. Mas ele ainda não havia me convidado para um segundo encontro. Eu estava ansiosa para isso, mas sabia que tudo estava correndo conforme a etiqueta de relacionamentos de Nova York. Provavelmente ele me convidaria para um *brunch* no domingo, ou um novo jantar na terça, era só esperar.

Deixei Julia e seu imenso sorriso na esquina da Rua 57 com a Terceira e decidi pegar um táxi, apesar de estar bem perto de casa. Estava exausta, com fome e precisando de um banho quente.

Quando voltava para casa, por volta das cinco horas, me lembrei de que precisava passar na farmácia para pegar alguns remédios que estavam faltando no armário. Coisas como Paracetamol, Band-aid e também absorvente. Desci do táxi em frente à loja e fui direto ao setor de medicamentos leves. Passei também no setor de vitaminas, para conferir se havia alguma novidade nessa área, mas parece que a indústria farmacêutica anda meio sem imaginação. Nenhuma grande descoberta científica também. Para meu probleminha de flato não existe remédio; parece que estou mesmo fadada a morrer ou matar *peidando*.

Meia hora depois estava no meu prédio, exausta, com minhas compras e minha correspondência nas mãos. Peguei o elevador desejando nada mais que um banho quente, uma refeição saborosa e meu sofá.

A porta do elevador se abriu e desembarquei com as muitas sacolas. Virei à esquerda, passando pelo corredor, primeiro pela porta do apartamento 4A, onde mora uma vizinha indigesta. Aquele tipo de gente velha, solitária e chata que reclama de tudo, sabe? Depois, pela porta do apartamento 4C, onde mora um cachorro assassino, sobre o qual me recuso a comentar. Girei meu corpo um pouco mais e encontrei minha porta, a 4B. Pensei em colocar as sacolas no chão para procurar as chaves mas hesitei, lembrando da quantidade de vermes e bactérias existentes num ambiente inóspito como o corredor de um prédio. Equilibrava as sacolas e sacudia a bolsa para encontrar as chaves, que caíram no chão. Abaixei-me vagarosamente, tentando não derrubar o conteúdo da bolsa, ainda aberta, e, para minha surpresa, vi ali, aos pés da porta, um vaso e um cartão.

No vaso um pequeno cacto, delicado e intrigante. Não tinha mais que dez centímetros de altura, tom verde claro,

A Pílula do Amor

e era recoberto por uma penugem de espinhos rígidos, mas inofensivos. Envolvendo o pequeno vaso, um pedaço de celofane transparente e brilhante. Abri a porta, coloquei as sacolas sobre a mesa, voltei para a porta, agora muito curiosa e aflita para pegar o vaso e o cartão. Coloquei o cacto no beiral da janela e comecei a ler o cartão:

> *Nossas sinceras desculpas pelo ocorrido. Espero que você esteja bem. Acho que esta planta combina mais com você que as flores do campo. Pesquisei na internet e não existe registro de pessoas alérgicas a cactos, então você está segura. Se precisar de alguma coisa, é só bater na minha porta. Cuide-se, pequeno cacto. Brian e Ali.*

Esta planta combina mais com você? Abusado! Taí, confesso que fiquei comovida. Mas vi aquilo como um ato de provocação. Não pelo presente em si, mas pelo fato de Brian ter se preocupado em encontrar uma forma de me fazer sentir melhor. Por que ele se importa? O cachorro dele me mordeu, mas minha mãe já disse que não vou processá-lo. Então, por que tanto trabalho? Tanta gentileza? Só podia ser provocação. *Preciso tirar isso a limpo,* pensei.

Meus pensamentos corriam numa pista a mil quilômetros por hora, buscando uma resposta para o ato de Brian, até que o telefone tocou, interrompendo meus pensamentos.

– Alô! Amanda falando – respondi, confusa e cansada, pensando estar no escritório.

– Amanda, sou eu. Preciso de sua ajuda – disse Robert, com a voz ofegante.

– Oi, Robert, boa tarde para você também, como está passando? – tentando ser sarcástica. Ele é sempre tão sem educação!

— Desculpe, mas não tenho tempo nem cabeça para gentilezas agora. Estou com um problema sério e preciso que você me ajude.

Robert é um dos advogados que trabalham comigo, um verdadeiro estraga-prazer. Está sempre interrompendo meus fim de semana. Tem o dom de adivinhar os momentos em que estou mais cansada e louca por um banho de banheira. Daqueles em que a gente se desliga até dos pensamentos, sabe como é? Outro dia eu tinha acabado de preparar um desses. Água quente na medida certa, meus sais de banho da *Fresh*, que são maravilhosos. Velas perfumadas acesas por todo o banheiro, que já estava à meia-luz. Eu completamente despida, com os pés a dois centímetros da água, pronta para me deliciar. É nessa hora, justamente, que ele me liga (sempre!) pedindo ajuda. Eu, como sempre, apago as velas, visto a roupa e corro para ajudar. Hoje, pelo menos, eu tinha acabado de chegar e ainda estava vestida.

— O que foi dessa vez? É realmente urgente e importante mesmo? — ironizei.

— Amanda, por favor, não vamos recomeçar — ele quase implorou.

Da última vez que Robert me ligou com uma emergência jurídica, ele tentava tirar da cadeia, sem sucesso, uma de suas amigas-clientes. Robert é um mulherengo incorrigível. Vive o quarto casamento; nas palavras dele, o definitivo. Já foi casado com mulheres completamente diferentes entre si em estilo, modo de vida e maquiagem (a última parecia uma dançarina de cabaré, se me permitem observar!). Mas nenhuma delas consegue fazê-lo se acalmar. Então ele vive se metendo em confusões com mulheres do tipo que nunca apresentaria para a mãe, entendem? Aquelas que são proibidas de entrar

A Pílula do Amor

em hotéis familiares ou com mais de quatro estrelas. Não que ele seja lindo de viver ou tenha algum atrativo que se possa notar quando está vestido. Nunca o vi sem roupa nem estou interessada em ver; talvez esteja aí a resposta. Repito: realmente não estou interessada. O fato é que um homem loiro platinado, de olhos verdes, com 1,70m de altura – o que não podemos considerar um homem alto – é, na minha opinião, igual a todos os outros homens loiros que vêm do Maine. Ele é completamente normal.

Festeiro e sem respeito pelas mulheres, sinceramente não entendo o motivo desse sucesso. Entretanto, em suas baladas, sessões de orgia e bebedeira, sempre uma delas acaba indo parar na cadeia. Ou por bater em alguém em um dos milhares de clubes da cidade, ou por consumo de drogas, ou por dirigir embriagada. E, como não poderia deixar de ser, mas eu ADORARIA que não fosse, ele liga para mim. Para que eu o ajude a, discretamente, libertar suas clientes. Afinal, esse tipo de evento não é bem visto na Associação dos Advogados de Nova York, da qual ele é um membro respeitado, considerado um advogado de carreira brilhante, como ele mesmo não cansa de se gabar. Robert é uma espécie de porta-voz do escritório. Sempre que alguém precisa ir à imprensa dar satisfações ou cobrar providências, é ele quem vai. Tenho de admitir que o terno Ermenegildo Zegna compõe, com sua inteligência e eloquência, um advogado competente e bem-sucedido. Chato, arrogante, esnobe e pretensioso também. Mas muito bom em seu trabalho, preciso reconhecer. Como o escritório precisa dele e meu trabalho muitas vezes depende de seu desempenho, tento ajudá-lo sempre que sou requisitada.

– Amanda, isso é sério. Preciso de sua ajuda e total discrição. Não sei o que fazer – ele parecia desesperado.

— Grande novidade. Qual das suas amiguinhas foi parar na cadeia desta vez? Ashley? Margo? Como se chama a garota tailandesa que prometeu me ensinar uns *truques para treinar os músculos da vagina* — essa parte eu falo baixinho — para agradar meu namorado? *(isto é, no dia que eu tiver um namorado, porque por hora ainda continuo frígida e sem perspectivas de reverter a situação)*. Vocês têm se visto com frequência? Por favor, diga a ela que estou esperando minhas lições de... — Ele me interrompeu bruscamente.

— Não se trata de uma amiga desta vez. O problema agora é com Elizabeth. Você se lembra dela, né?

Claro que me lembro. Elizabeth é a atual esposa de Robert. Descendente de argentinos, ela é muito bonita. Longos cabelos negros, olhos grandes e também negros. Pele branca e boca carnuda. Ela é dona de um corpo maravilhoso, aparenta a idade máxima de 38 anos, mas Robert me disse que já passou um pouco dos 45 — o que sinceramente não importa, porque ela é mesmo linda. E simpática. Quase uma santa, com muita fibra e coragem. Deveria ganhar uma medalha por aguentar o marido por tantos anos. Três ou quatro, se não me falha a memória. Longos anos para ela. Estar tanto tempo na companhia de Robert e suas amiguinhas deve ser de amargar. Ela realmente merece um prêmio por isso.

— Sim, claro. Sua esposa. O que aconteceu? Ela está bem? Está bem de saúde, digo... Ela está doente? Ou algo assim? — Quando se trata de familiares as coisas ficam sérias, e casos que possam envolver parentes e doenças sempre me emocionam.

— Pois é. Ela está bem, eu acho — ele parece confuso.

— Como assim acha? Onde está sua mulher agora, Robert?

— É exatamente esse o problema, Amanda. Ela está no hospital — ele parece que vai chorar.

Fiquei muda. Senti uma culpa enorme por ter brincado com ele, e de repente o assunto era realmente sério. Sua voz embargada e tensa me deu a impressão de que ele choraria a qualquer momento. E isso me faria sentir um monstro. Então, mais que depressa, tratei de acalmá-lo.

— Não se preocupe, farei tudo o que estiver ao meu alcance para ajudá-lo e a ela também. Prometo. Agora me conte tudo. Preciso entender. O que aconteceu? O que ela tem? — falei com a voz doce e pausada, tentando confortá-lo.

8

Como todos sabem, sou hipocondríaca e não preciso que nenhuma campanha de autoexame ou prevenção me lembre que preciso me apalpar de tempos em tempos – quem me dera! Na verdade eu me apalpo todos os dias! – para verificar se meu corpo está sofrendo de alguma anomalia ou deformidade. Isso faz parte da minha rotina diária, como escovar os dentes. Mas, infelizmente, nem todo mundo se preocupa em fazer o autoexame. Muitas vezes não se preocupam nem em fazer os checkups anuais... Daí, quando vão ao médico porque não se sentem bem, a surpresa!

Foi exatamente isso que aconteceu com Elizabeth. Ela é desse tipo de mulher que vai à academia cinco vezes por semana. Malha duas horas e ainda faz aulas de polo aquático. "Tenho uma saúde de ferro!", assim dizia, e nunca se preocupava com os exames de rotina. Até que um dia o seu mundo desmoronou. Após ler uma matéria na *Glamour Magazine* sobre uma atriz diagnosticada com câncer de mama, ela resolveu finalmente se render aos apelos da mídia.

A Pílula do Amor

No mesmo dia, enquanto tomava um banho demorado, daqueles que relaxam até a alma, ela fez o autoexame das mamas. Começou o processo calmamente, apalpando os seios com movimentos circulares da base até o mamilo. Depois subiu até as axilas, como ensinava um folheto da internet. Do lado esquerdo, tudo normal. Mas, para seu completo desespero, do lado direito ela encontrou um caroço. Elizabeth repetiu o processo várias vezes, tentando manter a calma. Respirava fundo e repetia para si mesma que aquilo poderia ser apenas coisa da sua cabeça, por estar comovida com a história da atriz. Só que estava realmente acontecendo. Era verdade. Ele estava lá, rígido, com um formato ovular; ela podia senti-lo e apertá-lo (o que causava certo desconforto, uma dor pequena e suportável – segundo ela me relatou). Conseguiu manter o controle por infinitos dez minutos, mas depois não teve jeito: se descontrolou e começou a chorar. Ela estava a um mês de completar quarenta e seis anos (cá entre nós, esse fato, por si só, já é perturbador!), e eis o presente que estava recebendo: um câncer de mama.

Enquanto Elizabeth me contava sua história, comecei a pensar em todo o transtorno que a doença me causaria caso fosse EU a vítima. E me colocar no lugar de uma vítima de doença fatal é brincadeira de criança para mim. Biópsia, mastectomia (cirurgia para a retirada de parte ou de toda a mama), perder metade ou até mesmo o seio inteiro, colocar prótese de silicone (até que essa parte me parecia boa; aumentar uns dois números de sutiã não faria mal a minha vida amorosa monótona). Sem falar em radioterapia, quimioterapia, perder os cabelos, passar um calorão miserável. Depressão e todos os outros efeitos colaterais que uma doença desse calibre pode trazer. Mas é claro que poupei Elizabeth de meus devaneios e pensamentos insanos. Sei que pode não parecer, mas tenho bom senso! E a pobre da Elizabeth já tinha problemas suficientes.

Quando Robert me contou que Elizabeth estava tendo problemas de saúde, não pensei que pudessem ser tão sérios. Mas, quando ele disse a palavra "câncer", larguei minhas compras, vesti a primeira roupa que encontrei no armário, peguei a bolsa, certificando-me de que a agenda, com todos os meus especialistas, estava dentro dela, e fui correndo para o hospital. Dessa vez não quis perder tempo checando sintomas ou referências médicas. Eu sabia exatamente do que se tratava. Porque um hipocondríaco que se preze sabe tudo de doenças. E em momentos de crise isso se vira contra a gente. Acreditem: a ignorância é uma bênção da qual eu não posso compartilhar. Por outro lado, quando você precisa ajudar alguém com seus conhecimentos, isso se torna algo bom. E eu fiquei feliz em poder ajudar.

Cheguei à emergência do Manhattan e fui atendida no balcão por uma garota muito atenciosa. Ela reconheceu que minha aflição era sincera, e em menos de cinco minutos eu estava na frente de Elizabeth, que ainda esperava pelo atendimento. Quarenta e cinco minutos se passaram desde que eu cheguei e finalmente um médico com cara de residente, jovem e inseguro (dos piores, em minha não humilde opinião), apareceu e chamou o nome dela. Durante a consulta, ele a revirou inteira. Enquanto ele examinava suas mamas com cuidado e delicadeza, ela lhe contava o seu histórico familiar de doenças – e eu checava as referências sobre ele, desconfiada de que um médico pós-adolescente, com espinhas na cara, não poderia ser bom o suficiente para tratar a mulher de Robert. E eu lhe garanti que cuidaria de tudo para que ela tivesse o melhor.

A Pílula do Amor

Nunca pensei que pudesse dizer isso um dia, mas fiquei aliviada e cheguei a pensar: *graças a Deus que não era eu que precisava de cuidados*. Tamanha foi minha desconfiança sobre a competência do rapaz, que liguei para o Dr. Richard Ember, meu amigo hepatologista, que por coincidência também trabalha no Manhattan Hospital. Ele me garantiu que o *recém--formado* Dr. Mattew H. Craig tinha, sim, muita experiência e foi aprovado com ótimas notas quando ainda era residente. Mas me aconselhou a omitir a informação sobre minha hipocondria, pois ele poderia ficar nervoso com o fato de meus conhecimentos sobre doenças irem além da pura e simples curiosidade. Como eu já esperava, ele seguiu todos os passos previstos para esses casos. Encaminhou-a para realização de ultrassom, mamografia e outros exames. Simples assim.

Lembrei de uma vez em que fui parar no hospital com uma suspeita semelhante à que Elizabeth tinha agora. Implorei por uma mamografia, mas o médico plantonista me disse que era precipitado pela minha idade. *"Garotas com menos de 30 anos são comumente afetadas por nódulos benignos ou glândulas exócrinas inflamadas. Os nódulos benignos são como pequenas massas com consistência de borracha macia, e não representam perigo"* – explicou, enquanto franzia a testa, achando que com isso seria mais bem compreendido. Está certo que sei mais sobre medicina que a média da população, mas também não sou um gênio da ciência. Por favor!

Voltamos apavoradas para a sala do Dr. Craig, 1h50min depois, com todos os exames em mãos. Já havia torturado o médico que fez o ultrassom e fiz o cara me dar detalhes de cada pontinho escuro que eu, assim como ele e Elizabeth, observei na tela do aparelho. *"É, Amanda, ela tem um nódulo (a cara de Elizabeth endureceu; seus olhos lacrimejavam).*

Ele está aqui, bem visível. Mede aproximadamente meio centímetro. Não temos como saber se é maligno ou não só de olhar para ele. Será preciso realizar uma biópsia. Mas isso quem decidirá é o Dr. Mathew."

Agora eu estava em choque. Pobre Elizabeth; ela realmente tinha encontrado a doença que talvez a matasse. Há pelo menos 20 anos eu tento convencer os médicos, minha família e amigos de que sou portadora de uma moléstia como essa. Sempre jurei que algo assim me consumia. Mas ninguém acredita. Agora, pela primeira vez, estou face a face com um diagnóstico real. E me sinto confortável em dizer que estou muito feliz por a vítima não ser eu.

O nódulo está lá, hospedado do lado direito do seio de Elizabeth. A criatura tinha tamanho, nome e sobrenome: Nódulo Linfático. E Elizabeth e eu fomos apresentadas a ele com muito desprazer.

A primeira crise de choro e histeria ela teve ali mesmo, nos meus braços, em um dos corredores do hospital. Em meio a pessoas doentes morrendo e alguns familiares incrédulos com sua reação. Ela chorava compulsivamente, e, quando alguém se aproximava no intuito de me ajudar a confortá-la, ela dizia simplesmente: "Deixem-me morrer em paz" ou "Estou nas últimas, vocês não estão vendo?". E as pessoas se afastavam imediatamente. Eu compreendia sua dor perfeitamente. Mas eu estava confusa. A reação dela era desproporcional e desequilibrada. Provavelmente a mesma que eu teria se estivesse em seu lugar. Porém, Elizabeth é tida por todos como normal. Normal? Tudo bem, lição aprendida, pessoas normais também fazem coisas loucas e têm atitudes estranhas. E eu que achava que só os hipocondríacos eram tomados por esses ataques.

A Pílula do Amor

Pensei em chamar o Robert, mas achei que, se ele havia pedido minha ajuda e não estava lá naquele momento, era porque obviamente não estava preparado para aquilo. Hesitei em perguntar se ela gostaria que eu o chamasse, mas preferi que se lembrasse e me pedisse para ligar, o que não aconteceu.

Novamente meus pensamentos hipocondríacos me assombraram. O pensamento obsessivo de ter um câncer de mama estava me deixando louca. Eu já me imaginava aos 29 anos, careca, em uma cadeira de rodas, com poucos meses de vida pela frente. Sim, poucos meses. Se fosse comigo, tenho certeza de que só encontrariam o tumor quando fosse tarde demais. E, considerando que tenho insistido nisso desde os 18 anos, seria muita falta de sorte encontrar um tumor na fase terminal. Eu pensava: E se fosse eu? Quem eu gostaria que estivesse do meu lado agora? Minha mãe, claro. Quem mais? Julia, talvez, ou Lauren? Lauren? Não mesmo. Com essa é que não posso contar. Está sempre ocupada demais. Ora com uma festinha na escola de Sophia, ora se descabelando para confeccionar uma fantasia de borboleta para a menina não fazer feio em uma festa idiota qualquer. Por um momento tive pena de Elizabeth por estar tão só. Eu estava ali com ela, mas quem sou eu para confortá-la? Não sou da família, não sou sua amiga, nem mesmo colega. Olhava em volta e via apenas sofrimento. Rostos tristes e cheios de dor.

– Amanda! – uma voz doce soprou em meus ouvidos. Nós duas olhamos na direção da voz. Elizabeth parou de soluçar e por um instante ela parecia se sentir melhor. O dono da voz meiga e *sexy* era Brian.

– O que você está fazendo aqui? – ele perguntou, lendo meus pensamentos, enquanto eu me perguntava a mesma coisa. *O que ele está fazendo aqui?*

— Fazendo exames de rotina — preferi mentir. Não queria que ele descobrisse que Elizabeth estava à beira da morte, francamente não cabia a mim espalhar a notícia!
— E você? O que faz aqui? Está doente? — perguntei rapidamente, para desviar a atenção do calvário particular de Elizabeth.
— Não. Não. Só vim trazer um funcionário do restaurante que se machucou hoje de manhã.
— Ele está bem? — acho que pareci sinceramente preocupada, pois deu para perceber que ele ficou comovido.
— Sim. Ele se queimou em um momento de distração. Mas está bem — parou e me olhou fixamente, como se deixasse esse assunto *irrelevante* para trás e pensasse em algo mais importante. Depois continuou: — Estou esperando sua visita, no restaurante, quero dizer — e piscou — você disse que gostaria de conhecer o melhor *crème brûlée* da cidade, mas não apareceu. Estou ansioso para apresentá-lo a você — completou ele com entusiasmo. Na última vez que nos cruzamos no elevador, pouco antes de ele me enviar o vaso com cacto, confidenciei a ele, não me perguntem por quê, qual era minha sobremesa favorita. Foi quando ele me convidou pela milésima vez para ir a seu restaurante.

Eu me limitei a sorrir, enquanto tentava me concentrar na conversa para não dar nenhuma resposta imbecil. Enquanto fitava seus olhos, ouvi outra voz cortar abruptamente o clima entre nós, gritando de forma nada suave o nome de Elizabeth.

— Amanda... — depois de cinco segundos, Elizabeth pedia minha atenção, me chamando para entrar com ela na sala onde o Dr. Craig nos esperava.

— Claro, vamos! — respondi, ainda fitando os olhos dele.
— Eu preciso ir — disse —, mas não se preocupe, estou com

muita vontade de conhecer esse famoso *crème brûlée*. – Sorri novamente e me afastei, seguindo em direção ao consultório onde o médico e Elizabeth me aguardavam. Enquanto me afastava, gritei: – Obrigada pelo cacto! Foi muito criativo!

Passei pela porta e, enquanto ela vagarosamente se fechava, percebi que ele permanecia ali. Parado em pé no corredor, com as mãos nos bolsos da sua calça jeans ligeiramente desgastada, olhando para mim até que a porta finalmente se fechou com um estalo. Nesse momento, a realidade do estado de Elizabeth despencou sobre minha cabeça como se um pedaço do teto tivesse se soltado. Senti "tijolos" imensos caindo sobre meus ombros.

Sem muita cerimônia o médico analisou os exames e foi direto ao ponto. Apenas reforçou o que já sabíamos: ela realmente tinha um nódulo. Se era maligno ou não, somente a biópsia nos diria. Mas eu, como sempre, fui tomada pelo pessimismo peculiar quando se trata de doenças. Já me imaginava segurando na alça do caixão de Elizabeth e ensaiava meu discurso de despedida: *E aqui jaz minha grande amiga Elizabeth. Éramos tão próximas, quase amigas de infância, se me permitem dizer. Nunca esquecerei os momentos que passamos juntas nos corredores daquele hospital, e juntas descobrimos o câncer que a consumiu e selou nossa amizade. Permanecemos unidas durante todo o seu calvário. Ficamos juntas até o fim, e hoje estou aqui para prestar as últimas homenagens a minha grande amiga, blablablá...* No meu delírio, assim que eu terminava o discurso começava a chorar copiosamente, enquanto era amparada por Brian para não desmaiar. Espera aí. *Por que Brian? Por que não Peter?*

Foi aí que minha conexão falhou e escutei: *Planeta Terra chamando Amanda*, ou coisa assim, bem no fundo dos meus sonhos. E no instante seguinte fui tomada pela ideia apavorante de que a morte estava muito próxima. Quase na esquina; eu podia senti-la baforando na minha nuca. Mas felizmente para mim ela estava na esquina da casa de Elizabeth, e não na minha. Lembro-me de que meus olhos se encheram de lágrimas; eu tentava controlá-las para que ela e o médico não percebessem minha fragilidade. Mas era tarde demais; ele estendeu o braço e nas mãos segurava uma caixa de lenços de papel. Enquanto eu retirava um dos lenços, tentando não olhar diretamente para Beth (a proximidade da morte torna as pessoas íntimas), ele iniciou o diagnóstico.

– Elizabeth tem um nódulo, mas não posso afirmar nada por enquanto. Precisamos de mais exames para concluir alguma coisa – disse ele.

Eu permaneci ali, muda. Pela primeira vez na frente de um profissional da medicina não me ocorria uma simples pergunta. Nada!

– Vamos começar pela biópsia. É um procedimento... – eu o observava falar, mas parecia que sua voz estava longe demais. E seu monólogo era interminável. Beth, por sua vez, também parecia distante, quase desligada do assunto, como se não fosse problema dela. Não que ela estivesse com cara de descaso. Ninguém bom da cabeça faria cara de "não estou nem aí" para um problema como esse! Era diferente; ela parecia não acreditar que aquilo estivesse acontecendo. A cena toda era muito triste. De cortar o coração. Principalmente se levarmos em conta um coração tão frágil quanto o meu, que precisará de uma safena – ou duas – em poucos anos.

Saí da sala com alguns papéis em uma das mãos e a outra ajudando a apoiar Elizabeth, que, eu achava, iria desmaiar a qualquer momento. Eu sentia suas pernas tremerem. Ela estava pálida e fraca. Certamente não tinha comido nada até aquela hora. Eu não tinha certeza do que fazer com aqueles papéis, mas uma enfermeira nos acompanhou e marcou a biópsia para três dias depois. Elizabeth apenas consentia com a cabeça a todas as perguntas que lhe eram feitas. Estava atônita, sem reações ou emoções. Muito provavelmente pensando nas consequências caso o diagnóstico seja positivo. O que fazer em uma situação como essa?

Trocamos mensagens por alguns dias, até que Peter tomou a iniciativa de me convidar novamente para jantar. Dessa vez em seu apartamento. Achei um pouco precipitado aceitar um convite desse tipo, pois as intenções dele eram claras. Um jantar e depois... bem, depois só Deus sabe.

Resolvi aceitar depois que Marc me convenceu de que para resolver meu problema de falta de sexo, seriam necessárias atitude enérgica e postura atirada. Tipo chegar à casa dele e, depois da primeira taça de vinho, fingir embriaguez e pular na cama dele. Até parece que Marc não me conhece. Somos amigos há pelo menos três anos. Desde que o encontrei completamente bêbado em um bar em Downtown, gritando coisas horríveis para um ex-namorado que estava ameaçando chamar a polícia se o Marc não calasse a boca imediatamente. Foi terrivelmente constrangedor ver um homem daquele tamanho chorando compulsivamente por uma dor de amor. Julia e eu passamos horas tentando consolá-lo e, no final, ficamos amigos.

Totalmente recuperado, ele agora serve como um termômetro que mede nossas ações quando o assunto é homem. Só quem tem um amigo *gay* pode saber como eles conhecem bem os homens e como seus conselhos têm índices altíssimos de acerto. Talvez porque eles vivam, emocionalmente falando, no meio do caminho, entre o masculino e o feminino. Seres sentimentalmente híbridos.

Dessa vez Peter não me passou um horário exato; apenas pediu que eu chegasse entre oito e oito e meia.

Usando jeans justo e uma blusa sem mangas com tiras de miçangas penduradas, fazendo um movimento brilhante toda vez que me mexia, apertei a campainha exatamente às oito e dez.

Ele atendeu a porta com um enorme sorriso de satisfação. O cheiro que vinha da cozinha praticamente guiou meus passos para dentro do apartamento. Eu estava morrendo de fome, e a massa que ele havia preparado parecia maravilhosa. Ele sabia mesmo cozinhar. A apresentação do prato, a combinação do vinho, e finalmente o sabor. Tudo delicioso. Jantamos e conversamos animadamente. Falamos sobre teatro, livros, preferências musicais, até sobre séries favoritas de tevê. Ele me confidenciou sua paixão por *True Blood* e *Entourage*, e eu contei um pouco da minha obstinação por séries médicas e da minha nova descoberta, *Dr. Oz*. – sou fã desse cara!

A noite corria a passos largos rumo ao final desejado. Cama, sexo selvagem e, se tudo corresse muito bem, meu problema de frigidez estava com os minutos contados. Mas foi quando terminamos de jantar que senti que meus planos não iriam vingar.

Ofereci-me para recolher os pratos da mesa e ajudar a limpar a cozinha. Ele prontamente recusou, o que achei estranho, mas encarei como mais um ato de cavalheirismo. Ele pegou os pratos e foi para a cozinha. Insisti, recolhendo os copos e talheres, e entrei na cozinha alguns segundo depois. O que vi me deixou perplexa e arruinou minha expectativa de ter encontrado o homem da minha vida.

A Pílula do Amor

A cozinha estava arrumada; não tinha nada de errado lá. Era o que o Peter estava fazendo que causara meu desassossego.
Ele estava acomodando algo em pequenos potes plásticos, desses que a gente usa para acomodar a comida na geladeira. Até aí tudo bem. Eu também uso e guardo comida na geladeira. Sou esquisita, mas nem tanto. O que me chocou é que ele não estava guardando a comida que sobrou na panela. Ele estava reacomodando o resto de comida que ficou em nossos pratos. "Será que eu vi direito?" – pensei. Era isso mesmo. Minha mente corria apenas para um sentido; devia haver alguma explicação para ele ter pegado o resto do assado (já picado) e a massa com molho quatro queijos que deixei no prato e guardado em um recipiente que seria levado à geladeira. *"Ele distribui comida para os necessitados, é isso! Mas não seria um ato nobre se ele levasse comida já usada de outras pessoas, seria? Acho que não. Deve ter outra explicação. Teria ele a pretensão de guardar os meus restos como um prêmio ou um fetiche, talvez. "É eu sei, essa ideia é ridícula demais.* Procurava desconcertada um motivo, simples que fosse. Observei-o por alguns instantes, com os copos sujos nas mãos, sem conseguir me aproximar. Até que ele finalmente notou minha presença, aproximou-se e tirou os copos das minhas mãos:

– Não precisa se incomodar. Eu posso fazer isso sozinho.

Um minuto de silêncio que me pareceu uma eternidade. Acho que foi nesse momento que as coisas começaram a desencaixar. De repente um clima pesado se instalou e eu, com minha boca grande, não resisti e disparei:

– Você tem cachorro? – Em pensamento, implorei que ele respondesse que sim. *"Sim! Ele tem um cachorro e tudo está explicado. Ele não é um cara maluco que guarda comida usada do prato das pessoas que convida para jantar em casa. É apenas um cara generoso e gentil que, em vez de dar ração desidratada e fedorenta para seu cachorrinho, prefere dar filé e massa. Cheguei a pensar que o cachorro tinha sorte e seu dono era um cara legal. Nunca pedi tanto a Deus por uma resposta afirmativa"*, pensava comigo mesma.

Eu não havia até o momento percebido, visto ou sentido vestígios de algum animal de estimação pelo apartamento. Não havia um cantinho com jornal, uma caixa para que um gato pudesse fazer as necessidades. Não vi também nenhum brinquedo para *pets*, osso de plástico ou vasilha de água para cachorros. Nem sinal de pelos de chinchila ou outro tipo de roedor doméstico daqueles que as pessoas têm o mau gosto de criar em casa.

– Não. Na verdade eu não gosto de bicho em casa – ele respondeu, visivelmente constrangido. Eu vi seu rosto ruborizar instantaneamente.

Nem precisei dar um ataque ou simular uma convulsão para achar a porta da saída e sumir dali. O ar ficou tão denso que poderia ser cortado com uma faca de cozinha. Peter havia conseguido um feito inédito na minha vida hipocondríaca até então. Ele conseguiu adicionar mais uma fobia a minha lista, já imensa. Só para relembrar, já tenho claustrofobia, agorafobia, necrofobia, verminofobia, nosofobia e agora tenho fobia de resto de comida também. Parabéns para mim! Acho que fui graduada com louvor na escola dos magistrados em falta de sorte! Até o príncipe encantado da minha história não vira sapo, o que é totalmente aceitável e compreensível, afinal todos os homens têm seu lado príncipe/sapo. Mas não; o meu vira PORCO! Argh! Isso é nojento! Repugnante!

Arrasada pelas minhas suposições de que Peter, o perfeito, guardava comida usada na geladeira para reaproveitá-la no dia seguinte, fui me arrastando até meu apartamento.

A Pílula do Amor

Nosofóbica como sou, cheguei em casa e corri para o banheiro. Enfiei dois dedos no fundo da garganta e vomitei não apenas o jantar, mas também a decepção e a frustração. Eu estava de volta à estaca zero.

9

No dia marcado para a biópsia de Elizabeth, é claro que eu estava lá. E dessa vez Robert também. Ela estava confiante e repetia sem parar, quase histérica: – *Vamos lá, vamos lá, estou pronta para que tirem essa coisa de dentro de mim. Vamos terminar logo com isso.* O médico já havia explicado todo o procedimento. Tudo o que ele faria. A retirada total do nódulo para análise. Apesar de não parecer muito calma, Elizabeth passou por todo o procedimento paralisada. Apenas em seus olhos era possível ver a aflição. E não era para menos. Ela não deu um único suspiro e não resmungou por nada. Não reclamou da dor, nada do tipo. *Igualzinho eu faria,* pensei.

Na sala de espera, Robert e Sabrina, uma amiga de Elizabeth que também veio oferecer apoio, roíam as unhas enquanto eu não aparecia para dar notícias. Fui a única a querer acompanhar o procedimento. Imagine se eu iria perder isso. Assistir a um procedimento desses como espectadora e não como paciente seria simplesmente o máximo. Elizabeth chegou a pedir a Robert que entrasse também, mas ele se recusou. Como qualquer homem covarde faria. Homens... francamente, para que precisamos deles mesmo? Ah, lembrei. Para noites de luxúria e sexo selvagem.

Em menos de duas horas ela estava pronta para ir para casa. O médico disse que o resultado sairia em dois dias e que ele ligaria para ela passando o laudo. Aparentemente controlada, mas ainda em choque, Elizabeth foi para casa junto de Robert, que me prometeu passar os dois próximos dias inteiros cuidando dela. Cá entre nós, é o mínimo que ele poderia fazer.

Por dois dias eu também não consegui trabalhar direito. Não conseguia fazer nada além de imaginar o que encontrariam naquele pedaço de tecido que saiu do corpo de Elizabeth. Células mutantes? Uma gosma verde, parecendo criptonita líquida? Uma massa cor de laranja? O que haveria dentro do caroço de meio centímetro? Talvez um pó cor de açafrão? Talvez.

Quarenta e oito horas de sofrimento e surtos imaginários. Eu não conseguia tirar esse assunto da cabeça. Ter um câncer de mama era uma ideia que me consumia. Fiz uma verdadeira imersão no universo dos moribundos, já me imaginava com todos os sintomas, a doença tomando posse do meu corpo rapidamente, e, quando eu já estava quase surtando e pedindo uma biópsia para mim mesma, pelo amor de Deus, o veredicto: não era nada!

Nada? Como assim ela não tinha nada? Ela não tem nada? Não pode ser. E o nódulo linfático? E o câncer que estava corroendo o corpo dela por dentro? Tudo isso foi reduzido a nada? Enquanto minha reação deixava Sabrina, que me ligara para dar a boa notícia, indignada, eu surtava, sentindo-me enganada, iludida e ludibriada. Passada para trás ou coisa pior. *Beth tem um fibroadenoma, muito comum em mulheres da idade dela, mas é benigno e precisa apenas ser acompanhado com exames periódicos. Talvez a cada dois anos. Tudo ficará bem.* Sei que minha reação poderia ser melhor. Admito. Eu poderia ficar feliz, coisa e tal. Mas, entenda, essa doença de Elizabeth estava suprindo todas as minhas necessidades hipocondríacas, e pela primeira vez em anos eu coloquei minha própria saúde em segundo plano. Enquanto eu me preocupava com a saúde dela, esqueci-me quase que automaticamente de minha própria saúde frágil, e isso me fez tão bem... Saber que Elizabeth não morreria era uma ótima notícia, sem dúvida. Mas também era a certeza de que eu voltaria a meu tormento, meu inferno particular, minha própria via-crúcis. Eu não fui a uma consulta médica por dias, não me preocupava com remédios e até deixei faltar Neosporin e Advil em casa. Voltar à vida anterior era uma ideia que me deprimia.

Liguei para Elizabeth imediatamente. Para dizer que eu estava feliz por ela, mas que tivesse cautela com o resultado. Juro que não sou o tipo de pessoa agourenta nem nada, mas, quando o assunto é doença, prefiro acreditar que ter duas opiniões é sempre melhor que uma. Sou prevenida, só isso! Eu sei o que estou falando. Beth ficou de pensar em ir comigo a um especialista de peso. Enquanto isso, fui desabafar com a única pessoa que realmente entenderia aonde eu queria chegar: minha mãe.

– Mãe, pode existir um erro nesse diagnóstico. Espero sinceramente que não haja, mas pode haver. Por favor, me escute. Não é possível. Quer dizer, possível é, mas... bem... espero que seja possível, mas é improvável que não seja nada. Aquele médico é novato. Você precisava ver a cara de criança dele. Praticamente um adolescente. Não deve ter mais que 20 anos. Como alguém de 20 e poucos anos pode ter um diploma em medicina? É por isso que não acredito nos médicos. Suas carreiras são fundamentadas em bases fracas. Não existem mais escolas de medicina como antigamente. Porque, se existisse, aquele menino jamais teria um diploma. Ele só pode estar enganado. Eu vi o nódulo, mãe, eu vi, e era gigante! – tentando argumentar com ela e convencê-la de que Elizabeth ainda corria o risco de morrer. – Preciso de uma segunda opinião. Quer dizer, Beth precisa de uma segunda opinião.

– Amanda, pare com isso. Você precisa deixar essa moça em paz. Ela passou por muitas coisas ruins nos últimos dias e graças a Deus foi só um grande susto. Você não a está ajudando, filha – ela implorava. Mas eu não a escutava. Estava obstinada em encontrar uma falha no diagnóstico, que pudesse provar ou que ela realmente não estava doente, o que seria ótimo, ou que ela tinha, sim, um câncer em fase inicial e que poderia ser tratado a tempo.

– Vou procurar o melhor especialista da cidade. Vou encontrar o melhor. É isso, vou procurá-lo e pedir que ele faça uma revisão no caso de Elizabeth – decidi. – Depois vou conversar com Robert e ele vai convencê-la a ir comigo a uma nova consulta.

– Amanda, isso não é uma prova da faculdade. Revisão da biópsia? Filha, aceite o fato de que sua amiga está bem. Tire isso da cabeça e volte para suas coisas. Tente seguir sua vida como todas as outras pessoas do mundo – minha mãe discursava em prol da felicidade; *minha melhor amiga de infância* está sendo corroída por um bando de células assassinas e ela falando de esquecer de tudo e ser feliz. – Você precisa é arranjar um namorado; talvez essa seja a solução para seus problemas de saúde – finalizou ela, com pouca paciência. Disse que tinha de preparar o jantar, pois teria um convidado.

Um convidado? Quem? Que convidado? Liguei novamente para descobrir quem era, mas ela obviamente ignorou a ligação assim que viu meu número no identificador de chamadas.

"Love lockdown", de Kanye West, tocava em meu iPod enquanto eu esperava o elevador num charmoso edifício na esquina da Park Avenue com a Rua 57. Eu estava sozinha no *hall*, esperando que um dos elevadores se abrisse e me levasse imediatamente a um encontro, marcado duas semanas antes. Precisamente às 8h40min da manhã eu deveria me encontrar com Elizabeth na recepção do consultório do maior especialista em mastologia do país.

Confesso que estava particularmente ansiosa, mesmo não sendo eu ou minha saúde que receberiam as atenções do Dr. Nathan Holderick. Famoso por sua competência profissional e por seu programa sobre medicina na TV, o cara já é uma lenda. Ele também é figura assídua nas colunas sociais de Manhattan. Circula entre celebridades, namora atrizes da TV e do cinema. E há pouco tempo havia protagonizado um divórcio que se tornou público: ele e a ex-esposa, a única herdeira de um milionário árabe, disputando a guarda dos filhos na justiça. Tabloides, jornalecos e sites de fofoca faziam a festa, se deliciavam a cada nova declaração dela. Que dava detalhes das traições do marido e dizia não aguentar mais viver à sombra de um homem egocêntrico e egoísta, que trai e mente – ela dizia. Centenas de histórias foram inventadas, mas nada de fato foi confirmado. Apenas suposições e insinuações sobre possíveis pivôs das traições. Ninguém nunca conseguiu provar nada. Ele se mantinha reservado e nunca era visto com outra mulher. Fotos de romances antigos com atrizes casadas começaram a ressurgir das cinzas para se tornar um pesadelo na vida dos envolvidos, o que causou *frisson* e muita fofoca. Ele ameaçou processar jornais e revistas, enquanto os maridos supostamente traídos chutavam os *paparazzi* nas esquinas de suas casas. Enfim, a mídia e a indústria da fofoca, com suas manchetes para lá de sensacionalistas, não perderam a oportunidade de faturar alguns milhões de dólares com o escândalo do divórcio do homem que agora eu iria conhecer.

Mas eu não estava ali por voyeurismo puro e simples. Confesso que a curiosidade era enorme, mas eu tinha motivos nobres para visitar aquele consultório: o estado de saúde de Elizabeth. Nós precisávamos de uma segunda opinião sobre o caso dela. E precisávamos da opinião do melhor. Pelo que consegui apurar, ele é o melhor. Então...

Esperamos 45 minutos para ficar cara a cara com o Dr. Nathan. Apesar de termos chegado no horário, o homem é uma celebridade, uma lenda; mesmo pagando os olhos da cara por uma consulta, suas pacientes precisam ter paciência. O comportamento dele é pior que o de um *pop star* em plena ascensão.

Sei que vocês vão pensar que sou péssima pessoa e que tenho defeitos demais, mas, acreditem, sou legal. Só não me façam esperar muito, pois outro de meus defeitinhos é perder a paciência com facilidade. E eu odeio esperar. Fui pelo menos cinco vezes tirar satisfações com a recepcionista sobre o motivo da demora do Dr. Holderick. Esse é meu trabalho, reclamar. Reclamar pelos direitos das pessoas e corrigir injustiças. Tínhamos hora marcada, e, assim sendo, gostaríamos de ser atendidas no horário. Muito simples. Dois mais dois. Alguém discorda?

– Querida, o que aconteceu com ele lá dentro? Morreu? Ou melhor, a paciente morreu? Só algo assim justificaria esperar por tanto tempo, tendo horário previamente agendado e confirmado.

A mulher, mal-educada, nem se deu ao trabalho de responder. Levantou as sobrancelhas e me olhou, num gesto de puro descaso. Depois abaixou novamente a cabeça e continuou com suas anotações em uma agenda marrom de capa de couro com o nome do Dr. Nathan em letras douradas.

Controlando meus nervos para não deixar Elizabeth ainda mais nervosa, tratei de sair e pegar um chocolate quente para nós duas. O exercício de caminhar até uma cafeteria e voltar ajudou a dissipar um pouco de minha adrenalina e me acalmar. A essa altura eu já odiava o cara antes mesmo de botar os olhos nele. Achava que tudo que ele estava passando, o divórcio tumultuado e a lavagem de roupa suja em público, era merecido.

Quando voltei, nada havia mudado. Elizabeth e mais três mulheres esperando na enorme sala de espera com sofás confortáveis (pelo menos isso; se temos de esperar, pelo menos que seja com conforto), rostos tensos e algumas com os olhos lacrimejantes. Uma cena muito triste, para dizer a verdade.

Fiquei feliz quando vi que o chocolate quente havia ajudado a melhorar a expressão no rosto de Elizabeth. Ela conseguiu até fazer uma piadinha a respeito de uma matéria que estava lendo em uma das revistas velhas à nossa disposição no consultório. Pois é, também pensei nisso: sofás confortáveis e revistas velhas, grande combinação. Podiam pelo menos ter a última edição da *Vogue*, *Bazaar* e *Cosmopolitan*.

Já frente a frente com o fenômeno da mastologia, abri minha cadernetinha de anotações e comecei a explicar o caso de Elizabeth, os procedimentos já concluídos até ali e minhas suspeitas em relação ao falso diagnóstico negativo.

Ele ouviu tudo, fazendo anotações e intervindo com algumas perguntas a Elizabeth, que mal conseguia se mexer, petrificada de medo e abalada por estar passando por tudo aquilo novamente.

– Elizabeth, você está com os exames aí? Quero analisá-los, mas desde já posso dizer que sua iniciativa de ter uma segunda opinião está correta. Todos deveriam fazer isso. Os médicos não são seres especiais. Nós também cometemos erros.

Nem preciso dizer que essa afirmação massageou meu ego. Parecia um recado de aprovação a meu comportamento hipocondríaco; finalmente um médico me entendia. Olhei-o com um sorriso e prontamente, antes que ela fizesse qualquer esforço, puxei os exames de sua bolsa e os espalhei sobre a mesa. O Dr. Nathan passou alguns minutos calado, fazendo cara de especialista, pensativo, depois começou a falar:

– O outro médico não estava errado. O nódulo que foi retirado para biópsia realmente é benigno e não oferece risco à saúde de Elizabeth. Essa é a boa notícia.

– Isso é ótimo... – ele me interrompeu enquanto eu festejava e Elizabeth abria um imenso sorriso.

– Mas...

Eu sabia que existia um MAS... Minha intuição não se engana. Elizabeth tinha um problema real.

– Estou vendo algo mais nesses exames e gostaria de ter certeza antes de falar sobre isso. Não posso precisar o que é, mas tenho absoluta convicção de que você precisa fazer novos exames – disse ele, olhando nos olhos de Elizabeth. – Sinto muito. Sei que você gostaria que eu apenas confirmasse o outro diagnóstico. Mas preciso ser responsável. Realmente acho que um ultrassom e talvez uma nova biópsia são necessários – acrescentou.

Saímos de lá desorientadas. Elizabeth estava de volta ao pesadelo. Eu me sentia culpada por colocá-la naquela situação, mas no fundo sabia que era para o seu bem.

Pouco antes de deixarmos a sala, o Dr. Celebridade me entregou alguns pedidos de exames e orientações sobre o caso dela. Um papel em especial chamou minha atenção. Primeiro porque ele passou algum tempo escrevendo em uma folha do bloco de receitas, segundo porque seus lábios faziam movimentos lentos, que davam a impressão de que ele estava se divertindo ao escrever a receita. Por último, porque a tal receita estava endereçada a mim. Ele dobrou o papel ao meio e cuidadosamente escreveu: *Para Amanda.*

Ao sairmos da sala, agradeci a atenção que ele teve com ela e, depois que ele nos deixou na porta do elevador, passei para Elizabeth todas as guias para exames, menos a receita que ele escrevera para mim, claro.

Eu estava tão curiosa que mal consegui me controlar. Havia encontrado um médico lindo e famoso, que além de tudo usa telepatia com seus pacientes. Qual outra explicação eu teria para o fato de não ter falado nada sobre as dores que tenho sentido no cotovelo? É uma coisa horrorosa. Uma dor aguda e incessante; dói quando eu flexiono e dói mais ainda quando estico o braço. Só eu sei o quanto dói. Ninguém acredita que se possa sofrer tanto com dor de cotovelo. Mas juro que é verdade. E de repente o Dr. Nathan adivinhou e me deu uma receita, sem eu nem mesmo pedir. É claro que não é nada disso! Ele deve ter passado algumas instruções extras para Elizabeth e gostaria que eu lesse primeiro. Só pode ser, pensei. Mas estava completamente enganada.

10

O bilhete na verdade dizia: *Gostaria de jantar comigo? Se estiver disponível, me ligue, podemos agendar.* O quê? Será que finalmente alguém do andar de cima resolveu olhar por mim? Ganhei na loteria sem comprar o bilhete! Um médico lindo, famoso e assediado me convidou para jantar. Não acredito. Me belisca, devo estar sonhando. Ou melhor, não belisca não, que minha pele sensível fica com hematomas com muita facilidade.

A receita trazia ainda o número do celular dele, para eu ligar e confirmar o jantar. Confirmar? Será que ele realmente tinha dúvidas se eu aceitaria? Nenhuma mulher com juízo perfeito desta cidade recusaria um convite desses. Talvez as bem casadas. Mas eu? Aquele era o meu príncipe encantado de jaleco! E com certeza sabia fazer, além da manobra de Heimlich, o procedimento de traqueostomia com um tubo de caneta. Bom demais para ser verdade.

Esperei dois dias para dar retorno. Não queria parecer desesperada. Tudo era parte de uma estratégia bem pensada para fazer com que o interesse dele por mim aumentasse ainda mais. Os homens adoram mulheres que não demonstram interesse. Li isso em um artigo bem escrito na *CosmoGirls* do mês passado.

A Pílula do Amor

No dia em que criei coragem e liguei, ele atendeu ao segundo toque. Meu coração estava tão acelerado que tenho certeza que ele podia ouvir meus batimentos cardíacos do outro lado da linha. Péssimo, eu sei! Mas como eu poderia evitar? Meu coração dava cambalhotas dentro da caixa torácica.
– Oi. Aqui é Amanda. Amiga de Elizabeth. Você me pediu para ligar. Está lembrado? – Minha voz foi desaparecendo no final da frase, tamanho era o medo de que ele dissesse não. É, os anos passam e você começa a sofrer de baixa autoestima. Um homem lindo te dá o telefone e pede para você ligar e ainda assim você acha que ele estava de gozação com sua cara.
– Claro, Amanda. Eu estava esperando você ligar. Como você está?
Alguns minutos de conversa fútil e redundante, finalmente ele reafirmou o convite e marcamos um jantar para a terça-feira à noite.
A semana passou tão lentamente que tive a oportunidade de experimentar um aneurisma, uma amigdalite, degeneração da pele do pescoço e micose na parte de trás da coxa – de tanta ansiedade, por ter encontrado enfim o homem que me faria feliz para o resto de meus dias. Assim eu imaginava. Fui atendida tantas vezes na emergência do Lenux que da última vez o médico ameaçou proibir minha entrada, por perturbação da ordem, se eu voltasse mais uma vez com alguma doença com diagnóstico preestabelecido. Ou alguma teoria sobre uma suposta doença fatal. *Você está deixando os pacientes inquietos e assustados com suas teorias,* ele disse. No final de semana foi ainda pior. Perdi a conta de quantas pílulas tomei; muitas, suponho. Mas como eu poderia não tomar? Tive dor de garganta, dor de ouvido, dor de cabeça (enxaqueca clássica e moderada) e diarreia. Deus, como eu sofro! Cheguei

até a cogitar não ir ao encontro. Mas na segunda-feira ele me mandou uma mensagem confirmando tudo e não tive coragem de revelar que estava à beira da morte ou de um colapso nervoso e por causa disso não poderia vê-lo, menos ainda jantar com ele.

Na terça, um pouco mais conformada com meu real estado emocional, passei na Bloomingdale's para comprar um vestido novo. Afinal de contas, antes de ser hipocondríaca, sou mulher. Comprei um vestido lindo. Frente única, com babados feitos a *laser* no tecido, sem acabamento. Alta costura, chique de doer. Lauren vai enlouquecer quando botar os olhos nele. Mal posso esperar. Ainda no horário do almoço, passei no salão para fazer as unhas e aproveitei para ajeitar os cabelos também. Investimento necessário para estar ao lado daquele homem tão especial.

Saí do escritório às seis, passei em casa, tomei um banho, coloquei meu vestido novo, sapatos prata, uma pequena bolsa prata e dourado. Fiz uma maquiagem ousada, não habitual para a pessoa básica que costumo ser; me permiti um pouco mais e ficou muito bom. Alguns acessórios e estava pronta.

Cheguei ao restaurante, um dos mais badalados de Nova York, daqueles em que você precisa fazer reservas com um mês de antecedência ou ser muito amigo do gerente para conseguir uma mesa sem reserva. Uma primeira olhada e nem sinal de Nathan (acho que a partir de agora não fica bem continuar a chamá-lo de doutor). Será que cheguei cedo demais? Um rapaz muito magro e com olheiras profundas, provavelmente sofrendo de algum problema hepático (quase pedi para Nathan checar, mas contive meu impulso), aproximou-se e perguntou se eu era Amanda. Assim que respondi afirmativamente, ele pediu que eu o acompanhasse. Passamos pelo salão principal, que estava lotado, e fomos até o fundo, e lá estava ele, em pé ao lado da mesa, pronto para me receber.

— Eu assumo daqui. Pode deixar — ele disse para o rapaz, e, com um sorriso amável nos lábios, me cumprimentou.

— Você já conhecia este lugar? — perguntou, olhando fixo em meus olhos.

— Não, mas estou adorando. É tudo tão... — parei um minuto pensando se não seria muito humilde dizer o que estava pensando. O lugar era realmente esplendoroso, e eu nunca havia estado em um restaurante assim antes. Olha que já frequentei muitos lugares chiques em Nova York. — É um restaurante excelente, sem dúvida. Foi uma ótima escolha — completei.

— Tomei a liberdade de escolher o vinho para a entrada. Ele combina tanto com salada como com frutos do mar. Espero que você goste.

Gostar? Esse homem maravilhoso está preocupado de verdade se eu vou me incomodar com o fato de ele ter escolhido o vinho antes mesmo de eu chegar? Hã? Imagina. Por mim ele poderia escolher o vinho, o jantar, da entrada à sobremesa, que mesmo assim eu continuaria achando tudo ótimo, lindo e muito romântico. Ele é um cavalheiro gentil e atencioso, o que poderia estragar a minha noite? Ah, lembrei: talvez se ele quiser dividir a conta no final. Isso provavelmente arruinaria minha noite.

Um pouco mais ao fundo havia um piano-bar. O pianista tocava músicas lindas enquanto Nathan e eu seguíamos animados em nossa conversa. Ele saboreava cada prato e degustava cada taça de vinho com o prazer de um *gourmet*. Não sei se já comentei, mas adoro homens que sabem valorizar uma boa refeição. Eu me sentia um pouco intimidada, mas ele foi de alguma maneira me fazendo relaxar. Talvez porque dava, de tempos em tempos, garfadas generosas em meu prato de lagosta, com simplicidade e simpatia. Eu até arrisquei experimentar o prato dele também. E as vieiras que ele pediu estavam divinas. Ele é um mestre. Mestre na arte de fazer as mulheres se sentirem seguras e dignas de sua atenção. Saboreava não apenas os pratos, mas também cada palavra que saía da minha boca. Nunca me senti tão importante num primeiro encontro.

Pouco antes de a sobremesa ser servida, ele resolveu arriscar alguns passos na pista de dança. Mesmo eu jurando que tropeçaria em meus próprios pés, ele fez questão. E lá fomos nós valsando pelo salão, como personagens de um filme antigo. As pessoas ao redor olhavam com admiração a desenvoltura com que ele me conduzia num ritmo perfeito, em plena sintonia não apenas com a música, mas com o momento.

Quando voltamos a nos sentar, ele me lançava olhares curiosos e posso apostar que a curiosidade dele ia muito além de descobrir qual o meu programa de TV favorito. Era algo mais para "será que ela usa calcinha tipo fio-dental?". Acho que começou a perceber naquele instante que realmente poderia se interessar por mim de verdade. E acho que senti o mesmo. Não que eu tivesse imaginado que tipo de cueca ele usa. Enquanto eu divagava sobre um futuro romance com aquele homem maravilhoso, um dos funcionários do restaurante se aproximou e disse algumas palavras em seu ouvido.

– O que foi? Algum problema?
– Não. Apenas... Será que poderíamos ir embora agora? – disse ele, hesitando um pouco.
– Mas e a sobremesa? Você acabou de pedir... O que foi... Mudou de ideia sobre nossa noite? Eu disse alguma coisa...
– Não. Claro que você não fez nada errado.

A Pílula do Amor

Claro que você não fez nada errado, sua estúpida. O que poderia ter feito? Pronunciado errado o nome da sobremesa? Ou pisado no dedinho do pé dele enquanto dançavam?

– Então é alguma emergência médica? – sei que deveria ter parado de perguntar, mas sou impossível. Não consigo parar.

– Não. Eu só gostaria de ir embora – disse ele, já irritado e com o tom de voz notadamente alterado.

– Desculpe. Claro que podemos ir – respondi, já pegando a bolsa. Completei: – Sinto muito. Não queria irritá-lo com perguntas, é só que... – tentei me controlar para que ele não percebesse que duas lágrimas gordas estavam prestes a rolar pelas minhas bochechas.

– Desculpe. Olha, eu sinto muito, está bem? Sinto muito mesmo. Talvez outra noite, quem sabe, poderemos repetir o programa. Mas hoje acho que as coisas podem ficar complicadas – finalizou ele, enquanto assinava o recibo do cartão de crédito diamante.

Um sino tocou em minha mente no mesmo segundo que a palavra "complicadas" saiu de sua boca. O que poderia ficar complicado? Do que ele está falando? Será que está sentindo alguma coisa? Um burburinho no estômago? Azia? NÃO! Diarreia? Não pode ser. Ah, meu Deus! Ele não está tendo um desconforto intestinal agora. Está? Por favor, diga que não, diga que não. O que vou fazer? Será que posso simplesmente perguntar, então: *Nathan... você está sentindo alguma coisa? Algo assim como uma vontade irresistível de ir ao banheiro agora mesmo, com urgência?* Ou será que poderia sugerir algo mais sutil, tipo: *Ah... Nathan sabe que tenho na bolsa uma amostra grátis de um excelente remédio para probleminhas intestinais? Você deve conhecer. Acho que vou tomar um; quer um também?*

Com o rosto fechado e olhar penetrante, ele me conduziu até a saída. Mas, quando estávamos quase do lado de fora da porta, o mesmo funcionário do restaurante que falou no ouvido de Nathan nos parou e sugeriu a saída dos fundos.

– Sair pelos fundos? Por que...

Nem uma palavra foi dita. Num instante eu estava gloriosa em cima de meus saltos Prada, e no outro estava saindo do restaurante mais chique de Manhattan pela porta de serviço. Desnecessário comentar que precisei erguer o vestido e pular por cima de caixas com verduras e legumes espalhadas pelo corredor que ligava a cozinha à porta dos fundos do restaurante. Antes de sairmos, Nathan pegou uma nota de US$ 100. É... uau... Cem dólares. E deu-a ao rapaz. Por que alguém dá cem dólares para um funcionário levá-lo até a saída de serviço eu só descobri depois que passei pela porta. Preciso dizer que nem nos piores pesadelos eu havia imaginado que algo assim pudesse acontecer comigo! Por que comigo?

– Ah, não! Droga!

– O que está acontecendo? – perguntei, atordoada em meio às luzinhas piscando sem parar no meu rosto.

– Desculpe. Era isso que eu estava tentando evitar. – disse ele, no mesmo tom meigo e atencioso do início do jantar.

– Quem são essas pessoas? De onde saíram?

A cena era grotesca. Vários *paparazzi*, pelo menos 20, eu supus, acotovelando-se para tirar a melhor foto. Aquela que renderia dinheiro suficiente para pagar o aluguel do mês. Os *flashes* pipocavam em meu rosto, deixando-me quase cega. Cheguei a pensar que, se eu sofresse uma lesão no olho em decorrência desse episódio, teria de processá-los.

– Meu motorista está nos esperando logo adiante. Venha, Amanda. Consegue correr com esses saltos imensos?

A Pílula do Amor

Ah! Quanta generosidade dele pensar em meus sapatos numa hora dessas. Claro que, se eu soubesse que passaria por algo assim, teria vindo de tênis. Claro.
— Não se preocupe com meus sapatos. Só me tire daqui. — eu estava quase gritando. Não entendia como um encontro maravilhoso havia, em menos de dez minutos, se transformado numa situação apavorante.

Pulei no banco de trás de um carro preto, cujo chofer nos esperava com as portas abertas. Sem dizer uma palavra, percorremos três quarteirões até que resolvi romper o silêncio, furiosa.

— O que foi aquilo? Você poderia me explicar o que aqueles caras estavam fazendo lá? Por que eles estavam esperando por você? Como descobriram que estávamos lá? Eu não fiz nada errado. Eu fiz algo errado? Por acaso você ainda é casado? — Senti o rosto queimar. Não! Não pode ser. Investiguei tudo o que saiu sobre ele na internet. Ele está divorciado. Não pode ser. Eu não teria me enganado. Ele não pode... Será?

— Na verdade, Amanda, é bem complicado. Mais complicado do que pode parecer.

Então explique! Estou esperando! — gritava eu em meus pensamentos. Quase sem paciência. Ou melhor, sem paciência nenhuma.

— Você é... — pigarreei antes de continuar a frase, que quase doía em minha garganta. — Quer dizer... Você é casado?

— Amanda, juro que iria te contar, mas as coisas não são tão simples assim. Eu não poderia simplesmente dizer... que... não é assim que a gente...

— Você é casado! — gritei, como se tivesse acordado de um sonho ruim.

— Amanda, olha só. Acho melhor eu deixar você em casa e nós conversamos numa outra hora.

— Mas todas aquelas matérias na internet diziam que você está separado. Que não existe mais nada entre você e sua esposa e que vocês estão travando uma luta feroz no tribunal pela guarda dos seus filhos. Tudo isso é mentira?
— Desculpe. Uma parte é verdade e outra é invenção. Sabe... Os jornalistas inventam muitas coisas sobre nossa família.
— Tipo o quê? Que você é um mulherengo incurável? Essa é a grande mentira que eles inventam? Se for isso, não vejo mentira nenhuma! – eu disse, furiosa. – Como pôde me envolver nisso? Sou uma advogada respeitada. Tem ideia do que esse escândalo pode causar em minha carreira? Como pôde fazer isso?
— Amanda, me desculpe, eu não fazia ideia de que iriam me encontrar. Eu só queria um pouco de diversão com uma mulher bonita e inteligente.
— O quê? Você só queria diversão? – senti meu sangue ferver. Minha pressão sanguínea deve ter subido para os índices mais altos da história. Peguei a bolsa e, num piscar de olhos, bati com ela em seu rosto. No outro eu estava gritando ao motorista que parasse o carro ali mesmo: – Pare esse carro já!
— Mas já estamos quase chegando, senhora. – Disse o motorista, parecendo bem acostumado com a situação toda. Deve ter presenciado a mesma cena várias vezes.
— Pare! Pare esse carro já! Você é surdo?
Quando ele olhou para o patrão pelo retrovisor como quem pede autorização, Nathan deu de ombros, como quem diz: *Pode parar, deixe essa louca ir andando até a casa dela.* Assim que o carro parou próximo ao meio-fio, desci e bati a porta com toda a violência que gostaria de descarregar na cara dele se isso fosse possível.

Caminhei por oito blocos com os meus pés em chamas e meu emocional arrasado. Entrei pelo *hall* de meu prédio sem enxergar ninguém, de tanta raiva. Com gestos mecânicos, apertei os botões do elevador e nem me dei conta da presença de Brian lá dentro. Quando ele tentou se aproximar para me dar boa-noite, eu praticamente desmoronei.

– Não acredito que isso está acontecendo. Ele não podia ter feito isso comigo. Não podia.

– O que foi? O que aconteceu? Você está se sentindo mal? – perguntou Brian, com genuína preocupação.

– Sou uma estúpida! – eu soluçava.

– Não. Você não é uma estúpida. Só teve um dia ruim. Isso acontece com todo mundo. Amanhã você estará se sentindo melhor.

Amanhã? Eu nem tinha pensando nisso. Mas acho que amanhã será ainda pior. Como vou explicar a meu chefe, minha família e meus amigos e a... Ah, meu Deus, como vou explicar isso a Elizabeth?

– Ai! Eu não tinha pensado nisso! Amanhã será ainda pior! Tenho certeza de que tudo vai desmoronar. Amanhã vou decepcionar minha família. Vou ser demitida e minhas amigas estarão furiosas comigo – as lágrimas rolavam, em total desespero.

Enquanto Brian tentava me consolar, eu imaginava por que esse cara só me encontra em momentos de crise. Será que ele planejou tudo isso, com todos os detalhes e requintes de crueldade? Só para estar por perto e poder me consolar? Não, acho que estou delirando. Pode ser minha pressão alta que está provocando algum tipo de alucinação. Pressão alta deve dar esse tipo de sintoma. Não dá?

– Você gostaria de me contar o que aconteceu? Talvez eu possa ajudar.

– Não sei, não. Você poderia assassinar alguém por mim? Depois de sumir com o corpo, você poderia passar na gráfica de algumas revistas e sabotar as máquinas deles de forma que não possam imprimi-las por pelo menos um mês?

Ele sorriu e disse:

— Matar alguém e sumir com o corpo é algo relativamente simples. Mas boicotar equipamentos de altíssima tecnologia... hum... isso não sei se posso fazer. Mas vou agora mesmo procurar na internet uma maneira de resolver o seu problema.

— Não precisa. Tudo bem. De qualquer forma, eles poderiam divulgar as fotos pela internet mesmo. Não adiantaria nada.

— Divulgar as fotos? Que fotos? Do que você está falando?

— Nada. Esquece. Acho que muito em breve você vai entender tudo.

Ele deu de ombros e fez um *arrã!* Como quem diz: Se você está dizendo, eu acredito. Quando ele estava entrando em seu apartamento, eu me virei e disse:

— Brian, você poderia me fazer um favor?

— Claro. O que é?

— Quando entender o que está acontecendo, por favor não me julgue. Eu não tive culpa. E neste caso existem três versões da história.

Mesmo sem entender nada, ele balançou a cabeça, num ato de concordância. Não iria me julgar. Pelo menos ele não.

11

Acho que não preciso dizer que não dormi nada a noite passada. Fiquei rolando na cama de um lado para o outro, repassando sem parar a noite desastrosa que tive com Nathan. Tentei relembrar cada palavra dita para encontrar uma única pista que pudesse sugerir que era casado. Ele não usava aliança; aliás, nem na consulta de Elizabeth. Como eu poderia adivinhar? E mais: o que é toda aquela publicidade enganosa sobre o divórcio tumultuado e a guarda dos filhos? Será que ele paga aquelas matérias para poder flertar com outras mulheres, fazendo-se passar por um divorciado carente? Um pobre coitado que a ex-esposa megera tenta destruir de todas as maneiras? Meu Deus. Se ele faz isso, é um monstro. Pobre coitado. Pois sim.

Enquanto rolava na cama, tentei bolar estratégias para sair disso tudo. Primeiro pensei: *Amanda, acalme-se. Talvez tudo isso seja apenas um sonho ruim; amanhã, quando você acordar, tudo estará resolvido.* Nesse momento acendi o abajur e vi, para meu total desespero, o vestido na poltrona, do lado direito da cama, e meu par de sandálias Prada bem ao lado. Tudo bem, não foi um sonho. Então pensei em outra coisa. Os fotógrafos estavam ali por causa de Nathan, e não por minha causa. Eles nem sabem quem eu sou. Tentei proteger o rosto, de forma que eles não devem ter conseguido tirar nenhuma boa foto que me mostre com nitidez. É isso! Não preciso me preocupar. Amanhã cedo vou até uma dessas lojas do Exército de Salvação, deixo lá o vestido (minhas sandálias Prada de jeito nenhum... afinal, elas não são exclusivas) e me livro de provas que possam me incriminar. Quando alguém questionar se sou eu na foto, darei um sorriso alegre e direi: *Claro que não. Imagine, eu. Mas obrigada mesmo assim; ela é muito bonita.* E sairei apressada sem deixar ninguém perceber que estou nervosa ou algo assim. Amanda Loeb, você é um gênio! Perfeita. Mas e se alguém insistir? Minha mãe, por exemplo. Minha mãe sempre diz que conhece as filhas a quilômetros de distância. Que nunca nos confundiria com outra pessoa. Bom, se ela realmente desconfiar, simularei um ataque de asma. Começarei a puxar o ar para dentro do pulmão com tanto desespero que ela não terá opção. Vai chamar a ambulância e me levar para o hospital. Preocupada com minha saúde, já terá esquecido o episódio da foto no jornal. Mas e se nada disso funcionar?

O fato é que estou encrencada. Estou mesmo. Definitivamente encrencada. Nem consigo imaginar a reação de Edward. Ele vai me demitir na hora, e eu nunca mais vou conseguir outro emprego decente em um grande escritório de advocacia. Talvez com muita sorte eu consiga um emprego em alguma ONG que trate de prostituição infantil. O que é um trabalho muito louvável também. Mas não quero passar o resto de meus dias perseguindo tarados nojentos e sexualmente doentes que apreciam criancinhas. Não tenho energia, não tenho estômago nem sou forte como a Olivia de *Law and Order*. E ainda tenho a saúde frágil, como todos sabem.

Minha mãe vai me colocar num avião com passagem só de ida para a Índia. Se eu vivesse na Índia, com certeza não sobreviveria um mês. Com todas aquelas comidas à base de leite, a sujeira, aquele monte de doenças e a lepra. Deus, não permita que minha mãe me mande para um dos poucos países no mundo que ainda têm lepra! E, discretamente, vai dizer: *Ah, mais uma coisa: não precisa escrever nem mandar notícias. Nós procuramos você! Boa viagem, querida!* Nem poderei culpá-la por isso. Em uma noite consegui destruir minha reputação e envergonhar toda a minha família. Se os deuses me ajudarem e tiverem piedade de mim, talvez Julia seja a única que vai se divertir com essa história toda e me apoiar. Afinal, não é para isso que servem os amigos?

Fui para o trabalho bem cedo, não tinha nenhuma consulta médica agendada, o que era um alívio, pois não sei se conseguiria enfrentar um consultório depois do que me aconteceu ontem. Passei pela banca de jornal e dei uma breve olhada. Usando um chapéu com abas enormes e óculos escuros igualmente grandes para que ninguém pudesse me reconhecer, parei na frente da banca e, numa checagem rápida, percebi que meu segredo não havia sido revelado. Já é bastante difícil descobrir que fui enganada e caí na lábia de um homem casado, galanteador e canalha. Mas saber que isso pode ser revelado para todo o país e quiçá para o mundo é muita humilhação.

Quando cheguei ao trabalho, tentei me controlar e fazer cara de normalidade. Acho que dei uma bandeira muito grande

A Pílula do Amor

quando Sarah entrou em minha sala e comentou, casualmente: *Você viu o que está acontecendo com aquele médico...* E eu a interrompi bruscamente, dizendo: *Não sou eu. Parece comigo, eu sei, mas não sou eu.* Logo em seguida, vi as sobrancelhas de Sarah se estreitarem num olhar confuso. E ela continuou: *É claro que não é você, Amanda. Você me ouviu? Estou falando que vão indiciar o médico que cuidou da saúde do Michael nos últimos meses. Eles suspeitam que o excesso de medicação foi o motivo de sua morte.* Ela sorriu e deixou minha sala.

Três dias se passaram e nada. Nenhuma foto foi publicada. Nenhum site de fofocas de celebridades havia dado uma notinha sequer sobre o assunto. Por um momento cheguei a ficar ofendida. Será que não merecia nem mesmo o rodapé da *homepage* do TMZ ou do OMG? Está cheio de subcelebridades lá! Mas nada foi comentado. Então emergi do mundo dos angustiados, aliviada, e fui fazer meus planos de final de semana.

A segunda-feira chegou como um relâmpago. Nem acreditei quando o despertador tocou, às sete da manhã. Como sempre faço, peguei a roupa, que já estava separada desde a noite anterior, e fui para o banheiro. Banho relaxante, checkup matinal. Nenhuma anomalia, mais um dia de paz em minha saga hipocondríaca. Coloquei o *tailleur* marrom com botões grandes e dourados, com corte impecável. Valeu cada centavo que paguei para aquela caixa esnobe da Versace. Meu par de Jimmy Choo e minha bolsa Gucci de couro de avestruz. É, também acho que depois de me encontrar com uma celebridade fiquei meio obcecada por grifes. Uma pena que meu salário não acompanhe o investimento necessário para que uma mulher possa mostrar ao mundo como ela é chique e elegante. Passei filtro solar 30 e maquiagem leve, como faço todos os dias. Tomei o café e fui para o trabalho.

No caminho, enquanto percorria os quarteirões que separavam minha casa do escritório, um único incidente. Um cachorro, que fazia suas necessidades em um pequeno gramado, resolveu pular alegremente e se enroscar em minhas pernas. Felizmente não desfiou minha meia. Eu não suportaria isso. Estava olhando com olhos de fogo para a dona do cachorro, pronta para iniciar uma discussão sobre a impropriedade da situação, quando meu celular tocou.

– Oi, mãe, bom dia. Aconteceu alguma coisa? Por que está me ligando tão cedo?

– Amanda, só me diga o que realmente aconteceu e eu vou acreditar em você. Mas diga a verdade. Aquilo foi apenas um encontro profissional, não é?

Senti o sangue ferver. Ela só podia estar falando do que eu imagino que estivesse falando. Meu rosto ruborizou em segundos, e eu não soube o que dizer. Se confirmasse, seria uma total decepção para ela. Se dissesse que era só um encontro de negócios e ela descobrisse a verdade, jamais confiaria em mim novamente. *Não sei o que fazer!* Pensei, agoniada. Será que é melhor eu iniciar o tal ataque de asma?

– Do que você está falando? – pigarreei, tentando ganhar tempo.

– Amanda, eu conheço você. Sei que é inteligente e que sabe exatamente do que estamos falando. Da sua foto com o Dr. Nathan Holderick na capa da *Famous*!

– Mãe, eu posso explicar, olha só... – eu gaguejava, sem conseguir explicar nada.

– Espero que tenha uma ótima explicação, Amanda. O que você estava fazendo em um restaurante de luxo com um homem CASADO? – ela quase gritou.

A Pílula do Amor

— Bom, eu não sabia. Eu não sabia que ele era casado. Só aceitei jantar com ele porque não sabia — as lágrimas brotavam e eu me controlava para não ter uma crise de choro ali mesmo, na rua.

— Estou furiosa com você agora. Acho melhor conversarmos quando eu me acalmar um pouco. Sinceramente, estou decepcionada com você. Eu sempre lhe disse que você poderia ter os homens que quisesse, mas que isso não incluía os casados. Você pode ter destruído uma família. Não pensou nisso? Sua irmã me contou que ele tem quatro filhos. Quatro!

— Eu sei. Desculpe. Eu não queria destruir o lar de ninguém. Juro — justificava-me enquanto pensava que Lauren colocaria mais lenha na fogueira e eu sairia chamuscada!

Depois de falar com minha mãe, eu só queria voltar para casa, me jogar embaixo dos edredons e ficar por lá até as pessoas e a mídia me esquecerem completamente. Mas tinha agendado duas reuniões importantes no escritório e não poderia faltar. Juntei todas as forças que me restavam e fui.

Saí do elevador cautelosamente, tentando me fazer de invisível. *Sei que nem todo mundo lê a* Famous, *e achar que vão me reconhecer por causa de uma foto fora de foco é um pouco paranoico de minha parte,* pensei. De repente senti um frio imenso subindo e descendo pela coluna. Sarah lê a *Famous*! Ai, meu Deus... ela lê a *Famous* sim, e sempre vem comentar algo que acha interessante ou extremamente bizarro! Em qual categoria será que ela vai me enquadrar? Interessante ou bizarro?

Passei pelos corredores e estações de trabalho na velocidade máxima que um carro de Fórmula 1 pode alcançar. Mas não demorou muito para escutar as primeiras batidas em minha porta.

— Oi, Sarah. O que foi?

— Hum... Amanda. Edward quer falar com você. Ele disse para eu dar o recado assim que você colocasse os pés no escritório.
— Está bem, obrigada. Diga a ele que já estou indo.
Sem saber de onde veio, materializou-se na minha frente um exemplar da *Famous*, nas mãos de Sarah.
— É você, não é? Poderia me dar um autógrafo? Eu disse a meu noivo que era você, mas ele não acreditou. Você poderia...
Sem nem pensar direito no que estava fazendo, rabisquei alguma coisa na capa da revista, bem em cima da foto, onde aparecia nitidamente meu rosto enquanto eu corria para o carro com Nathan logo atrás, segurando meu braço. A cena era terrivelmente incriminadora. Aquele casal da foto tinha uma intimidade que jamais existiu de fato. Nathan parecia me proteger dos fotógrafos, enquanto eu parecia confortável, até feliz. Preocupada apenas em caminhar com passadas apressadas, como quem está atrasado para um compromisso. Mas não foi bem assim que aconteceu. Agora que vi a foto, entendo perfeitamente por que minha mãe está furiosa. Eu sou realmente culpada. Pelo menos é o que a foto diz. Como eles conseguem fazer isso?
Bati na porta de Edward, que a abriu para mim. Para minha total infelicidade, ele não estava sozinho. Na sala, à minha espera, percebi Robert, Paul e Carl. Pronto. Além de ser demitida, a humilhação será pública. Os leões estavam apenas esperando a presa para devorá-la sem piedade.
— Amanda, sente-se aqui — ordenou Paul, o chefe do meu chefe. O cara mais poderoso da instituição.
Paul é um dos fundadores da ONG. Ficou famoso por tornar públicas cenas chocantes como aquelas dos ursinhos polares em cima de pequenas geleiras flutuantes. Ou

A Pílula do Amor

aquelas do desmatamento da Amazônia, ou as cenas dos navios japoneses assassinando baleias no oceano Pacífico. Ele é o mestre da publicidade por trás da nossa organização. Consegue levantar milhões e milhões de dólares todos os anos para nossas causas usando imagens como essas e muita astúcia.

Ao puxar a cadeira para me sentar, meus olhos percorreram a mesa e avistaram dois exemplares da *Famous*. Ali ficou claro que a reunião era mesmo sobre mim.

– Amanda, vou lhe fazer algumas perguntas e preciso que seja sincera comigo. Você sabe que nossa organização é muito importante e respeitada no mundo todo. Não podemos de maneira nenhuma deixar que a publicidade negativa arruíne nossa reputação.

Meu coração batia mais forte a cada palavra que aquele homem pequeno, com cabelos desgrenhados e barba irregular, pronunciava, com sua voz grave e penetrante. Eu já estava pronta para simular minha crise de asma ou mesmo um ataque cardíaco, pois meu coração batia na garganta e com certeza todos ali podiam ouvi-lo.

– Eu sei disso, mas eu não quis...

– Bem, Amanda, o que você estava fazendo naquele restaurante com um homem casado?

– Bem, eu... eu não sabia...

– Você estava negociando uma doação de fundos para a campanha de divulgação da importância da reciclagem de baterias de celulares, não era isso?

Hã? Como assim? Que campanha de reciclagem é essa? Do que esse homem está falando? Não sei nada sobre isso. E desde quando eu me envolvo em arrecadação de dinheiro ou doações para campanhas?

– Hum... É. Acho que foi isso sim – não fazia ideia do que aquele homem estava falando. Mas não quero perseguir pedófilos pelo resto de minha vida profissional, então decidi que concordaria com qualquer coisa que ele dissesse e me parecesse melhor do que confessar que fui ludibriada por um canalha casado.

– Muito bem, senhores. Tudo resolvido. Conversei pessoalmente com o advogado do Dr. Holderick e ele me garantiu que a quantia é bastante generosa – ele disse, sorrindo para mim. Nós só precisamos que a senhorita Amanda confirme que estava no restaurante firmando o acordo.

Agora eu entendi. O poderoso chefão vendeu meu segredinho sujo e armou com o advogado de Nathan uma situação que fizesse dele o herói e não o vilão. Por que será que eu odeio os homens? Sinto que é tudo um complô. Eles salvam o casamento daquele sem-vergonha, levantam uma grana para um projeto da organização à minha custa e o que eu ganho com isso? NADA! Apenas fui poupada de ser sacrificada em público. Mas não posso deixar de observar que, apesar do mau cheiro da história toda, foi uma saída engenhosa. De quem terá sido a ideia, de Nathan ou de Paul?

Fui obrigada a dar uma entrevista coletiva para esclarecer as coisas. Na verdade, mentir sobre os reais motivos que me levaram a sair com o Dr. Herói Holderick. O bom moço benfeitor que patrocinou a campanha de reciclagem de baterias de celular. Aliás, fui obrigada a ler a campanha toda e fazer a maior propaganda dos malefícios causados ao meio ambiente pelo descarte incorreto das baterias. Até aí, tudo bem. O difícil foi fazer minha mãe engolir a história toda. Ela ainda não se convenceu, mesmo eu sendo chamada pela mídia de "funcionária-padrão a serviço da ecologia". As revistas anunciaram que tudo não passara de um engano e estamparam em suas páginas (internas, não na capa, como nas edições anteriores!) novas fotos com o Dr. Holderick me entregando o cheque polpudo para a campanha. Entre mortos e feridos, acho que se salvaram todos.

12

Um mês se passou desde o lamentável (para mim) episódio com o Dr. Nathan, e finalmente minha vida navegava em águas tranquilas novamente. Numa dessas manhãs de calmaria, eu estava abrindo a tela de e-mails, afundada em minha cadeira giratória com braços. Aliás, preciso dizer que, se tem uma coisa que simplesmente amo no escritório, é a minha cadeira. É uma cadeira de encosto alto, marrom escuro, de couro de carneiro. A espuma foi amaciada na medida certa pelos anos de uso; sinto-me acolhida, abraçada por ela. Puro conforto.

Eu havia acabado de chegar e estava sentada confortavelmente. Analisava um processo que veio parar em minhas mãos juntamente com um bilhete de Edward, meu chefe, dizendo apenas: *Máxima urgência!* Foi quando Sarah, minha assistente há mais de dois anos, bateu na porta, pouco antes de abri-la.

— Bom dia, Amanda. Aqui está o seu exemplar do *New York Post* — ela acomodou o jornal entre as pilhas de papéis na minha mesa. — Você precisa de mais alguma coisa? Um café, talvez?

A Pílula do Amor

Sarah é uma boa assistente. Nunca parece se incomodar com meus surtos histéricos ou com algum pedido incomum que eu faça, especialmente quando se trata de minha saúde frágil. Está sempre disponível e é muito prestativa. Para mim, ela tem apenas um defeito: fala demais! Adora conversar. Apesar disso, admito que é engraçada e que suas histórias às vezes conseguem me divertir ao final de um dia cheio de tensão. Ela adora me falar sobre o seu último namorado. Um cara de dois metros de altura, cabelo comprido, muitos *piercings* e tatuagens, mas que segundo ela é uma doçura de rapaz. Enquanto ouço seus monólogos intermináveis, apenas assinto com a cabeça, tentando não deixá-la perceber minha total falta de interesse no assunto.

– Um *cappuccino* cairia bem agora, Sarah. Você pode pegar... – enquanto eu completava a frase e virava o corpo para ela, meus olhos foram de encontro à manchete do jornal: GRIPE SUÍNA SE ESPALHA NO MÉXICO! – Sarah, feche a porta, por favor – ordenei, com a voz preocupada.

Sarah fechou a porta e se virou para mim com cara de espanto, enquanto aguardava para entender o que estava acontecendo. Peguei o jornal e comecei a ler a matéria. Minha expressão cada vez mais tensa e preocupada era o prenúncio de que alguma coisa muito ruim estava para acontecer.

O rosto de Sarah era um misto de curiosidade e aflição.

– Amanda, você está bem? O que está acontecendo? Tem alguma má notícia no *Post*? – ela perguntava insistentemente, arregalando os olhos verdes e profundos.

– Sarah, me diz uma coisa. Onde mesmo Selena foi passar a lua de mel? Cancún? Ela voltou de Cancún há uma semana? É isso mesmo? Estou certa? – minha expressão era cada vez mais apavorada.

— É. Ela viajou com o marido para Cancún. Ela está tão feliz... Disse que foi incrível e que...

— Sarah, obrigada. Preciso ficar sozinha. Você já pode ir. — eu disse, sem nenhuma delicadeza.

— Mas e o seu *cappuccino*? — ela tentava perguntar enquanto eu a colocava para fora da sala e fechava a porta.

Eu não podia acreditar no que meus olhos estavam lendo. E no que meus ouvidos acabavam de confirmar. A matéria dizia que uma forte onda de gripe se abatera sobre o México. Uma tragédia ainda sem proporções. Na verdade era o retorno de um vírus que vitimou milhares de pessoas no passado. Batizada de gripe suína, essa doença é na verdade uma mistura de vários vírus de gripe, contendo material genético humano, de aves e de porcos doentes. Surgiu por causa do contato com criações de porcos, mas hoje o vírus é transmitido de pessoa para pessoa, mesmo sem proximidade com esses animais. Mais de cem pessoas já morreram nessa nova epidemia, que pode tomar proporções mundiais. *Ai, meu Deus!* Já existem casos confirmados nos Estados Unidos, e a população precisa estar alerta para os sintomas. A matéria seguia relatando tudo que fora descoberto sobre os casos — o primeiro a contrair a doença foi um menino de cinco anos, que faleceu. Depois descrevia as etapas da doença com todos os detalhes, finalizando com os sintomas.

Não! Não! Não! Será que nunca vou ter paz nessa vida? Será que preciso estar sempre em alerta? — pensava, enquanto pegava o telefone para ligar para a única pessoa capaz de me acalmar: minha mãe.

— Mãe, sou eu. Você já leu a capa do *Post* de hoje? — minha voz saiu trêmula.

A Pílula do Amor

– Não, mas imagino que você já leu e não gostou. Acertei? – senti que ela sorria do outro lado da linha.
– Mãe, é sério, muito sério. Você não pode sair na rua hoje, mãe. Aliás, você não pode sair na rua nos próximos meses! Lauren precisa fazer o mesmo – ordenei, histérica.
– Claro, Amanda. Meu suprimento de comida e remédios está no nível máximo. Não se preocupe, estou preparada para uma guerra nuclear ou outro atentado terrorista. Graças a você, reconheço – preciso dizer que não entendo como minha mãe consegue achar graça nessas colocações. Acho que ela não me leva muito a sério. – Mas agora me diga: por que estamos em estado de alerta desta vez? – o tom era de deboche.
– Uma epidemia de gripe suína se alastrou pelo México e está chegando a Manhattan. Parece que já existem 22 casos confirmados no Queens! – gritei. – Mãe, isso é muito sério. VINTE E DOIS casos no Queens!!! – dizia eu, desesperada, enquanto mentalmente fazia as contas de quantas estações do metrô separavam minha casa e a divisa entre Manhattan e o Queens. – Só duas. Mãe, só duas!!!
– Duas o quê, Amanda? Duas pessoas com a gripe? Do que você está falando? Agora mesmo você disse vinte e duas. – resmungou ela, sem a menor paciência.
– Só duas estações do metrô entre mim e o Queens! Só duas! Eu sou uma presa fácil. Um alvo sem chance de resistência, é isso que eu sou. Uma vítima em potencial para esse vírus cruel e letal – totalmente descontrolada.
– Amanda, pare! Pare agora mesmo! Chega! Você está sentindo alguma coisa? – o tom agora é doce. Isso faz parte de sua estratégia: primeiro ela é autoritária e grita, depois se mostra meiga e solidária com meu problema.

— É... agora que você perguntou, acho que sim. Sinto uma ligeira dor de garganta e também dor de cabeça. Meu corpo está ficando mole e estou com febre — parei por um momento. — Sinto também uma espécie de moleza nas pernas e... — ela me interrompeu bruscamente.

— Amanda, pare já! Quantas vezes você leu a parte dos sintomas? Diga. Quantas? — ela respirou fundo. — Para contrair gripe você precisa ter contato com uma pessoa doente. E você não teve contato com ninguém do Queens ou do México! Pelo que sei, você também não usa transporte público nem fica em aglomerações. Então, você está segura.

— Mãe, você não entende. É uma epidemia, ninguém está seguro. Ninguém! — agora foi a minha vez de respirar fundo antes de continuar. — E tem mais. Essa é a pior parte. Você se lembra da Selena? Aquela ambientalista que trabalha comigo no escritório?

— Aquela que se casou há pouco tempo?

— Essa mesma. O fato é que ela acaba de voltar de lua de mel. Estava viajando com o marido — eu dizia pausadamente, como quem faz suspense.

— E...? — ela resmungou.

— E você sabe onde ela passou a lua de mel, Dona Sabe Tudo?

— Não. Mas tenho certeza de que não foi no Queens.

— Foi em Cancún. E, pelo que sei, se minhas aulas de geografia realmente valeram a pena, Cancún fica no México. Ou não fica?

— Amanda, isso não significa que ela esteja doente. Por favor, filha. Você é inteligente e sabe disso.

Eu estava enlouquecendo. Levantei da cadeira, andei em volta da mesa, abri e fechei lentamente a porta da sala milhões de vezes para ver se conseguia ver Selena sentada em sua mesa. Coloquei a cabeça na fresta entreaberta para espiar os movimentos dela. Eu precisava de um sinal. Qualquer um, um sinalzinho mínimo que fosse, que pudesse servir de prova e sustentar minha teoria de que Selena trouxera o vírus da gripe suína como suvenir de viagem. Eu estava tomada pela certeza de que, juntamente com o *sombrero* que ela trouxera para Edward, o vaso de cerâmica artesanal para Sharon, o poncho para Robert e os potinhos pintados a mão para mim, ela tinha trazido também esse vírus fatal para nosso convívio.

– Amanda? Amanda, você está me ouvindo? Estou falando com você. A moça está ou não doente? – agora ela parecia preocupada, finalmente.

– Mãe, ela ainda não apresenta todos os sintomas. Mas hoje pela manhã, quando ela pegava água no bebedouro, percebi que fez um barulhinho com a garganta. Uma espécie de pigarro leve, como um fumante eventual. Sabe? Tipo... urrr-hum! Mas ela não fuma! E tem mais: ontem ela estava perguntando se Sarah conhecia algum remédio para enjoo. O enjoo é um dos sintomas que diferenciam a gripe suína da gripe normal! Mãe, ela está infectada, eu sei! Ela vai matar a todos nós, tenho certeza. Preciso sair daqui. Preciso sair do escritório agora – enquanto eu falava, girava o corpo em busca da saída mais próxima (sem precisar passar por Selena, claro).

Minha cabeça começou a girar. Eu pensava em mil coisas ao mesmo tempo. Precisava agir e bem depressa. Tinha de bolar um plano que me tirasse do escritório naquele momento. E por algum motivo eu não conseguia me lembrar para que lado ficava a saída de emergência. (Essa é outra lição aprendida. A gente nunca presta atenção à saída de emergência até precisar dela. E, quando precisa, não faz ideia de onde está localizada.) Eu precisava de um motivo para trabalhar em casa. Algo que justificasse não aparecer no escritório por umas duas semanas. Uma viagem de emergência para visitar uma tia doente. Não, isso não funcionaria, Edward sabe que toda a minha família vive ao redor de Manhattan, no máximo em Connecticut. Minha mãe está doente! Não, péssima ideia. Edward iria querer visitá-la só para comer os biscoitos amanteigados que ela faz e ele adora. Sophia? Não, nem pensar. Não posso colocar aquela criaturinha inocente em meus acessos de desespero. Lauren? Eric? Não... não... não...

— Amanda! — ouvi uma voz me chamar à porta. Quando ela se abriu, antes mesmo que eu convidasse a pessoa a entrar, pude ver Selena passando por ela. Nem preciso dizer que quase desmaiei.

— Mãe, preciso desligar. Selena está aqui, na minha sala! — falei, quase sussurrando — e quer falar comigo — coloquei o fone no gancho sem ouvir a resposta. E me virei para minha sentença. A morte finalmente bateu a minha porta.

Tudo bem, pensei. *Amanda, você é forte. Uma guerreira. O que um vírus como esse, que causa fortes dores de cabeça, enjoo, vômito e diarreia, poderia fazer contra alguém tão forte quanto você?* Eu tentava me convencer. Resolvi relaxar. A menos que eu pulasse pela janela, ou empurrasse Selena 16 andares abaixo, não havia mais nada que eu pudesse fazer.

— Oi, Selena. Você está bem? Como se sente? — perguntei, tentando firmar um sorriso em meus lábios trêmulos.

— Nossa, Amanda, como você é observadora! Hoje estou melhor, mas tem dias em que me sinto horrível. Obrigada por perguntar. — ela sorriu.

Ai, meu Deus! Ela está mesmo infectada. Acaba de confessar. Preciso sair daqui! Preciso sair do escritório imediatamente!

A Pílula do Amor

– Você tem ido ao médico? Está se cuidando? – perguntei, com extrema preocupação, mas tentando fingir simpatia.
– Claro. Ele disse que está tudo bem. Estou realmente bem, não tenho com que me preocupar – sorriu novamente.
Ela não tem com que se preocupar. Ela realmente não tem com que se preocupar. Ela vai matar todo mundo no escritório, no prédio, no bairro, na cidade, mas realmente não precisa se preocupar. Claro que não, não sobrará ninguém, nem ela mesma, para contar a história. Será que ela não poderia ter ficado no México? Como alguém contrai uma doença dessas e pega um avião para infectar uma cidade inteira? É muita irresponsabilidade! Muita!!!
– Bom para você! Mas... Está precisando de alguma coisa? Em que posso ajudá-la? – perguntei, na esperança de conseguir tirá-la rapidamente da minha sala antes que ela tocasse em alguma coisa, ou, pior, em mim.
– Não é nada demais. Eu só queria te entregar o convite para meu chá de bebê – ela esticou o braço para me entregar o convite. Obviamente, me recusei a pegá-lo.
Ops... Acho que perdi alguma coisa. Chá de bebê? Que chá de bebê? Quem tem bebê? Selena tem um bebê? Como assim? Ela pegou a gripe suína no México, ainda não sabe e para piorar está grávida? Que loucura!
– Chá de bebê? Você está grávida?
– É, Amanda. Não era sobre isso que estávamos falando? Meu médico disse que estou para completar três meses. E estou muito bem. Eu sei o que você está pensando... todos me perguntam a mesma coisa. Casei há três semanas e já estou grávida. Juro que não sabia. Descobri durante a lua de mel, e foi uma felicidade. Meu marido está explodindo de alegria.
– Mas, Selena, você se sente realmente bem? Tipo, não está sentindo nada anormal? Febre, tosse, dor de garganta, enjoo, diarreia, por exemplo?

— Não. O enjoo seria normal, o médico disse. Mas não sinto nada do que você mencionou. Bem, vou deixar seu convite aqui — largou-o em cima de uma das pilhas de papel. — Vou deixá-la trabalhar sossegada. Eu queria apenas te entregar o convite. Você vai, não vai? — disse, sem abandonar o sorriso que lhe iluminava o rosto.

— Sim, claro. Claro que vou. Obrigada — sorri de volta, tentando ser agradável e mostrar que estava feliz por ela.

Assim que ela saiu e bateu a porta, liguei novamente para minha mãe.

— Mãe. Acho que ela não está doente. Pelo menos não com a gripe suína. — disse eu, constrangida.

— Ah! Que bom saber. Agora você já pode voltar ao trabalho sem mais problemas. E também pode me deixar em paz por algumas horas antes de entrar em parafuso de novo. Espero.

— Tem razão. Tenho realmente muito trabalho a minha espera. Desculpe pelo meu ataque de pânico. Falo com você à noite. — desliguei tão rápido que acho que ela nem ouviu a última palavra.

Fui novamente até a porta. Olhei para Sarah, que se virou imediatamente para mim:

— Sarah, você pode me trazer aquele *cappuccino* agora, por favor? Estou precisando de um pouco de cafeína. Obrigada. — Terminei a frase, me virei novamente para a montanha de processos esperando para serem analisados e pensei: que pena que não tenho nenhuma doença para justificar uma falta ao trabalho. Adoraria correr desses processos todos.

Foi nesse momento que meu celular vibrou. De relance, vi que acabara de receber uma mensagem de texto.

13

— Amanda, vamos mudar de assunto? Eu simplesmente acho que não tenho que discutir minha vida sexual com você.

O quê? Vida sexual? Que vida sexual? Era só o que me faltava. Agora minha mãe tem vida sexual. Tudo bem que até as lesmas da Mongólia têm vida sexual. Aliás, outro dia assisti a um documentário que mostrava que o início da carreira de Sigmund Freud foi tentando desvendar SEM sucesso a vida sexual das lesmas. Fiquei feliz em saber que nem mesmo Freud tem explicação para tudo que acontece e ganhei mais um argumento para fugir das sessões de terapia que até o porteiro do meu prédio insiste em me indicar.

Mas espere aí... EU não tenho vida sexual! Como é que minha mãe pode ter? Acho que ela está brincando. Ou finalmente se deu conta de que me odeia e quer me enlouquecer. Será que ela não sabe que posso ter um choque anafilático com uma surpresa dessas? Sei que parece absurdo, mas siga meu raciocínio. A anafilaxia é causada pela hipersensibilidade a medicamentos, alimentos, picadas de insetos ou exercícios físicos.

A Pílula do Amor

Minha mãe está cansada de saber que sou hipersensível a tudo isso e a surpresas também. Acabo ficando ansiosa; quando fico ansiosa, me jogo de cabeça nos calmantes; consequentemente, posso ter um choque anafilático como resultado da combinação de muitos medicamentos associados à novidade. Pumba! Simples assim. Eu poderia morrer com uma notícia dessas.

E se eu for realmente vitimada por um choque anafilático não vai adiantar o bonitão do meu vizinho (eu disse isso?) tentar me socorrer (ai, meu Deus, eu disse mesmo *bonitão*!), pois em Nova York ainda não existe uma lei que obrigue os proprietários dos edifícios a manter um desfibrilador por andar, nem mesmo por prédio, que possa salvar a vida de um cidadão no meio de uma parada cardíaca ou algo assim.

– Mãe! Então é verdade. Achei que fosse mais uma história de Alice no país das maravilhas, ou seja, uma brincadeira da cabeça de vento da Lauren. Você sabe como ela fica quando está com os hormônios em ebulição. Insuportavelmente cruel! E com um senso de humor para lá de cretino. Então é verdade ou não é? Você tem mesmo um namorado?

Minha mãe tem um namorado! Essa é a pior notícia que recebo desde o escândalo com aquele anti-inflamatório famoso que foi acusado de provocar a morte de mais de 25 mil pessoas por problemas cardíacos. Fiquei de cama dois dias depois que soube, e nem mesmo era usuária do tal medicamento. Imagine agora. *Minha mãe tem um namorado.* Como isso pôde acontecer comigo? Vou demorar pelo menos meia década para me recuperar desse trauma.

– Mãe, quem é ele? Conta logo. Já sei, é um daqueles senhores distintos do clube de pôquer, não é? Lembro bem de um que não tirava os olhos de você no final do campeonato do ano passado.

O silêncio dominou o outro lado da linha e eu continuava o monólogo, basicamente de perguntas, sem nenhuma resposta.
– Onde você o conheceu? Qual é o nome dele? Ele trabalha ou é aposentado? Tem certeza que ele realmente gosta de você? Você precisa tomar cuidado: os homens hoje em dia só pensam em se aproveitar. Ele sabe que você tem uma filha com a saúde frágil e que precisa de assistência constante? Você contou a ele, não contou? Será que você já pode parar de me ignorar e começar a me dar algumas respostas?
Ela continuou me ignorando e mudou de assunto várias vezes. Nessas idas e vindas, conseguiu desviar o foco da conversa para algo que me atormentava mais do que seu suposto novo namorado: a proximidade do meu aniversário.
– Você já decidiu se vai deixar de lado essa bobagem de envelhecimento precoce e vai fazer uma festa para comemorar seus trinta anos?
Eu às vezes odeio minha mãe. Sei que todo mundo diz isso, mas acredite, eu falo sério. Odeio essa mulher manipuladora na qual ela se transforma quando quer me confundir.

Ainda não tenho certeza, mas acho que terei de mudar de apartamento, prédio, cidade, país ou talvez até de planeta. Vou procurar no Google para ver se já estão loteando terrenos em Marte, qual o preço e se posso entrar na lista de espera. Tudo porque não aguento mais essa perseguição. Esse cachorro, o pitbull do meu vizinho, está viciado em mim, ou melhor, no meu cheiro. Desde que ele me atacou e se fartou com minhas roupas sujas, acho que meu cheiro ficou impregnado no nariz do bicho, e todas as vezes que passo pela porta do 4C ele começa a latir desesperadamente. Uma agonia, para mim e para ele.

A Pílula do Amor

Como se não bastasse eu ter a exaustiva sensação de que não é apenas me cheirar que o monstro quer, ainda tenho de aguentar o dono dele me cercando e tentando farejar algo para justificar uma investida. Assim não dá. Assim não há Lexotan suficiente para acalmar meus nervos!

Confesso que adorei o cacto que Brian me mandou. Foi realmente uma atitude gentil e muito meiga, mas não entendi por que ele não para de se desculpar. Afinal, apesar da cicatriz imensa (ok, ela só tem 2,4 centímetros, mas o que importa é a ferida emocional, o trauma, e para isso não existe cura), que estou tratando com um creme poderoso vindo da Amazônia, a tragédia já foi quase superada. Quando eu digo "quase", é justamente por causa desse cachorro horroroso, que não me deixa esquecer tudo por completo.

Acho que terei de reforçar o estoque de Valium também, pois, como todos já sabem, meu aniversário está chegando. E minha ansiedade está num grau insuportável. Acho que posso ter um ataque cardíaco a qualquer momento. Estou com a imunidade baixíssima e tive dor de garganta a semana toda. Não paro de pensar em formas de evitar que as pessoas me cumprimentem com beijos e abraços apertados por essa data nenhum pouco empolgante. Todo esse estresse só serviu para uma coisa: mantive os radares ligados e percebi que momentos estressantes como o que estou vivendo agora pioram muito meu quadro clínico. O gatilho para minha paranoia é, sem dúvida, a ansiedade. Quanto mais ansiosa estou, mais doente eu fico, ou acho que ficarei.

Ainda faltam 60 dias para ser decretado o que chamo de corrida para a morte. Apesar de achar que vou morrer pelo menos duas vezes por semana, acredite, essa intuição está muito mais forte agora. Ao contrário do que todos imaginam, eu sei que a linha de chegada (ou de partida para o outro lado) está muito próxima. Não me perguntem como eu sei; eu simplesmente sei. Já comecei a sofrer. Minha mente não para de pensar no assunto. Não que eu seja uma desocupada que não tem nada melhor para pensar, muito pelo contrário. Meu trabalho me leva à exaustão, minha família precisa de mim, meus amigos querem minha atenção, minha frigidez já é algo irreversível (pelo menos em minha cabeça), não tenho um encontro romântico desde a posse do Obama, e o último homem que chegou perto de mim com intimidade suficiente para eu sentir sua respiração foi o dentista, na semana passada, enquanto segurava carinhosamente (isso fica por conta de minha carência afetiva) o meu queixo para me examinar o molar. Sem contar minha saúde, que precisa de assistência constante.

Mesmo assim, não tem jeito, o pensamento que persiste em minha mente perturbada é mesmo o de traçar estratégias para driblar o assédio dos amigos e dos colegas do escritório e fingir que o dia do juízo final é na verdade um dia como outro qualquer. Como eu poderia fazer isso? Será que as pessoas não percebem que incluir um geriatra em minha lista de especialistas é mais doloroso que arrancar o dente do siso? E, no meu caso, sem anestesia, já que a anestesia local me causa efeitos colaterais sérios. E tem mais: a simples ideia de ter uma doença relacionada à velhice, como Alzheimer, Parkinson ou artrite reumatoide, pode me fazer perder o sono por meses.

Outro dia descobri mais um dos segredinhos que minha mãe insiste em esconder. Segundo as palavras dela, para o meu próprio bem. Uma ova! Isso é sonegação de informação preciosa que pode garantir a sobrevivência da própria filha! Será que ela nunca vai entender? Pois bem. Descobri que minha bisavó materna, que Deus a tenha, morreu de ataque cardíaco aos 34 anos! Trinta e quatro. Você consegue imaginar como essa notícia abalou meu estado emocional? Não? Então vou desenhar para você entender.

Minha bisavó Ângela teve uma vida difícil. Veio da Itália ainda pequena, nos braços da mãe. Aprendeu a falar inglês, trabalhou como operária em uma fábrica de roupas, onde conheceu meu bisavô, um irlandês derrotista e alcoólatra. Tiveram OITO filhos, preciso que isso fique bem claro, antes mesmo que ela completasse trinta anos. Seu coração fraquinho não resistiu e ela morreu aos 34 anos. Também, com uma vida assim, quem pode culpá-la?

Até consigo aceitar que isso aconteceu em outra época, que a mulher teve oito filhos e que quando viveu não existia tecnologia suficiente para um diagnóstico preventivo. Mas pelo amor de Deus! Esses genes estão dentro de mim agora! Uma mulher da minha família, apenas três gerações antes da minha, morreu aos 34 anos. Isso é completamente desanimador! Ela tinha apenas quatro anos e meio a mais do que eu!

A informação por si só foi suficiente para eu ter mais um de meus ataques. Formulei milhares de teorias sobre as mulheres com o coração fraco em minha família. Liguei para minha tia, pedindo que me dissesse a verdade e não me sonegasse nenhuma informação valiosa. Avalie o fato de que minha avó morreu de velhice aos 89 anos. Minha mãe já completou 55 e seu coração é bastante forte, como as evidências podem mostrar. Minha tia também nunca se queixou de o coração ter manifestado um mínimo sinal de desarmonia em relação ao restante dos órgãos de seu corpo.

De minha parte, posso garantir que não vou relaxar. Farei um *checkup* completo no mês que vem. Vou pedir ao médico exames cardíacos complementares. O caso de minha bisavó apenas confirmou as suspeitas de que meu coração é uma bomba-relógio prestes a explodir, o que se agrava se levarmos em conta meu histórico de saúde. Mas tudo bem. Agora eu sei de tudo e tenho um plano. Faço o *checkup* e, se os exames apontarem alguma anomalia, boto logo meu nome na fila do transplante, com a recomendação de que só aceito um coração com menos de 20 anos de idade, caso contrário me deixem morrer em paz. E, se os exames comprovarem que meu coração é forte como o de um cavalo, vou buscar outras doenças hereditárias para ocupar o tempo livre enquanto ainda estou viva e não arrumo um namorado.

14

Onde eu poderia achar um livro sobre isso? – Eu pensava, durante a peregrinação em busca do presente perfeito para meu cunhado. *Pense rápido, Amanda. Rolamentos? Engenharia? Empilhadeira? Pense rápido!* Eu percorria freneticamente os milhões de metros quadrados em estantes e prateleiras, com livros sobre quase todos os temas que uma pessoa possa imaginar (menos rolamentos para empilhadeiras, claro), da nova loja da Barnes & Noble do Upper East Side. Já estava lá há mais de meia hora, sem conseguir chegar a conclusão nenhuma. Ou melhor, cheguei a uma conclusão: gostaria de encontrar um livro para ele. Um bom livro. Estava determinada, mas completamente perdida, quando finalmente me ocorreu que eu precisaria de ajuda para concluir a missão: comprar um livro sobre rolamentos para empilhadeira, para fazer boa presença no jantar em homenagem a Eric.

Eu estava exausta; tinha trabalhado a manhã inteira em um processo que esgotara meus neurônios irremediavelmente.

A Pílula do Amor

Para quem não sabe, um neurônio perdido é um neurônio a menos no cérebro e ponto final. Não tem volta. Eles não têm a habilidade de se reproduzir ou coisa assim. Nascemos com uma quantidade limitada de neurônios, alguns de nós com uma quantidade limitadíssima, e morremos com menos da metade deles; não existe remédio para isso. Então, nem mesmo uma boa e tranquila noite de sono seria capaz de repor o prejuízo. Sono? Quem me dera. Há dias venho sofrendo de uma insônia horrorosa. Daquelas que te iludem e deixam você dormir gostoso por duas ou três horas e depois te acordam, lá pelas quatro da manhã, e você só consegue voltar a dormir às seis, sabendo que o despertador vai tocar às sete. Já tentei de tudo. Leitinho quente antes de dormir, massagem nos pés com creme fitoterápico, leitura e chazinho, mas não tem jeito. Estou procurando um especialista no assunto.

Mas não era nem duas da tarde, cedo demais para pensar em ir para casa e ter um pouco de sossego e o descanso merecido. Eu tinha de voltar para o escritório e encarar o segundo turno, e essa era apenas parte de minha pausa para o almoço. Comprar o livro para Eric e depois pegar uma salada em uma loja de conveniência qualquer era o plano. Mas a salada e a loja teriam de esperar.

Quando passei pela seção de medicina, não resisti. Parei. Parei por tempo suficiente para esquecer completamente o que estava fazendo ali. Perdi minutos preciosos correndo atrás de novidades da área de saúde. Dei uma boa olhada nos lançamentos e acabei comprando um exemplar da nova edição do manual Merck, atualizada. Fazer isso é mesmo a minha cara.

Não foi preciso nenhum livro despencar na minha cabeça para eu voltar a mim: o livro para Eric. *Estou aqui para procurar um bom livro para dar ao Eric.* Tentei manter o foco.

Lauren havia me ligado dois dias antes para me convidar para um jantar em sua casa. Poucos convidados. Apenas alguns amigos, solteiros (ela fez questão de frisar), que trabalham com ele, dois casais de amigos íntimos, mamãe e eu. O jantar era para comemorar a tão aguardada promoção de Eric ao cargo de diretor. Lauren sonhava com esse dia há muito tempo. Não via a hora de ter direito a um cartão de crédito corporativo, que apenas as esposas dos diretores e os próprios diretores tinham o privilégio de usar. Como esposa de gerente, ela não tinha esse direito. Isso mesmo! No comando da empresa em que Eric trabalha está uma mulher, a neta do fundador. Assim que assumiu o cargo, uma de suas primeiras providências foi autorizar cartões de crédito corporativos para todas as esposas dos diretores. Sei que dito dessa forma pode parecer um pouco fútil, mas acho que foi uma medida muito inteligente na verdade. Segundo ela, era para evitar as brigas constantes dos casais por causa do controle excessivo dos gastos domésticos e das esposas. O cartão tinha um limite para despesas essenciais, o que não era muito, apenas o suficiente para cobrir gastos que iam desde a manicure até um pequeno mimo, como uma bolsa Marc Jacob ou uma joia da Tiffany. Isso fazia a felicidade das esposas e trazia tranquilidade aos maridos, que produziam mais com menos estresse. Lauren mal podia esperar para colocar as mãos no dela.

De qualquer forma, é um momento muito especial na carreira de meu cunhado. Ele está nessa empresa há 15 anos. Trabalha duro, adora o que faz e até se diverte. Consegue conversar horas sobre o interessante mundo da automação dos sistemas de produção de rolamentos para empilhadeira. Fascinante! Eu queria de alguma maneira

A Pílula do Amor

participar da alegria deles com um presentinho simbólico. Mas preciso desabafar que as possibilidades de presentes neste caso são poucas.

Já estava quase desistindo e comprando uma caneta Mont Blanc (foi o que pensei, nem um pouco criativo!) quando resolvi perguntar a um vendedor. O pior é que não sei nem por onde começar. Engenharia? Automação? Robótica? Produção industrial em série? Linha de produção? Que tipo de livro seria útil para o diretor de uma indústria de rolamentos?

Eric adora livros. Fez mestrado em uma universidade conceituada, e foi lá, no meio dos livros da biblioteca, que conheceu Lauren. Ela fazia faculdade de arte moderna, e ele, mestrado em ciência da computação. Foi amor à primeira vista. Ele, o *nerd* bonitinho com futuro promissor, e ela, uma menina cheia de charme que estudava artes para se tornar uma excelente dona de casa que tem coisas inteligentes para dizer nos coquetéis da empresa. Definitivamente, um casal perfeito. Perdoem o meu sarcasmo! É pura inveja.

Um rapaz simpático acaba de me informar que talvez um livro chamado *Engenharia da automação e produção sistemática aplicada ao desenvolvimento de produtos e insumos industriais em larga escala* pode ser uma boa. Não sei. Liguei para Lauren na esperança de que ela me desse uma boa ideia, mas ela, como sempre, não atendeu.

– Tudo bem, vou levar. Vocês embrulham para presente?

Terminei a odisseia em busca do presente perfeito para meu cunhado e voltei ao escritório, onde muito trabalho me aguardava. Apenas ao chegar à minha sala percebi que o celular estava fora de área, o que sempre acontece. O serviço de telefonia móvel em Nova York não é tão bom quanto se supõe. E minha secretária eletrônica estava cheia de recados.

Colocando o casaquinho de verão nas costas da cadeira, apertei o botão para começar a ouvi-los.

Recado 1: *Oi, Amanda, por que você não atende o celular? Está com algum problema? Eu te procurei a manhã inteira! Me liga. Preciso falar com você.*

A voz aflita não se identificou, mas eu sabia exatamente quem era. Julia.

Recado 2: *Amanda, pelo amor de Deus! Será que você pode me retornar? Preciso muito falar com você. O que está acontecendo? Você está se preparando para uma guerra biológica? Ou acha que algum novo vírus está sendo enviado pelo telefone para contaminar as pessoas? Atenda esse telefone! Preciso falar com você e é urgente!*

A segunda voz aflita, ansiosa e mal-educada que novamente não se identificou também era de Julia. Hã? Vírus transmitido via telefone? PESQUISAR NA INTERNET – VÍRUS TELEFONE. Escrevi isso em um post-it antes de ouvir o próximo recado.

Recado 3: *Amanda, querida, é a mamãe.* (Odeio quando ela começa assim. Me traz péssimos pressentimentos.) *Gostaria de saber se você confirmou presença no jantar de Lauren. Você pode me ligar mais tarde? Ligue assim que puder. Estarei fazendo compras, mas estou com o celular ligado. Beijos, querida. Mamãe te ama.*

Sem comentários. Continuo com maus pressentimentos.

Recado 4: *Oi, Amanda, é Lauren. Estou retornando sua ligação. Não pude atender antes porque Sophia estava engasgada com um pedaço do antebraço daquela boneca que Dalton deu para ela no último aniversário e eu odiei. Lembra? Acho que eu já estava prevendo algo desagradável. Senti que algo poderia acontecer no primeiro instante em que olhei para ela. Pois bem, o antebraço se soltou e ela o engoliu. Acho que li muitas histórias para ela sobre avestruzes! Faço meu* mea culpa. *Tive de socorrê-la. Mas ela está bem, não se preocupe. Você precisa de alguma coisa? Não me diga que está doente e não virá ao jantar do Eric. Amanda, pare agora mesmo. Você sabe que não tolero esses seus ataques! Guarde-os para mamãe. Aliás, ela confirmou que virá ao jantar. Está até comprando um vestido novo, e ela vai trazer um... (o sinal de fim da gravação interrompeu seu discurso).*

Lauren acha que a secretária eletrônica foi inventada para colocar a fofoca em dia. O que mamãe vai levar para o jantar? A sobremesa? Ou um livro sobre *Produção sistemática aplicada e desenvolvimento de produtos de sei lá o quê?* Ah, não! Espero que ela não tenha tido a mesma ideia que eu.

Recado 5: *Amanda, o projeto de lei para a demarcação territorial do parque Lake Village está incrível. Os engenheiros fizeram um ótimo trabalho preservando parte do lago e os animais e reflorestando aquele trecho atingido pelo incêndio. Ficou maravilhoso. Precisamos acelerar a apresentação aos congressistas. Por favor, me ligue. Estarei fora do escritório até as quatro horas, mas quero novidades sobre o assunto ainda hoje. Obrigado, Edward.*

Enquanto ouvia a mensagem de Edward, meus olhos percorriam a lista de e-mails que recebi falando do mesmo assunto. Entre eles, três de Edward. Ele está realmente se dedicando a esse projeto.

Recado 6: *A-M-A-N-D-A!!! Estou com pneumonia tripla e os médicos disseram que só tenho mais cinco minutos de vida. Meu último desejo é falar com A MINHA MELHOR AMIGA!*

Uau! *Acho melhor deixar para ouvir os outros recados depois e ligar para Julia agora mesmo,* pensei, com os dedos já tateando as teclas do telefone.

Antes mesmo que eu pronunciasse qualquer palavra, ela grunhiu, como um animal em desespero.

— Ele vai fazer o pedido, eu sei que vai! Eu vi!
— Oi, Julia, você precisa falar comigo? Ou só tenho de ouvir você gritar? — perguntei, afastando automaticamente o fone do ouvido.
— Eu vi. Sei que é feio e tudo mais. E que eu não deveria mexer nas coisas dele, afinal ele confiou em mim e me deu a chave. Mas eu simplesmente não consegui me conter. E eu vi.
— Viu o quê? — Deus do céu, o que foi que ela viu?
— O anel! É lindo. O anel de noivado mais lindo que já vi na vida!
— Espera aí! Você está me dizendo que estava revirando as coisas do seu namorado e encontrou um anel de noivado. E que você supõe que seja para você. Mas ele não disse nada ainda. Então você não tem certeza. É isso?
— Claro que tenho certeza! O anel é gigante, com um diamante enorme no meio e quatro menores nas laterais. Lindo! E ele tem dado todos os sinais! Ele é perfeito comigo. Adora passar o tempo junto e fazer tudo junto. Semana passada ele foi à manicure comigo! Isso não é a coisa mais fofa que um cara pode fazer?
— Não sei. É? Vou à manicure com Marc o tempo todo e não acho isso tão fofo assim. Principalmente quando ele disputa comigo a mesma cor de esmalte — odeio quando ele faz isso!
— Amanda, pare de brincar. Marc é seu amigo *gay*. Claro que amigos *gays* não contam.
— Está bem. Mas ele disse alguma coisa sobre casamento? Perguntou alguma coisa?
— Claro que não. Ele deve estar esperando uma oportunidade para pedir.
— Julia, cuidado. Você sempre acha...

– Amanda, por favor. Será que você nunca fica feliz com nada? Ele me ama. Simples assim. Ele me ama e comprou um anel de noivado para mim.
– Você faz suposições e depois... Está bem. Talvez você tenha razão. Vamos comemorar! Que tal uns *drinks* no Café Noir hoje? Faz muito tempo que não vamos visitar nosso amigo Carlo. Vai ser divertido.
– Adoraria rever Carlo. Mas hoje eu não posso. Vou encontrar meu amor para umas cervejas no Sweet Viciou. Quem sabe amanhã?
– Amanhã é o jantar do Eric. Lauren com certeza me mataria se eu não fosse.
– Está bem, nos falamos depois. Você saberá assim que ele pedir. Estou tão nervosa... E tão feliz! Nem acredito que finalmente vou ser pedida em casamento por um cara legal e que tem grana para comprar um lindo anel de noivado.

Demorei mais de 15 minutos até conseguir finalmente desligar. Julia estava louca de felicidade com a possibilidade, ainda que imaginária, de ser pedida em casamento. *Já estava praticamente com o casamento planejado e o vestido comprado.* Por um momento senti angústia. O coração apertado, como se tivesse encolhido. Não, não era nenhum sintoma de doença. Era apenas tristeza. As coisas estavam se movendo rápido demais. A vida de todos parecia cheia de novidades. Lauren entusiasmada com seu cartão corporativo. Eric, com os desafios do novo cargo de diretor de rolamentos. Marc conseguiu um emprego no ateliê de um estilista renomado. Mamãe tinha um namorado misterioso e Julia provavelmente se casaria. E eu? E a minha vida? Há quase cinco anos no mesmo emprego. Sei que salvar o planeta dos capitalistas inescrupulosos que visam apenas lucros, destruindo o meio ambiente, não é um emprego ruim. Às vezes sinto-me como um super-herói. *Super-Eco-Girl!* Mas não tenho nem como sonhar com uma promoção, pois nesse ramo você não tem exatamente um plano de carreira. O lado ideológico vem sempre antes da hipoteca. No máximo posso sonhar com uma carreira política, mas não acredito que tenha vocação para isso. E meus problemas de saúde não ajudariam, porque estão piorando a cada dia. Continuo tendo pesadelos, quando consigo dormir, sobre a ideia de procurar tratamento psicológico. E a busca incansável pelo par perfeito está me deixando exausta. Sem contar o fato de que meu aniversário está tão perto que sinto o sopro da velhice a poucos metros de distância. Droga de vida! Droga. Afundei na minha cadeira e tive vontade de chorar. Contive o choro, respirei fundo e pedi um café para Sarah. Eu tinha muito trabalho a fazer.

15

– Oi, mãe, sou eu, Amanda – como se ela não soubesse.
– Amanda, querida, estou no salão terminando de arrumar o cabelo. Podemos nos falar depois?
– Claro, mãe. Só...
– Amanda, você prometeu a sua irmã que iria ao jantar. Não me venha com nenhuma doença de última hora. Ela me fez prometer que eu não a deixaria faltar. Está empolgada para te apresentar alguns amigos do Eric.

Por que será que ninguém me deixa falar? E essa história de me arrumar um namorado? Sinto-me tão constrangida em saber que minha mãe e minha irmã precisam articular situações, armar planos, conspirações para me arrumar um namorado... Como se eu não fosse capaz de fazer isso sozinha.

– Mãe, não é nada disso. Escute. O que você comprou para o Eric? Por favor, não me diga que foi um livro sobre produção e automação.

A Pílula do Amor

— Não, querida, comprei uma carteira de couro da Prada. Pensei em dar uma caneta Mont Blanc, mas achei que você ou sua irmã poderiam ter pensado nisso. Então me decidi pela carteira. Por quê?

Respirei aliviada. Como poderia pensar em outro presente agora, em cima da hora do jantar? Na verdade, desde que Lauren e Eric se casaram, nunca consegui acertar em um presente para ele. E ele, ao contrário, acerta em todos os presentes *que Lauren compra para ele me dar.* Assim eu fico claramente em desvantagem! No último Natal, descobri que Eric odeia verde. Pena que descobri isso na hora exata em que ele abria o embrulho do suéter da Polo Ralf Lauren, verde-musgo, pelo qual paguei uma fortuna apenas para impressioná-lo. Sua expressão de insatisfação ficou registrada em uma foto comigo.

— Nada, nos vemos no jantar, então. Desliguei e fui terminar de escolher a roupa e separar a maquiagem.

Na hora marcada, dois minutos adiantada apenas, desci do táxi em frente à portaria do prédio de Lauren. Dei boa-noite a Charlie, o porteiro, e caminhei em direção ao elevador. Logo ao meu lado vinha um rapaz muito alinhado. Jovem, no máximo 30 anos, muito elegante em seu blazer Ermenegildo Zegna. Cabelo louro-acinzentado num corte impecável. Ele usava um perfume marcante. Simplesmente maravilhoso. O perfume e o cara. Assim que o elevador chegou, ele sorriu para mim e fez um aceno com a cabeça para que eu entrasse primeiro. Entrei e ele se posicionou logo a minha frente. Um embrulho em suas mãos me chamou a atenção imediatamente, pelo fato de ser idêntico ao meu. Não me permiti entrar em pânico, afinal, pense bem: comprar livros na Barnes & Nobles e pedir embrulho de presente não era um direito exclusivo de consumidoras malucas e hipocondríacas.

O elevador se abriu e ele deu apenas alguns passos até chegar à porta do apartamento de Eric e Lauren, seguido por mim. Quando Eric atendeu, sua expressão era de alguém completamente feliz. Não pela chegada de seus convidados, suponho, mas sim pela promoção.

— Greg, amigão, você veio! — isso soou meio falso. Eric parecia surpreso com a presença de Greg. Eles não pareciam muito íntimos.

Greg estendeu um dos braços e entregou o pacote a Eric. A partir daí tudo começou a correr em câmera lenta. Nem sei bem explicar como aconteceu, mas foi um desastre! Completo desastre, digno de Amanda, a desajustada da família. Juro que passei a noite inteira tentando não envergonhar meus parentes com os acontecimentos que vieram a seguir.

Eric começou a abrir o embrulho na minha frente enquanto dávamos alguns passos, todos juntos, entrando pela sala de estar. Lembro-me de ver Lauren caminhando em nossa direção, mas não faço a menor ideia de onde Sophia apareceu. Só me dei conta da presença dela quando já não havia mais nada a fazer.

Eu já sabia que o presente do estranho do elevador fora comprado na mesma livraria que o meu. Eu tinha a suspeita de que se tratava de um livro. Só não poderia imaginar que o bonitão do elevador, que estava apenas um passo em minha frente, presentearia Eric com o livro *Engenharia da automação e produção sistemática aplicada ao desenvolvimento de produtos e insumos industriais em larga escala,* e, pior, quem diria, que Eric iria adorar!

— Nossa! Não acredito! Eu estava ansioso para ler este livro, Greg. Como você adivinhou?

— Na verdade eu não adivinhei. Perguntei a sua secretária e ela me disse que você havia pedido que ela o comprasse... então...

A Pílula do Amor

— Nossa, obrigado. Obrigado mesmo.
Legal! Muito legal! Estou furiosa. Finalmente encontrei o presente perfeito para Eric e vem um cara idiota, com a dica de uma secretária metida, e consegue arruinar minha noite. Por que eu não comprei uma simples e sofisticada caneta Mont Blanc? E agora? O que é pior? Não dar nada ou dar um presente repetido? Pensei rapidamente e decidi que não dar nada seria a melhor opção. Posso dizer que comprei e esqueci no escritório. Posso dizer que não tive tempo de comprar nada e que mando depois. Ou posso fechar a boca e não dizer nada.

Discretamente, coloquei o embrulho no chão, perto de um vaso alto de cerâmica, bem ao lado da porta, e respirei aliviada. Eric veio em seguida e me abraçou, dizendo: *Que bom que está aqui. Você vai nos divertir com suas histórias engraçadas sobre doenças?* Olhei para Lauren, querendo matá-la. Já lhe pedi mais de mil vezes que explicasse ao marido que meus problemas de saúde são sérios, apesar de todo mundo achar que hipocondria é uma piada. Mas ela me devolveu um olhar doce, dando de ombros, como quem diz: Não tenho culpa das grosserias do meu marido. Pois sim!

Assim que o abraço apertado terminou, sentimos, Eric e eu, alguém ou alguma coisa puxando a barra das nossas calças, pedindo nossa atenção. Olhei para baixo e lá estava ela, linda e sorridente, com suas bochechas enormes. Sophia, minha sobrinha, segurando meu pacote.

— Papai, abre o presente da tia Amanda — disse ela, com o sorriso mais feliz do mundo.

Até tentei tomar o pacote de volta. Gaguejei um "isso não é para você". Mas era tarde demais. Ele já estava com metade do embrulho rasgado. Sorriu e disse: "Ah... Você também ligou para minha secretária, Amanda?".

Pior que não. Gastei toda a minha hora de almoço pensando e procurando o presente ideal para ele. E agora todo o meu esforço foi jogado no lixo. Droga!
— Você pode trocar por outra coisa. Quem sabe *Engenharia da automação e produção sistemática aplicada ao desenvolvimento de produtos e insumos industriais em larga escala – parte 2*?
— Já saiu a continuação?
— Acho que ainda não, mas este livro será com certeza um sucesso. Então podemos esperar a parte 2. — *Amanda, cala a boca,* pensei.

Nessa hora, Lauren cansou de me ver envergonhando a inteligência da família e humilhando a mim mesma:
— O que vocês querem beber? Greg, aceita um Martini? E você, Amanda, o de sempre?

Só consegui assentir com a cabeça, enquanto todos me olhavam com simpatia e pena.

Quem poderia dizer que o jantar que Lauren organizou para comemorar a promoção de Eric seria uma caixinha inusitada de surpresas? A começar pelos convidados solteiros. Lauren realmente se esforçou em me arrumar um encontro. Havia cinco amigos solteiros de Eric, dos quais três eram realmente interessantes. Os outros dois eram carecas. E de cara tive de descartar Greg, por causa do episódio do livro. Não posso começar um relacionamento baseado em rancor e mágoa. E a cena na porta da casa de Lauren ficará em minha memória por muito tempo. Então, sobraram apenas dois, Patrick e Alex. Parti para o ataque, tentando fazer uma investigação preliminar. Precisava saber se eles também haviam se interessado por mim e se tinham algum tipo de relacionamento. Mesmo que não fosse nada sério, eu precisava descobrir.

A Pílula do Amor

Na verdade nem precisei me esforçar muito. Alex foi logo tratando de contar que estava empolgado com uma garota que conhecera semanas antes. Garota de sorte. O brilho nos olhos dele dizia tudo. Ele estava apaixonado. *Tudo bem*, pensei. *Patrick é muito bonito, inteligente e tem senso de humor.* Procurei me aproximar dele e durante boa parte do jantar conversamos muito. A sintonia era boa e ele foi adorável. Até mesmo no momento mais tenso do jantar ele ficou do meu lado e me apoiou, ajudando-me a recuperar o fôlego quando a grande surpresa da noite chegou.

Preciso deixar claro que a grande surpresa foi minha, pois, pelo que entendi, todos da família já estavam cientes dos fatos, menos eu.

Poucos minutos antes de Lauren começar a servir, o interfone tocou pela última vez. Tomei a iniciativa de levantar e ir atender a porta. Lauren estava sobrecarregada, e Eric tinha de dar atenção aos convidados. Além disso, o último convidado era obviamente minha mãe, a única que ainda não havia chegado. Atendi o interfone e pedi para Charlie mandá-la subir. Ele respondeu que eles já estavam subindo. *Eles?* Então mamãe ainda não chegou. Devem ser outros convidados. Esperei perto da porta por três minutos, o tempo que demorou até a campainha tocar. Abri a porta e a primeira pessoa que vi foi o Dr. White.

O Dr. White, esse mesmo. O médico monstro que nunca acredita em mim e vive questionando meus diagnósticos. O mesmo que vive tentando me internar numa clínica psiquiátrica, com suas sugestões de tratamento com terapia. Agora entendi por que minha mãe insiste tanto nessa ideia. De repente a vi logo atrás dele, de mãos dadas com ele! Entendi imediatamente por quê. Ela foi abduzida. Ele fez uma lavagem cerebral nela e agora ela também faz parte daquele complô de médicos de Nova York contra mim. Então ele é o namorado misterioso dela. Não acredito! Não posso acreditar! Por que ninguém me contou? Lauren já sabia? Claro que sabia. Sophia veio correndo até a porta e se atirou nos braços dele. As crianças não mentem! Eu deveria ter perguntado a ela quem era o namorado de mamãe. Ela com certeza teria me contado a verdade, enquanto Lauren e Eric eram cúmplices de mamãe contra mim. Mas por quê? Será que ela acha que sou um poço de insensibilidade e que não ficaria feliz com a novidade? Será que ela realmente me odeia? Minha própria mãe guarda esse tipo de segredo de mim. Ela não me considera sua amiga. Confia em Lauren, mas não confia em mim. Estou desapontada, decepcionada, arrasada. Minha própria família me exclui de um acontecimento como esse.

– Há quanto tempo? – perguntei, antes mesmo de cumprimentá-lo. – Diga, mamãe, há quanto tempo?

– Amanda, vamos falar disso depois do jantar, está bem?

Lauren apareceu e levou os dois rapidamente para a mesa, antes que Amanda, a louca, fizesse um escândalo. A Amanda louca não sabe se controlar e não tem educação. É isso que eles pensam de mim?

– Só estávamos esperando vocês para começarmos. Venham. Você também, Amanda. Patrick quer te mostrar alguma coisa na internet. Por favor, tire ele e Eric de lá e traga-os para a mesa.

Comida maravilhosa, jantar indigesto e surpresas desagradáveis. Tirando a presença de Patrick, o jantar foi para mim uma experiência bizarra. Ver minha mãe aos beijos e carícias com meu médico foi o fim do mundo. Desde que meu pai morreu, eu nunca mais tinha visto mamãe com ninguém. E

A Pílula do Amor

preciso dizer que não foi fácil. Não que eu seja mesquinha e ache que ela não tem o direito de ser feliz novamente. Ela tem, mas... bem que poderia esperar eu me casar ou pelo menos arrumar um namorado. Não podia? Está bem, racionalmente eu sei que essas coisas não acontecem assim, quando a gente quer ou do jeito que a gente quer. O amor simplesmente acontece. E também sei que isso não é uma corrida de caça ao tesouro. Mas vou fazer 30 anos! Trinta anos sem nunca ter tido um relacionamento sério. Sonhando com um cara perfeito, de preferência médico, claro. E minha mãe, que já foi casada e feliz por muitos anos e tudo mais, agora tem um namorado carinhoso, fofo e médico! É muito injusto.

Quando o jantar estava na etapa final, Eric servindo licor e Lauren, café com chocolate mentolado, anunciei minha partida.

– Preciso acordar muito cedo amanhã.

– Fique um pouco mais, Amanda. Podemos pegar o mesmo táxi e conversar um pouco – disse mamãe, a traidora.

Agora ela quer conversar! Agora? Ah! Isso não vai ser tão fácil assim. Não vai mesmo. Ela vai ter que se explicar direitinho, mas não agora. Estou cansada demais, chocada demais e nervosa demais para ter essa conversa. Preciso refletir. Entender algumas coisas e formular milhares de perguntas que ela terá de responder se quiser minha aprovação para isso.

– Estou realmente cansada. Nos falamos depois.

Despedi-me de todos, com exceção de Patrick, que fez questão de me levar para casa. Parecia preocupado. Uma graça! Antes de eu descer do táxi em frente a minha casa, trocamos telefones e ele prometeu ligar para marcarmos um jantar. Um jantar! Finalmente parece que encontrei um cara legal. Ele me beijou na testa com carinho, imagine! Acho que vou tentar esquecer as decepções dessa noite e sonhar com ele. É o melhor que posso fazer.

Entrei pela porta de vidro, deixando a imagem de Patrick indo embora com o táxi, rezando para que ele realmente ligue. Apertei o botão para chamar o elevador. Estava sonhando acordada, distraída com meus pensamentos, quando escutei gargalhadas animadas.

— Boa noite, Amanda.

Era Brian. Ele estava lindo, em uma camisa listrada em azul e branco. O cabelo bem cortado e o perfume completavam o que eu chamaria de um homem na medida certa. Nem uma gota a mais, nem uma gota a menos. Mas estava acompanhado. Para quem não se cansava de me convidar para sair, ele até que não perdia tempo. Cansou de levar NÃO e partiu para outra. Rápido, não? Homens! São todos iguais. Bastaram uns três NÃOS sequenciais e ele já desistiu. E ela? Linda. Cabelos longos e brilhantes. Rosto perfeito, pele bem tratada, sorriso lindo e cinturinha de Barbie. Ele é mesmo muito esperto. Por trás daqueles olhos de bom menino... eu sabia que existia um conquistador barato. Eu tinha certeza! Ele não me engana.

— Boa noite, Brian.

— Esta é Sally.

— Muito prazer, Sally. Sou Amanda, vizinha de Brian.

A propósito, tome muito cuidado. O cachorro dele quase me matou. É um cachorrinho assassino, mas, fora isso, Brian até que é boa pessoa. Divirtam-se! — tive vontade de falar, mas me contive.

Seguimos todo o trajeto até o quarto andar sem trocar nenhuma palavra. Mas pude notar trocas de olhares entre eles, coisa de cúmplice, sabe? E sorrisos largos, que indicavam estarem falando com os olhos. Basta um olhar para que o outro perceba o que você está pensando, o que mostra que eles já têm intimidade suficiente. Caso antigo, pude notar.

A Pílula do Amor

O elevador chegou ao meu andar, que por coincidência é o dele também. Saímos todos e nos despedimos na frente da porta de Brian, que vem antes da minha. Finalmente entrei em casa e todos os meus pensamentos novamente se voltaram para mamãe e o Dr. White. Tentei evitar pensar no assunto, mas não consegui. Tirando a maquiagem, eu pensava: Por que ela não me contou? Por que confiou em Lauren, mas não confiou em mim? Pensei que éramos amigas. Sempre confidenciei tudo a ela. Meus problemas na escola, no trabalho, minha saúde, minhas brigas com Julia, tudo. E agora isso. Ela me apunhala pelas costas. Que decepção!

16

Acordei cantarolando *Radar*, de Britney Spears, e fui dançar (tentando imitar a coreografia do clipe) embaixo do chuveiro, tamanha a minha empolgação. É impressionante como certos artistas da cultura *pop* ajudam a alegrar a vida da gente. Às vezes Britney consegue me botar para cima como se fosse minha melhor amiga. Mas o motivo para tanto bom humor não se deve a Britney, claro.

A quem minha felicidade possa interessar, uma notícia quentinha: Patrick ligou! *Yes! Yes! Yes!* Ele ligou ontem à noite e passamos mais de duas horas conversando ao telefone. *Acho que tenho um encontro! Não, não acho. Eu tenho certeza.* Ele me convidou para jantar no Le Cirque amanhã à noite!

O cara é um *lorde!* Sabe desses com título de nobreza e tudo? Eu tenho uma teoria. Acho que, quando alguém nasce nobre, não apenas morre nobre como vai com o título de nobreza para a próxima encarnação, e isso não depende de maneira nenhuma da quantidade de dinheiro que possua. Patrick era um tipo desses; pelo menos era o que parecia. Cheguei

A Pílula do Amor

dez minutos atrasada, pois o tráfego nas proximidades da Rua 58 com a Quinta Avenida estava um caos. Ainda no táxi, enviei-lhe uma mensagem: *Chegarei 10 minutos atrasada, desculpe. Vejo você em breve.* Estava preparada para uma resposta seca e mal-humorada, clássica dos homens em Nova York. Ele respondeu: *Não se preocupe, estou esperando você no bar com um vinho gostoso.* E uma carinha sorrindo. Ele não é fofo? É.

Assim que cheguei, pude vê-lo sentado no canto do bar, lindo. Cabelos cuidadosamente penteados, barba impecável de bem feita, pele brilhante como a de uma mulher viciada em cosméticos. Jeans que, pela lavagem, só poderiam ser da Diesel, camiseta Armani, blazer e sapatos Prada. Perfeito. O toque final ficou por conta do perfume, Incanto (Salvatore Ferragamo), que eu conhecia bem. Era o mesmo que Eric usava.

Patrick era tão diferente do meu vizinho inconveniente... Aquele que não para de me convidar para jantar. Fica me cercando no elevador, no supermercado, nos corredores do prédio e na rua. Aquele que usa jeans desbotados e apertados em excesso, camiseta colada, uma delícia... hum... quer dizer, colada demais, tênis e aquela jaqueta de couro que ele nunca tira. Não, realmente não dá nem para comparar. Patrick é um homem. É maravilhoso! O homem dos sonhos, perfeito.

Nós dois pedimos a mesma coisa de entrada, salada verde com camarões. Como prato principal, pedi filé de salmão com molho de ervas finas e ele um risoto de lagosta. A comida estava divina, tão deliciosa que eu mal podia esperar para saborear a sobremesa, para mim, *crème brûlée*, e, para ele, *bomboloni* acompanhado de sorvete de café, o máximo – eu pude conferir quando ele gentilmente me serviu de uma colherada.

Ótimo jantar, ótimo papo, excelente companhia, que mais eu posso querer de um homem, eu pensava, enquanto ele pedia um café (o último mimo da noite) e a conta. Eu ainda tomava o meu café quando a conta chegou. Lembro-me de ter pensado: não quero nem ver. Tarde demais. Ele abriu a capa de couro, extremamente chique, e anunciou em alto e bom som: *Deu US$ 190 para cada um, já com a gorjeta.*

Hã? Espera um pouco. Acho que perdi alguma coisa. Quem me convidou? Quem escolheu o restaurante? Quem me fez pensar que isso era um encontro romântico? Quem me iludiu com a imagem de um perfeito cavalheiro? E agora eu tenho de pagar a conta? Onde está o cavalheirismo? Gente! Isso é um primeiro encontro romântico. Ou não é? Ai, não sei mais, estou confusa. Pensava, enquanto revirava furiosa, mas sem demonstrar, minha bolsa em busca do cartão de crédito.

Outra cena que veio totalmente sem querer à minha mente prodigiosa foi eu explicando para um policial como o salto do meu sapato (salto extrafino) foi parar no meio do cérebro do idiota do Patrick, entrando pela têmpora esquerda e ficando cravado lá. Eu faria um discurso de defesa ali mesmo, enquanto todos olhariam, incrédulos, meu sapato fincado na cabeça de Patrick e ele debruçado numa poça de sangue na mesa do Le Cirque, manchando a toalha imaculadamente branca e os pratos refinados que só os restaurantes extremamente caros e chiques, como é o caso, usam.

Muito simples, policial. Esse calhorda me convidou para jantar, fez promessas de amor, deu a entender que era um jantar romântico e que eu era a mulher da vida dele. Depois de tudo isso ele me convidou para dividir a conta do jantar. O primeiro jantar, veja bem. Não que eu seja o tipo de mulher exploradora. Mas está lá, escrito nas entrelinhas do manual de etiqueta de relacionamentos, o senhor já leu? Pois acredite, está lá: um cavalheiro paga a conta no primeiro encontro para demonstrar interesse pela dama. Seja sincero. O senhor não acha que ele merecia uma lição? Concordo que calculei mal a força e a velocidade do golpe. Mas sabe o que é? Física nunca foi minha matéria favorita no colégio. Mas nem por isso eu acho que mereço ir para a cadeia, o senhor não concorda? Eu dramatizava mentalmente, enquanto procurava o cartão. *Posso ligar para minha mãe e para meu advogado ou o senhor vai me liberar agora mesmo?* E acordei do sonho bom.

Paguei a conta, me deliciei com meu café expresso até a última gota, levantei da mesa sem dar mais um sorriso. Confisquei-lhe o título de nobreza, entrei no táxi sozinha e rumei para casa.

Ele ainda teve a audácia de perguntar se poderia ir comigo para minha casa. *Como assim? Realize, amigão! Será que só eu tenho cérebro aqui?* E do fundo da minha ingenuidade eu ainda achei que ele tivesse sangue azul. Ele tem é sangue vermelho-anemia, isso sim. Ralo e inconsistente! Minha frustração era tamanha que nem consegui comentar o fato com Julia ou Lauren. Preferi, ao invés de lembrar, abstrair da noite fatídica. Telefonemas foram recebidos (pela minha pessoa) de um número (o dele) cujo nome já não aparecia mais no visor do meu celular, por ter sido previamente deletado. Tais telefonemas não foram atendidos (pela minha pessoa) até que o interlocutor/emissor das mensagens entendeu (demorou!) que não seria em hipótese alguma atendido e desistiu.

Últimas notícias sobre minha saúde: a frigidez já passa de um caso crônico. Acho que não tenho mais esperanças de reverter o caso. Mas a vida segue.

Sempre que surpresas desagradáveis me acontecem, como o caso da traidora da minha mãe, e são agravadas por um encontro desastroso, como no caso de Patrick, por exemplo, caio numa depressão profunda e involuntária. Luto o máximo que posso para não me deixar levar, mas quando percebo, como hoje, que estou gastando meu tempo organizando minha agenda médica, incluindo o nome de novos especialistas, catalogando sintomas de novas doenças, arquivando meus exames em ordem alfabética e fazendo uma lista minuciosa de remédios para atualizar meu estoque, me dou conta de que a danada da depressão me pegou.

A essa altura analiso as possibilidades, e, se as chances de sair dessa crise forem mínimas, me entrego. Mergulho de cabeça e peito aberto. Prefiro encarar a única coisa que tenho certeza que conheço bem – minha doença, a hipocondria – a enfrentar problemas emocionais e questionamentos íntimos com os quais não estou familiarizada. Já que terei de encontrar uma causa física para poder baixar no hospital e resolver meus problemas com uma receita de remédio da alegria, então que seja logo e que tudo se resolva de forma indolor, principalmente para meu coração – que a esta altura dá pulos e cambalhotas que chegam até a machucar meu peito.

Da última vez que fiquei deprimida, lembro-me como se fosse ontem. Passei uns dois dias trancada em casa, sentindo pena de mim mesma. Cabelos desgrenhados, a casa suja (eu estava realmente mal), unhas roídas, bafo da caverna do diabo, um pesadelo. Passei as duas tardes me alimentando de comida cheia de gordura trans e Coca *light,* além do velho clichê do pote de sorvete napolitano, claro. Assisti a tudo de mais inútil que a TV pode oferecer. Programas de viagens que nunca vou fazer, programas de culinária que ensinam a preparar o melhor hambúrguer que uma pessoa pode querer, programas de fofoca que não se cansam de falar daquele cara que é famoso porque tem oito filhos. Sabe? Pois é. Daí faço

A Pílula do Amor

uma pausa para reflexão: minha avó, mãe do meu pai, teve cinco filhos e criou todos até se transformarem em adultos saudáveis e trabalhadores. E a coitada nunca recebeu uma medalhinha religiosa que fosse por causa disso. Por que esse cara é famoso mesmo? Ah, lembrei, o esperma dele é semelhante ao do *Superman* e ele teve seis filhos de uma única vez, além dos dois que já tinha antes. É realmente um grande feito.

Mas, voltando à minha depressão, após esse final de semana bizarro, entre lágrimas, péssima comida e cultura inútil, a segunda-feira chegou e eu tinha de trabalhar. Arrastando corrente ou não, o trabalho para mim é sagrado. Só falto em caso de problema de saúde! Acordei na hora exata, tomei meu banho e fiz meu *checklist* para ver se encontrava algo de anormal no corpo – vocês já sabem que faço isso regularmente, até aí nenhuma novidade.

Tomei o café e fui para o escritório. O dia transcorreu como um martírio lento e doloroso. Não conseguia me concentrar em nada e fingia, muito bem, trabalhar intensamente. Até que no final da tarde uma intrusa começou a se digladiar com minha língua.

Eu passava a língua de um lado para outro, sentindo milímetro por milímetro do céu da boca, e lá bem no meio, na parte mais alta, ela havia se instalado. Uma bolha minúscula, que, quem diria, infernizaria minha vida por mais de seis meses.

Do aparecimento até que eu tomasse alguma providência se passaram 48 horas, e coisas estranhas aconteceram nesse período.

Estranheza 1: Não me desesperei imediatamente. A princípio não dei importância ao fato de a bolinha estar ocupando um espaço destinado exclusivamente a minha língua. O que, para uma hipocondríaca, convenhamos, é aterrador.

Estranheza 2: Esperei que a bolinha desaparecesse espontaneamente, assim como apareceu. Naquele momento isso me pareceu muito lógico.

Estranheza 3: A bolinha tinha o poder extraordinário de mudar de tamanho. Em alguns momentos do dia ela era tão pequena que eu sinceramente achava que estava desaparecendo. Em outros, era tão grande que eu achava que ocuparia minha boca inteira. Essa ideia era assustadora.

Eu checava o tamanho da bolinha com um espelhinho redondo, daqueles usados pelos dentistas, a cada 20 minutos. E com a língua a cada dois segundos, em média.

Passei a noite toda muito controlada. Confesso que cheguei na internet, mas não encontrei nada específico sobre o assunto. Em meu compêndio médico também não existia nada que se aproximasse de minha bolinha mutante. Foi então que, na manhã seguinte, quando acordei e ela, a intrusa, ainda estava lá, resolvi que era hora de entrar em total e completo desespero.

Primeiro acionei minha mãe, depois liguei para dois dentistas e um ortodontista. Apenas um tinha espaço na agenda para uma consulta de emergência. Se isso não era uma emergência, o que seria, então?

Liguei para o escritório para avisar que não iria trabalhar pela manhã. Peguei minha bolsa, verifiquei se o cartão do convênio estava na carteira e fui para o consultório. Era uma minúscula sala em Downtown. Na recepção havia um balcão bem pequeno no canto esquerdo, onde eu podia ver a cabeça da secretária sentada lá atrás, e um sofá de três lugares, onde mais um paciente já aguardava sua consulta. Provavelmente eu seria a próxima depois desse rapaz.

Tentei controlar a ansiedade bebendo litros de água do bebedouro e indo ao banheiro quantas vezes fossem necessárias. Até que a recepcionista anunciou que eu podia entrar.

A Pílula do Amor

Entrei no pequeno e apertado consultório, em cuja porta constava uma placa austera com o letreiro Cirurgião Ortodontista e de Traumatologia Bucomaxilofacial, seguida de perto pela recepcionista. Ela me colocou na cadeira e deitou o encosto para que eu ficasse na posição correta para ser examinada. Só então apareceu um homem alto, aparentando uns 50 anos, não tenho muita certeza, com uma máscara no rosto e pronto para começar. Posicionou uma ficha com meu nome e outros dados em uma mesinha ao lado de sua cadeira, começou a fazer perguntas e a tomar notas.

– Então, Amanda, o que está acontecendo em sua boca?

Pergunta estúpida. Já não gostei dele. Posso ir embora? Não preciso descobrir o que está acontecendo em minha boca. A resposta que gostaria de dar era: *Se eu soubesse não estaria aqui.* Resposta dada:

– Apareceu uma bolinha no meu céu da boca e ela muda de tamanho o tempo todo. É irritante.

– Sei. Deixe-me ver.

Abri a boca o mais que pude, como quem diz: fique à vontade.

– Ela está aqui mesmo.

Ah! Pensei que ela tivesse ido ao *shopping*. Claro que está aí. Estou sentindo, não vim aqui para ser comunicada de que ela está aí e sim para tirá-la daí. Dá pra entender? Ou está muito difícil?

Gente, desculpe, mas tenho problemas com colocações incorretas. Por favor, antes de falar comigo formule a frase correta e consistentemente. Vamos tentar de novo.

– Ela apareceu há dois dias e desde então tenho notado sua variação de tamanho. O que é isso? Ela vai desaparecer sozinha? Existe algum remédio para removê-la? Vou precisar de uma cirurgia para remoção imediata? Ou isso é um tumor e é melhor eu pedir a extrema-unção? – eu disse de forma clara e objetiva, enquanto ele me olhava assustado.

– Bom, teremos que fazer exames para confirmar, mas acho que se trata de um caso de mucocele.

– Hã? – com a boca ainda aberta.

– A mucocele é uma tumefação da mucosa. 75% dos casos acontecem no céu da boca e são flutuantes, variam de tamanho e às vezes até de lugar.

– Podemos passar para a parte mais importante? Eu vou morrer?

Ele riu e completou a explicação:

– Ainda precisamos confirmar, mas, se realmente for isso, faremos a remoção. O prognóstico na maioria dos casos é bom. Mas precisaremos fazer uma biópsia do material retirado.

– Biópsia? Eu vou morrer. Eu sabia. Essa conversa mole não me engana. Se precisa de biópsia o diagnóstico é tumor; se o tumor for maligno o câncer me pegou; se for câncer, estou morta.

– Amanda, acalme-se. Ninguém falou em câncer. Estou apenas colocando para você os procedimentos. Não precisa ficar assustada. É tudo muito simples.

Simples para quem? Para mim é que não é. O cara vai tirar um pedaço enorme da minha boca, espero que não me faça falta um dia. Depois vai mandá-lo para um laboratório e eu vou passar pela angústia de esperar uma semana pela resposta. Uma semana inteira de aflição e agonia. Mas ele tenta me convencer de que está tudo bem. Pergunto de novo: Tudo bem para quem?

– Só mais uma pergunta. Como isso aconteceu? Ela não estava aí há três dias. Como pode ter aparecido do nada, feito mágica?

A Pílula do Amor

— A causa pode ser bruxismo.
— Bruxismo? Eu não disse? Apareceu feito mágica. Eu sabia, é magia negra, alguém está querendo me fazer mal. — *Ai, meu Deus, me socorre!*
— Amanda, eu sou dentista, não acredito em magia.
— Então é um tumor. É câncer. Em câncer você acredita, né?
— Não no seu caso. Você é muito nova e não tem histórico familiar. Mas vamos testar todas as possibilidades; eu também nunca tinha visto alguém de sua idade tão hipocondríaca. Então vai ver é câncer.

Isso até soou estranho, como algo satisfatório. *Eu sei, eu sou doida. Não, doida, não. Eu sou doente.* Deixei-o terminar a explicação sobre o bruxismo antes de enchê-lo com novas perguntas.

— O bruxismo é o hábito de apertar e ranger os dentes. É muito comum os pacientes relatarem que acordam com dores de cabeça e que sofrem com desgaste dos dentes ou distúrbio da articulação da mandíbula. O bruxismo está 100% associado ao estresse e ao aumento da tensão emocional em seu ambiente de convívio. É mais comum em pacientes entre 15 e 35 anos e afeta mais mulheres que homens.

Uma das habilidades de um portador de nosofobia é saber prever o futuro. Se o futuro for tenebroso, mais fácil ainda. Chamo isso de associação cognitivo-intuitiva. Julia chama de pessimismo puro. Mas, como o pensamento positivo não é mesmo o forte de um hipocondríaco, coloquei em minha cabeça cheia de cabelos e pensamentos doentios, literalmente falando, que a história iria longe. E foi.

Uma semana depois da consulta, fiz a cirurgia para remoção da bolinha. Questionei a competência (ou a falta dela) do Dr. Walton desde o início, mas ele tinha de me provar que eu estava certa?

No dia da remoção da maldita bolinha, ela me deu o desprazer de amanhecer quase imperceptível. Resultado: o Dr. Walton a removeu apenas parcialmente, e três meses depois tive de refazer a cirurgia, já que a bolinha, companheira de jornada, reapareceu com força total!

E ainda teve o lance da anestesia. Quando cheguei ao consultório, começaram a me preparar imediatamente. Fui para a mesma salinha apertada e me sentei na cadeira em posição reclinada, tal qual no dia da consulta. Mas dessa vez uma assistente veio para iniciar os procedimentos pré-cirúrgicos. Primeiro ela passou uma pomada analgésica em todo o meu céu da boca, em seguida aplicou a anestesia local. Na primeira picada senti uma dor horrível, mas suportável. Ela aplicou mais um pouco e perguntou:

— Você está bem?

Dadas as circunstâncias...

— Estou.

— Apliquei duas vezes. Agora vamos esperar um pouco. Volto em dois minutos para ver se fez efeito, ok?

Dadas as circunstâncias...

— Ok.

Depois de cinco minutos ela voltou.

— Está tudo bem?

Acho que as circunstâncias não mudaram em cinco minutos, então...

— Tudo.

— Vou beliscar sua boca com uma pinça. Se você sentir dor me diga, que eu dou mais anestesia, está bem?

Dadas as circunstâncias...

— Está.

— Está sentindo? (Beliscou.)

A Pílula do Amor

— Estou.
— E agora? (Beliscou novamente.)
— Ainda estou.
Mais anestesia.
— E agora? (Beliscou novamente.)
— É. Estou sentindo ainda — mas a essa altura confesso que já nem sabia mais.
— Escuta. Eu já dei anestesia suficiente para derrubar um cavalo. Tem certeza de que ainda está sentindo?
— Estou.
— Olha, ou você é hipocondríaca, ou é viciada.
— Eu sou.
— O quê, viciada?
— Não. Hipocondríaca.
— E você só me avisa agora?
— Você não perguntou — respondi, sabendo que a irritaria.

A espera pelo resultado da biópsia consumiu todo o meu estoque de calmantes naturais. Não teve chazinho de camomila que desse conta do tamanho da minha ansiedade. Então, cheia de razão (ou munida de bons argumentos), fui ao médico e exigi uma receita de calmante. Do consultório médico fui direto para a farmácia. O farmacêutico, que, lógico, já me conhece, nem acreditou quando saquei a prescrição médica da bolsa, com carimbo, data e tudo mais que uma receita autêntica contém. *Por favor, você tem esse remédio?* — perguntei, cheia de confiança e com um estranho orgulho, devo confessar. Ele me deu a caixa de Diazepan e perguntou se eu gostaria de um pouco de água para tomar um ali mesmo. Aceitei, claro. Minhas mãos estavam trêmulas de ansiedade, como eu poderia recusar? Bem, da farmácia fui para casa, ainda com os nervos abalados, mas sentindo que o remédio já começava a fazer efeito. No final, negativo para linfoma. Minha primeira reação: hum... é! Será que esse resultado está certo? Minha segunda reação: Graças a Deus! Essa passou bem perto. Entre mortos, quase mortos (EU, no caso) e feridos, salvaram-se todos.

    Daí eu me pergunto: cadê minha depressão mesmo? Vou ligar para mamãe agora e marcar aquela conversinha. Ela vai ter que me explicar essa história de namorar o MEU médico mais carrasco. Ahhhh... vai. Não vou correr o risco de o bruxismo, magia negra, vodu ou sei lá o quê me pegar de novo. Não mesmo.

17

Essa não! De novo? Não! Não! Não! Minha semana anterior já havia sido um tremendo desastre. O jantar de Lauren, o encontro com Brian e sua namoradinha no elevador e uma insônia devastadora, que me aterrorizou por noites inteiras. Quando eu finalmente conseguia dormir, já passava das cinco da manhã e o despertador tocava religiosamente às sete e meia. Trabalhei quase todos os dias bocejando na cara das pessoas. Patético! Cheguei a cochilar no escritório depois do almoço e fui acordada, imaginem, pelo meu chefe batendo na porta e entrando enquanto eu tentava me recompor. Péssimo! Agora, que estou em casa tentando descansar e dormir cedo para recarregar minhas pilhas velhas e danificadas, esse vizinho barulhento resolve dar outra festinha no meio da semana? Por favor, quem essas pessoas festeiras pensam que são? Será que ele trabalha? Acorda cedo? Acho que não! Ah! Mas ele pode esperar, que essa noite promete! Vou acabar com a farra desse *bon vivant*! Vou dar um fim nisso! Isso não vai ficar assim. Preciso dormir e hoje vou dormir!

A Pílula do Amor

Levantei da cama, onde estava aconchegada em meu pijama de flanela pink com corações verdes, possuída de fúria e revolta. Um misto de hormônios em ebulição (é, estou na TPM, sim. Por quê? Algum problema?), frustração, sensação de impotência, cansaço, estresse e todos os sentimentos que podem deixar uma pessoa com os instintos animais totalmente à flor da pele. Traduzindo, eu era um bicho selvagem a ponto de trucidar alguém com minhas garras e dentes afiados. Nem pensei em minha total falta de argumento para acabar com uma festinha às nove da noite. Pela lei, era cedo demais para que eu pudesse chamar a polícia. Ele pagava o aluguel como eu, e poderia dar quantas festas quisesse, desde que não houvesse drogas e não passasse das onze. O barulho não era um argumento suficientemente forte, pois só eu podia ouvir do meu apartamento. Notei isso assim que passei pela porta e caminhei com minhas pantufas macias, vermelhas e com o enorme rosto da Minnie na parte da frente em direção à porta dele. No corredor, um silêncio pacificador invadiu meus ouvidos. Que delícia. Eu poderia colocar a cama ali e dormiria como um anjo, certamente. Mas em meu apartamento isso se tornara uma missão difícil nas últimas semanas.

Desde que Thomas se mudara para o edifício, dois meses atrás, suas festas semanais me deixavam louca. Dois dias por semana, pelo menos, meu apartamento era tomado por uma música eletrônica insuportável – não sei como alguém consegue ouvir isso sem ficar com dor de cabeça. O barulho dos saltos altos trepidando no piso de madeira do apartamento ao lado, as gargalhadas e o cheiro de maconha tornavam minha existência cada dia mais sofrida. Até pensei em me mudar. Mas a logística para conseguir um novo apartamento perto de um bom hospital e refazer meu catálogo de farmácias e consultórios do bairro me desmotivou. Eu precisava resolver a situação de outra maneira. Se não poderia sair, tinha de colocar Thomas para fora. Ou pelo menos diminuir sua empolgação.

Toquei a campainha do apartamento dele, que fica do lado oposto ao meu. Entre minha porta e a dele está o elevador; nossos apartamentos são conjugados. Nossa parede é fina como uma casca de ovo. Consigo ouvir até um espirro do outro lado.

Notei que alguém observava pelo olho mágico, mas não enfraqueci. Endureci os músculos do rosto, armei um olhar raivoso e toquei a campainha novamente. Quando a porta se abriu, um homem alto, em torno dos 40 anos e extremamente sorridente, apareceu com uma taça de vinho na mão.

Tudo aconteceu tão rápido que não consigo me lembrar direito. Fui tragada para dentro da sala de um apartamento todo tecnológico. Paredes repletas de monitores de plasma e luzes coloridas e um enorme bar. Mais parecia um clube. Pessoas conversavam animadas à minha volta e eu ali, de pijama e pantufas, segurando a taça de vinho que antes estava nas mãos do homem alto. Como isso aconteceu? Não sei. Acho que foi mais ou menos assim:

– Oi, você deve ser a Amanda. Muito prazer, meu nome é Thomas. Sou seu novo vizinho. Estou adorando morar aqui... O prédio é ótimo e a vizinhança é incrível. Sinto-me tão bem aqui... – ele falava sem parar. – Sabe que outro dia quase bati na sua porta? É que nos últimos anos venho sofrendo de dores terríveis. Alguns médicos dizem que é reumatismo, outros discordam. Não aguento mais essas dores; são insuportáveis. Ah! Que falta de educação a minha; entre – ele me puxou para dentro. – Tome uma taça de vinho conosco. Assim podemos conversar um pouco sobre esse meu problema e quem sabe você pode me ajudar. Ouvi dizer que você conhece os melhores médicos da cidade e que, se meu problema tiver cura, você é a pessoa certa para me ajudar.

O resto do diálogo eu realmente não lembro. Mas agora, que pude respirar e entender o que está acontecendo, consegui perceber que não sou a única de pijama aqui. Acho que mais gente ficou incomodada com o barulho e, assim como eu, tentou dar um fim na baderna. E nem preciso dizer que todos fracassaram.

– Então você também foi desarmada pelo nosso vizinho sedutor?

A voz que veio de trás do meu ombro esquerdo quase como um sussurro era de Brian. Ele usava uma calça de pijama cinza e uma camiseta branca com a gola em V, apertada na medida certa, apenas o suficiente para salientar os músculos do tórax e os bíceps. Uma delícia, não pude deixar de observar. Nos pés, chinelos de borracha. As unhas impecáveis me chamaram imediatamente a atenção. O hálito fresco e o cheiro forte de pasta de dente denunciavam que ele não havia dado nenhum gole no uísque que estava no copo que segurava. Provavelmente foi parar ali da mesma forma que minha taça de vinho chegou a mim.

– Acho que sim. Como foi que ele fez com você?

– Disparou a contar sobre sua última viagem à Europa e suas descobertas gastronômicas. Disse que precisávamos conversar, pois tinha dicas incríveis para eu incrementar o cardápio do restaurante. Acho que o resto você já sabe... me empurrou para dentro da sala e colocou este copo na minha mão. E eu nem gosto de uísque.

Não pude evitar uma gargalhada. A primeira em dias.

Ele sorriu e perguntou: — E com você? Qual foi o método de manipulação?
Senti meu sorriso se fechar e meu rosto endurecer. Olhei para o lado, tentando ignorar a pergunta. Eu estava desconfortável. Por um segundo me senti constrangida demais para responder. Tive vergonha de mim mesma. Como pude me deixar ser ridiculamente manipulada por um estranho? Alguém que nem me conhece acabara de usar minha fama de fanática por doenças para me fazer recuar de meus objetivos. Como pode? Como posso ser tão ridícula? Como me deixo levar dessa maneira? Como permito que todos brinquem com meu problema? Como?
— Então? O que ele lhe disse que a fez mudar de ideia?
— Ele me pediu, hum... conselhos. Conselhos sobre... sobre um processo em que está envolvido — menti. Menti porque era insuportável a ideia de admitir que a hipocondria estava me algemando novamente. Menti porque a simples ideia de mencionar o fato sem parecer estúpida se mostrava cruel demais para mim. Não queria que ele pensasse que sou louca ou algo assim. Apesar de saber que muitas pessoas pensavam exatamente isso a meu respeito.
— Que tipo de processo? Não me diga que é contra o último edifício em que morou. Eu não ficaria admirado se ele estiver sendo processado pelos ex-condôminos — Brian sorriu como um menino que fez uma travessura.
Começamos a conversar sobre o absurdo daquela situação e traçamos várias estratégias para sair correndo dali, como cúmplices, duas crianças tentando fugir do castigo. Mas, todas as vezes que nos levantávamos e seguíamos em direção à porta, simulando uma despedida ou mesmo uma saída à francesa, lá vinha Thomas com mais uma taça de uma bebida qualquer

A Pílula do Amor

e seu papo furado nos convencendo a ficar. Nos entregamos na terceira tentativa e resolvemos curtir a festa, que a cada 20 minutos recebia mais um convidado de pijama.

Por volta das onze a reunião finalmente acabou e todos pudemos voltar para nossos apartamentos e ter uma noite de sono restaurador. Não posso negar que me diverti. Brian é encantador. Acho que mamãe estava certa. Ele parece mesmo um cara legal.

Antes de dormir, repassei a conversa com Brian várias vezes em minha mente, desejando estar com ele de novo muito em breve. Quando nos despedimos em frente à porta do meu apartamento, ele me convidou para jantar. Ele é mesmo muito persistente. Fez questão de lembrar que aquela era possivelmente a décima vez que me fazia o mesmo convite. Mas dessa vez foi diferente. Eu aceitei.

Finalmente o fim de semana chegou. Tive uma semana tão estressante que só agora, sexta-feira no final do expediente, pude perceber que Julia não me liga há mais de 48 horas. Ela está com problemas. Eu sei que está. Ela é minha melhor amiga há anos; eu a conheço muito bem. Julia é uma garota muito doce e descontraída, mas não sabe lidar muito bem com os dramas reais da vida. Sempre que está saltitante, não se cansa de falar sobre os motivos de sua felicidade. Mas, se está com problemas, a coisa muda de figura. Ela desaparece. Não retorna as ligações dos pais ou amigos e fica isolada até que o impacto inicial tenha sido totalmente absorvido por uma depressão ou até entrar em coma alcoólico no pequeno *studio* onde mora, no Chelsea.

Da última vez que ela desapareceu assim, foi quando não passou na prova do mestrado e recebeu a notícia da boca do professor mais repugnante do curso. Parece que ele sentiu um prazer especial em anunciar que ela deveria fazer mais um semestre e tentar a prova novamente depois desse período. Ela ficou arrasada por semanas. E foi encontrada nua pelo namorado da época, completamente bêbada, cantarolando uma música de letra impronunciável dentro do elevador do prédio. Ele me contou que ela não tomava banho havia pelo menos cinco dias e que o bafo era de derrubar até mesmo um bêbado experiente. *Uma alcoólatra. É isso que ela se tornou!* – ele gritava, em total desespero. Poucos meses depois ele usaria esse mesmo argumento para terminar com ela.

Então, agora, tenho motivos de sobra para acreditar que ela está hibernando com algum problema neste exato momento. A situação exige astúcia e urgência. Preciso ir à casa dela agora mesmo.

Saí do escritório, passei em casa para uma chuveirada rápida, pulei em um táxi que deixava um passageiro na esquina e corri para a casa dela. Em menos de 15 minutos já estava lá, com o dedo grudado no interfone, apertando freneticamente. Eu sabia que ela estava em casa, mas se recusaria a atender. Foi exatamente o que aconteceu. Quando meu dedo já estava ficando adormecido, ela apareceu na portaria bufando. Seus olhos inchados de tanto chorar me deram a certeza do que ela estivera fazendo nos últimos dois dias. O motivo era, até então, desconhecido. Eu estava ali justamente para descobrir.

– O que aconteceu?
– Nada – disse ela enquanto abria a porta.
– Nada? Quem passa dois dias chorando por nada?
– Não estou a fim de falar com ninguém. O que você está fazendo aqui?

A Pílula do Amor

– O que estou fazendo aqui? Isso lá é pergunta que se faça a uma amiga que está tentando salvar sua vida? – imediatamente um *trailer* começou a passar em minha cabeça. Como num filme macabro, consigo ver Julia deitada, lânguida, em uma banheira. Ela tem os pulsos cortados na transversal. O sangue jorra nos azulejos do banheiro, escorrendo e tingindo a água ao redor de um vermelho intenso e limpo, cor que apenas sangue fresco tem. Reconheço que essa cena é um tremendo clichê. Mas o que posso fazer se todas as cenas de suicídio de que consigo me lembrar são clichês de Hollywood? Matar-se com um tiro na cabeça não faz o estilo de Julia; ela detesta armas de fogo. E onde ela iria arrumar um revólver? Tomar comprimidos é coisa de quem quer chamar a atenção. Ninguém morre assim de verdade nos filmes. Na última hora sempre aparece alguém para salvar a garota suicida. Pular do parapeito de um prédio qualquer, nem pensar! Imagina se Julia ia querer os lindos cabelos longos e bem tratados – ela gasta uma fortuna para mantê-los bonitos – misturados numa pasta composta por seus ossos da face, dentes e crânio estatelados em alguns metros de calçada. Nunca! Então a história da banheira me parecia mais coerente. Fui acordada de meu delírio com os gritos de Julia

– Salvar minha vida? Minha vida não está em perigo. Eu não quero morrer! Eu quero matar! É a vida do Luca que você deveria proteger.

Eu sabia! Sabia que ele estava envolvido nisso. Nossa Senhora Protetora dos Hipocondríacos e das Pessoas com a Cabecinha Fraca (nesse caso a Julia), me socorre! O negócio parece mais sério do que eu pensava. Julia nunca fala desse jeito. Sempre tão positiva, hoje ela parece possessa. Seus olhos estão esbugalhados de ódio e ela está fumegando.

Continuo aqui parada na portaria do prédio e sem saber o motivo de tudo isso.

– Julia, o que aconteceu? Da última vez em que nos falamos, tudo estava ótimo. Você estava prestes a ficar noiva do...

– Argh! – ela gemeu de ódio quando pronunciei a palavra NOIVA. – Cale a boca, Amanda, não repita mais isso! E não diga o nome desse cara na minha frente nunca mais.

– Mas o que aconteceu?

– Não era para mim... – ela disse, pouco antes de desatar a chorar.

– Querida, não fique assim – eu a abracei. Na verdade eu estava um pouco apavorada. Não sou exatamente o tipo de pessoa que sabe consolar alguém.

Julia chorava sem parar, com pequenas pausas para tomar fôlego e recomeçar a chorar. Entre uma pausa e outra, ela conseguiu me explicar por alto o que tinha acontecido. Parece que ela havia se precipitado, pensando que o anel que encontrara era para ela. Ficou tramando artimanhas e jogando indiretas para descobrir quando Luca faria o pedido. Até que não aguentou mais e perguntou na lata. Pelo que ela me contou, Luca enlouqueceu. Disse que era um absurdo ela bisbilhotar as coisas dele. Disse que confiara nela e lhe dera a chave de seu apartamento, e que se sentia invadido e traído com aquilo tudo. Depois do sermão ele resolveu explicar a história do anel. David, o melhor amigo de Luca, havia comprado o anel para sua namorada, mas, como eles moravam juntos, pediu a Luca que o guardasse por uma semana, até o dia em que planejava pedir a garota em casamento. Como tudo nessa vida tem uma boa explicação, Julia nem teve como argumentar. Luca lhe pediu a chave do apartamento de volta e disse que precisava de um tempo. Não tinha mais certeza

A Pílula do Amor

se Julia era a garota legal que ele havia imaginado. Preciso dizer que não posso culpá-lo e que lá no fundo (mesmo sem jamais poder dizer isso a Julia) acho que ele tem toda a razão de desconfiar de alguém que vasculha o apartamento dele até encontrar algo que estava, aparentemente, escondido.

– Julia, acalme-se. Dar um tempo não é a mesma coisa que terminar. Pelo menos eu acho.

– Você não vê, Amanda? Ele pegou a chave de volta e disse que não iria me pedir em casamento coisa nenhuma. Que foi tudo ilusão minha. Ele não me ama. Se ele me amasse de verdade, me perdoaria e não daria tanta importância a essa bobagem. Ele me iludiu. Me fez pensar que estávamos indo rumo ao altar. E agora ele me abandona?

– Julia, não é assim... uma bobagem. Algumas pessoas dão valor à privacidade, sabia? E você também não pode dizer que ele a iludiu. Ele nunca mencionou nada sobre isso. Você viu o anel e montou sua própria história. Como advogada, eu posso dizer: todos têm o direito de defender sua versão dos fatos. Mas isso não significa que existam duas verdades. A verdade é uma só. Isso não passou de um grande mal-entendido. Não culpe Luca por isso. Você precisa se conformar.

Assim que fechei a boca, ela recomeçou a chorar e me perguntar, como se eu fosse uma especialista (quem me dera), de que forma ela poderia reverter a situação.

Como se já não fosse difícil para mim, para eu encarar o fato de que vou ficar mais velha em poucas semanas, nos últimos dias milhares de novidades têm caído sobre minha cabeça como um balde de água gelada em pleno inverno. Por favor! Alguém tenha piedade de mim. Minha pele está flácida. Meus cabelos, ralos, meu rosto, pálido. Meus dentes, mais amarelos a cada dia. Meus ossos estão perdendo o cálcio. Minhas unhas estão fracas, meus pés, cascudos, e minhas cutículas parecem enormes champignons. Meus nervos estão em frangalhos, não consigo lidar com questões emocionais simples, tipo minha mãe tem o namorado dos meus sonhos! Um médico. Minha mãe tem um namorado médico. E eu? Eu nem tenho um namorado encanador. Esse estresse todo está acabando comigo. Estou perdendo a saúde física e mental. Outro dia esqueci um compromisso importante, sinal de que minha memória está falhando. Está tudo errado. Está tudo no lugar errado. E tudo isso por quê? Para quê? Será que existe alguém no planeta que pode me responder se existe alguma coisa boa em envelhecer? E não me venham com aquele papo furado de sabedoria, que essa eu realmente não engulo. Se alguém me desse a opção de trocar a sabedoria pelos seios empinados que eu tinha aos vinte anos, eu ficaria com a segunda opção sem pestanejar. Aos vinte anos todas as garotas são felizes, mesmo sem sabedoria.

    Acho que minha parcela médico-monstro está se manifestando. Talvez seja a hora de deitar em um divã. Um divã confortável, macio, quentinho, aconchegante. Pronto, o caso é preocupante. Estou cogitando ir ao terapeuta. Ou eu pirei ou estou com depressão!

18

Eu preciso me internar! Não, é sério. Nunca falei tão sério em toda a minha vida. O mundo está desmoronando em minha volta e preciso fazer alguma coisa para me proteger e não ser engolida pelo cogumelo de fumaça que sucede uma bomba atômica. Conhece essa sensação? Não? Sorte sua, pois é horrível. Meus pés estão derrapando em movimentos rápidos em piso deslizante. E não conheço lugar mais seguro para estar até a tempestade passar do que internada em uma clínica de luxo, alegando estafa! É isso. Está decidido: vou me internar em uma clínica e a desculpa é que estou esgotada mentalmente. Só preciso agora de uma boa desculpa para estar incomunicável também.

Não aguento mais tantos problemas. Julia e Luca brigados, minha mãe namorando o Dr. White – não gosto nem de lembrar. Os problemas no trabalho, minha saúde cada dia mais frágil e, para piorar, não consigo um homem nem para dar uns beijos. O que está acontecendo comigo? Alguém aí em cima tem alguma ideia? Uma explicação qualquer? Pode ser até aquela história de carma, qualquer coisa. Eu perguntava e olhava para o céu. Como se Deus só tivesse que se preocupar com a minha vida sexual inativa.

Estava indo para a cama e me imaginando no quarto da clínica. Tudo branquinho, aquela cama alta, lençóis limpinhos e desinfetados. Os aparelhinhos interessantes com luzes piscando e todo o monitoramento possível para manter uma pessoa viva. Atenção das enfermeiras 24 horas por dia. Os médicos divididos em turnos de seis horas para me visitar perguntando se estou me sentindo bem. E, melhor ainda, ouvindo todas as minhas queixas. É um sonho! Sem falar nos remédios. Aaaaah, os remédios. Todos aqueles remédios à distância de um botão. Sinto uma dor minúscula, aperto um botão e ali está uma enfermeira me oferecendo a última novidade do mercado de analgésicos. Vou ligar para meu plano de saúde amanhã mesmo e saber se eles cobrem esgotamento nervoso.

Começava a me sentir relaxada como um bebê que conta carneirinhos para dormir. Mas um inconveniente vizinho resolveu atrapalhar tocando a campainha no momento em que meu médico favorito estava começando a ronda.

O barulho estridente da campainha soou três vezes. Da primeira acordei dos sonhos para a cruel realidade de minha cama solitária. Ao som da segunda vez, pulei para ver quem era o idiota que estava na porta àquela hora. E na terceira corri para a porta, tentando ver pelo olho mágico quem eu teria de espancar caso a campainha tocasse uma quarta vez, mas não vi ninguém.

Abri a porta bem devagar, cogitando que o intruso noturno poderia ser um anão ou alguém de tamanho semelhante ao de uma criança. Mas realmente não tinha mais ninguém lá. Primeiro pensei que fosse um engano, ou que a pessoa tivesse desistido. Só depois de uma observação criteriosa do *hall* eu percebi um post-it colado logo abaixo do olho mágico. E nele apenas a seguinte frase: *Jantar às oito no domingo. Fique atenta para mais detalhes.*

Lembro-me de ter pensado: Engano. Erraram de porta, só pode ser isso. Amassei o post-it, joguei-o na lata de lixo da cozinha e voltei para a cama – *da clínica*.

Sei que todos pensam que sou louca, mas, como de médico e de louco todos temos um pouco (quem diz isso é minha mãe), sinto-me completamente sã ao declarar que hoje de manhã acordei com uma dor de cabeça tão forte que até pensei em mudar meu testamento de novo. Dessa vez para inserir na parte que cabe a Lauren minha bolsa nova da Prada e passar oficialmente para Julia meu vestido Miu Miu – ela não o tira do corpo mesmo; vai ser só uma questão burocrática.

Conversei com Julia pela manhã bem cedo. Ela está se recuperando. Parece que Luca ligou e marcou um encontro para conversarem. Talvez ela ainda consiga reverter a situação.

Resolvi dar uma volta na cidade, afinal hoje é sexta-feira, e, como não tenho namorado e minha melhor amiga está depressiva, não tenho nada para fazer. Andar pela cidade pode ser uma boa alternativa. Melhor que ficar em casa assistindo à reprise de *Sex and the City*.

No *iPod*, "Love story", de Taylor Swift. Eu usava uma regata com um lindo bordado nas costas e uma calça larga de alfaiataria. Observava as pessoas para tentar encontrar no comportamento dos outros alguma coisa que justificasse o meu próprio. Só encontrei autistas e esquizofrênicos eletrônicos. É impressionante como a tecnologia nos transformou em solitários virtuais. As pessoas andam pelas ruas como autistas, isolando-se do mundo com seus fones de ouvido. Outras conversando animadas, aparentemente sozinhas, com seus celulares minúsculos. Ou participam de chats com seus *handhelds*. Sinistro. O mundo é mesmo um lugar cheio de gente desorientada. Não sou a única, mas por que me sinto tão sozinha com meus problemas?

Caminhei por alguns quarteirões pensando na vida e sentindo pena de mim mesma. Me odeio quando faço isso. Às vezes eu odeio tanto a minha vida que tenho vontade de sumir. Mas, como eu me levarei comigo aonde quer que eu vá, acabo chegando à conclusão de que é melhor ficar onde estou. Mas algo precisa mudar. Sinto uma necessidade imensa de mudanças em minha vida. Não consigo mais conviver com essa doença; tudo isso é um pesadelo. Uma brincadeira de mau gosto que alguém do andar de cima resolveu me pregar. Mas não tem fim. Nunca acaba.

Depois de caminhar solitária pelas ruas de Manhattan e até chorar um pouco, passei na farmácia e comprei um pote de pastilhas antiácido coloridas, pois meu estoque estava no fim, e voltei para casa.

Ao chegar em casa, encontrei preso em minha porta um novo post-it. Desta vez dizia: *Não esqueça, domingo às oito. Jantar e dançar.*

Sorri, sem fazer ideia de quem era o autor do convite, mas achando tudo muito divertido. De repente, parei para pensar. Será que é o vizinho festeiro? Ah, não! A simples ideia de ser ele me deu náuseas. Tomei um antiácido, peguei uma caneta e escrevi no post-it: *Não, obrigada!* Fui até o apartamento de Thomas e preguei o papelzinho de volta na porta dele, voltei a meu apartamento, tomei um banho e fui dormir pensando: *Que audácia desse cara. Primeiro me faz participar de uma festa sem eu querer estar lá. Agora quer me arrastar para um jantar romântico. Será que ele é louco? Acho que tem gente nesse prédio precisando mais de um terapeuta que eu! Aliás, se morasse um psicólogo neste prédio, estaria rico. Ô lugar cheio de gente doida.*

Sábado acordei bem disposta. Devo dizer que isso é um milagre depois da noite de insônia e choro. Não sentia nada além de muita energia para cumprir as tarefas corriqueiras. E lá fui eu com minha lista. Depois de riscar item por item com a sensação de missão cumprida, fui pegar um café e voltei para casa. Estava ansiosa, esperando os últimos filmes que havia encomendado na Netflix. E tudo estava saindo como o programado: uma tarde de afazeres domésticos, filmes e sorvete. Desliguei o telefone de casa e coloquei o celular para vibrar. Hoje quero apenas a minha própria companhia. Não quero ver ninguém, falar com ninguém, ouvir ninguém. Só eu, meus pensamentos e minha preguiça.

Lá pelas cinco o interfone tocou. Pensei que fosse o rapaz da lavanderia me trazendo o suéter que pedi para lavar e entregar com urgência. Mas ele me prometeu para segunda de manhã... Achei estranho, mas não seria a primeira vez que conseguiam antecipar um pedido meu. Então atendi e pedi que subisse. Esperei em pé ao lado da porta, mas, quando o elevador abriu, quem saiu de dentro dele não foi o entregador da lavanderia, e sim o cara da floricultura. Com um buquê de flores enorme nas mãos e uma caixinha.

Ai, meu Deus! Será que as pessoas nunca vão me deixar viver em paz? Mais um tentando me assassinar? Vou fazer Thomas engolir pétala por pétala.

A Pílula do Amor

— Amanda Loeb?
— Você pode levar essas flores de volta e dizer a quem mandou que da próxima vez me presenteie com bombons recheados de arsênico.
Ele me olhou assustado, como um passarinho apavorado:
— As flores não são para a senhora. Só a caixa e o post-it.
— Ah! Obrigada. Desculpe, é que eu odeio... sabe, eu sou alérgica... eu sou alérgica a flores. Desculpe.
— Tudo bem, só assine aqui, por favor.
Assinei e lhe devolvi o papel com uma nota de cinco. Normalmente ele levaria US$ 2 de gorjeta, mas o pavor em seu rosto era tamanho que me senti na obrigação de recompensá-lo pelo estresse.
Entrei e abri a pequena caixa, delicadamente embrulhada. Antes de ver o conteúdo, resolvi ler o bilhete: *Oi, pequeno cacto! Acho que será mesmo uma noite interessante. Traje casual. Você receberá as últimas instruções amanhã às 7:45 da noite. Esteja pronta.*
Abri a caixa e lá estava o cacto mais lindo que já vi na vida. Tão lindo. Tão delicado e ao mesmo tempo tão forte e resistente.
Então o convite vinha de Brian. Fiquei aliviada. E até feliz, confesso. Senti uma empolgação quase infantil. Larguei a caixa e comecei a dar gritinhos e pulinhos, girando pela sala com meu cacto na mão.
Nem preciso dizer que as 24 horas seguintes foram terríveis para mim. Dois ansiolíticos, três analgésicos, meditação, técnicas de controle da respiração e uma longa conversa com Lauren ao telefone. Conversa na qual me recusei a falar sobre o assunto *namorado da mamãe*.
No domingo fui a um *brunch* com Elizabeth e Robert. Beth está se recuperando muito bem. Os médicos estão otimistas,

e ela, mesmo tendo perdido os cabelos com a quimioterapia, está positiva e com muita vontade de vencer a doença.

    Voltei lá pelas três horas, correndo como uma criança ansiosa até o elevador. Apertei o botão no mínimo quinze vezes. Uma senhora que estava ao meu lado chegou a reclamar. Mas não me importei e repeti o gesto dentro do elevador, dessa vez para que as portas se fechassem. Corri até meu apartamento pensando que a última instrução pudesse estar lá. Nada.

    A cada dez minutos no máximo eu espiava no olho mágico em busca de uma movimentação ou pista. Mas nada acontecia. Será que ele esqueceu? Ou desistiu? – pensava, aflita.

    Com receio de que ele tivesse desistido, fui tomar um banho de banheira e tentar relaxar um pouco. Meus músculos das costas estavam tensos. Preparei a banheira calmamente. Limpei, fechei o ralo e abri a água. Acendi velas aromáticas e um incenso. Derramei na água um pouco de meus sais de banho preferidos. Só quando a banheira estava cheia e com espuma borbulhante comecei a tirar a roupa. Acomodei-me lentamente dentro da banheira com água quente e relaxei. Às vezes um banho de banheira é melhor que uma caixa de calmantes, devo admitir.

19

Já passava das sete quando meu celular apitou. Eu tinha adormecido na banheira e nem percebi o tempo passar. Era uma mensagem vinda de um número não identificado: ÀS 7h45 SIGA AS PEGADAS, ABRA A PORTA E SINTA-SE EM CASA.

Era ele. Me mandou a última dica por celular.

– Putz! Estou atrasada! E ainda nem sei o que vou vestir.

Pulei da banheira, enrolei uma toalha no corpo e corri para a frente do *closet*. O pânico tomou conta de mim. Eu não tinha pensado nisso. O que vou vestir? Eu nem sei o que me espera. Um jantar com várias pessoas, ou apenas eu e ele? Isso é um encontro romântico ou ele só está querendo conversar mais, como na última vez na casa de Thomas?

– Ai, meu Deus! – ocorreu-me de repente – E aquele cachorro, o Ali? Aquele cachorro não pode me ver que vai querer mastigar minha perna! Acho que vou precisar de uma roupa à prova de mordidas de cachorro desta vez.

A Pílula do Amor

Eu só tinha 20 minutos para me arrumar. Como uma garota pode se produzir em 20 minutos? Já sei. Vou colocar a roupa que estava usando na sexta-feira. Ele não me viu e provavelmente não vai saber que usei essa mesma roupa para caminhar no parque. Está tudo bem. É legal e casual. Vai dar tudo certo. Eu tentava me acalmar, dizendo a mim mesma: *Vai sim, vai dar tudo certo.*

Não, não vai dar nada certo! Gritei, ao olhar para meus pés. A roupa que eu planejava usar pedia uma sandália aberta, e meus pés, bem, meus pés estavam vergonhosos, cascudos, com o esmalte descascado, e minha cutícula parecia um champignon. O que vou fazer agora? Não tenho tempo para ajeitar isso.

Peguei meu kit de unhas e corri para o banheiro. Tirei o esmalte, cortei e lixei as unhas, limpei-as por baixo, tentei cortar a cutícula também, mas desisti. Lixei também a sola dos pés, passei um creme hidratante e voltei ao plano A: usar a blusa com renda nas costas, a calça de alfaiataria branca e a sandália de couro marrom aberta na frente.

Sequei os cabelos numa escova lisa e malfeita, que nem de longe lembrava a que costumo fazer no salão, mas não estava ruim. Escovei os dentes, usei fio dental e enxaguatório. Pouco perfume, o toque final. Peguei uma bolsa pequena, apenas para colocar a chave do apartamento, um cartão de crédito (também não sei para que eu precisaria de um cartão de crédito, mas eu estava nervosa, então deem um desconto, ok?) e duas camisinhas (é, eu estava realmente mal-intencionada – ou bem-intencionada, isso depende. O fato é que poderia ser o momento certo para resolver meu problema de frigidez, e eu não poderia deixar escapar). Uma última olhada no espelho, e fui. Abri a porta com receio de que ele estivesse na porta de seu apartamento, olhando para a minha, me esperando sair. Para garantir que não, espiei pelo olho mágico e não vi ninguém.

Assim que saí, tive um ataque de riso ao ver umas pegadas, pezinhos feitos em papel adesivo laranja, saídas do meu apartamento em direção ao de Brian. Ele é realmente muito criativo – pensei. Caminhei até a porta dele, parei e li a mensagem. Não dizia nada sobre tocar a campainha ou bater na porta. Só *Abra, entre e sinta-se em casa.* Foi o que fiz.

Abri a porta e me deparei com uma sala incrível, decorada nos mínimos detalhes como uma tenda árabe. Tecidos coloridos e brilhantes, almofadas, muitas almofadas. Velas acesas, narguilés, vasos e outros objetos da cultura oriental compunham um ambiente perfeito, que me remetia a uma noite no deserto. Não havia flores, mas sim muitos vasos pequenos com cactos de diferentes cores e espécies. No centro da tenda, uma mesinha com pratos cheios de comida mediterrânea e taças, por enquanto vazias. A penumbra foi dando espaço lentamente a uma luz média e junto com ela à figura de um homem alto e lindo. Demorei um pouco para entender o que estava acontecendo e formular uma reação. No primeiro momento, me senti como uma presa, um ratinho indo para a ratoeira, onde era esperado com um pedaço delicioso de queijo suíço, mas bastava um passo em falso e ficaria sem o pescoço. Depois, pensei: *Que homem é esse? Quem perde tanto tempo e trabalho tentando impressionar uma mulher apenas por uma noite de sexo? Quem faria isso?* Ele interrompeu o silêncio e meus pensamentos com sua voz grave e macia.

– Oi, Amanda. Espero que você goste de comida árabe.

– Eu... eu... eu... eu aaaa-ado-roo.

Ele sorriu, percebendo que eu estava nervosa, enquanto eu implorava em pensamento para não ter esquecido meu

A Pílula do Amor

Prozac. Abri a bolsinha, num gesto tímido, para que ele não percebesse, e comecei a vasculhá-la com uma das mãos em busca de uma cartelinha com um comprimido que fosse, mas não encontrei nada.

— Tire os sapatos e sente-se aqui — disse ele, apontando para um dos lados da mesinha, onde havia almofadas aconchegantes à minha espera.

Sentei-me sem dar uma palavra. Não consegui expressar uma reação adulta e coerente, então optei pela cara de paisagem, o sorriso amarelo. Eu estava boquiaberta e patética. Ele estava literalmente no controle da situação. E conseguiu. Me pegou, me desarmou completamente. Brian abriu uma garrafa de vinho e tagarelava sem parar sobre os benefícios da comida do Oriente Médio, sobre a razão da escolha daqueles vinhos e sobre o tempo, a lua cheia e sei lá mais o quê. Foi preciso uma segunda taça para eu começar a me soltar e entrar no jogo.

— A comida está maravilhosa. Você que fez?

Ele riu da pergunta, deixando evidente sua falta de habilidade na cozinha.

— Não. É do meu restaurante. Eu a convidei tantas vezes para ir até lá experimentar e você nunca foi... Então resolvi trazê-la para você.

— E a decoração?

Ele deu uma gargalhada. Como quem diz: *Ah! Sempre faço isso quando tenho uma vítima nova.*

— É a decoração de festa de uma das salas do restaurante. Gostou?

— É linda. Estou me sentindo em uma das histórias de Sherazade nas mil e uma noites. Você teve muito trabalho. Tudo isso por mim?

— Não acha que vale tudo isso e muito mais?
— Não sei. Você acha?

Ele sorriu e me ofereceu mais vinho. Fiquei sem saber se isso era um sim, um não ou um talvez. Mas nesse momento prometi a mim mesma que iria mostrar para ele que eu valia muito mais que aquilo tudo.

— Onde está Ali? — perguntei, me dando conta de que não tinha visto a fera até então.

— Não se preocupe, ele está com a babá esta noite. Não está em casa.

Ele notou que respirei aliviada e completou:

— Sei que você ficou com uma péssima impressão dele. Mas acredite, ele é um bom garoto. Sinto muitíssimo por ele ter mordido você aquele dia, mas preciso dizer que, se não fosse por isso, talvez não estivéssemos aqui agora.

Hã? Como assim? O cachorro dele precisava me morder para termos um encontro? Não era mais fácil nos cruzarmos no elevador? Tipo os dois tentando apertar o botão do quarto andar juntos? Sabe como é, troca de olhares e tal. Eu precisava mesmo ir parar no hospital? Discordo totalmente.

— Já passou. Vamos tentar esquecer, está bem? Por que deu esse nome para seu cachorro? É uma homenagem ao Mohamed Ali?

— Na verdade é. Sou fã de boxe e Ali foi o melhor de todos os tempos em minha opinião.

— Faz sentido. Se eu tivesse uma gata persa linda, charmosa e sensual eu lhe daria o nome de Madonna, não tenho dúvida.

Brindamos e continuamos a conversar. Ele perguntava coisas sobre mim com ar de garoto curioso, e eu seguia em frente com minhas histórias.

A Pílula do Amor

— Fale mais sobre você, Amanda. Já sei que é advogada, tem uma queda por remédios, odeia cachorros e flores e tem uma mãe muito simpática. O que mais?

Passei pelo menos uma hora falando de mim, num monólogo sem fim. E ele não parecia nem um pouco entediado. Pelo contrário, foi ativo na conversa, buscando saber mais e mais. Todas as vezes que eu dava uma pausa para não tornar a conversa chata demais, ele reagia e pedia mais uma história. E, como meu repertório de histórias sobre hospitais, doenças e remédios é ilimitado, ele se divertiu muito. Gargalhadas, vinho e mais vinho.

Nunca fui muito resistente à bebida alcoólica. Eu diria que esse é um de meus pontos fracos. Entreguei-me de corpo e alma àquele vinho, sem nenhuma preocupação. Afinal, eu estava a apenas alguns passos de minha casa. O que poderia me acontecer? Ter uma noite de sexo selvagem com um cara lindo de viver? Isso não é algo para classificar como ruim. Acho, inclusive, que, se alguém estava correndo risco ali, considerando minha atual situação de seca, esse alguém não era eu.

Quando estava a ponto de perder a consciência e já havia percebido que Brian é um daqueles caras certinhos que não transam com uma mulher embriagada, anunciei que estava na minha hora. Ensaiei levantar sozinha, mas não funcionou. Minhas pernas não obedeciam a meu comando. Ele então me levantou e gentilmente me pegou no colo. Pegou minha bolsa e me carregou até a porta de meu apartamento. Perguntou onde estava a chave. Como não esbocei reação alguma, ele provavelmente (a partir desse momento eu apaguei, então são apenas suposições) abriu minha bolsa e pegou a chave. Abriu a porta e me colocou na cama.

Acordei no outro dia, com o despertador tocando no horário exato em que acordo para ir para o trabalho. Ainda estava vestida e maquiada, e minha bolsinha estava no aparador da entrada, aberta de modo que se podiam ver o cartão de crédito e as duas camisinhas.
— Ai, não. Que vexame! — meu rosto começou a queimar. Mas eu estava tão atrasada que resolvi curar minha ressaca e minha vergonha (ou a falta dela) no caminho. — Preciso de um banho! Um remédio para o fígado e uma aspirina.

20

Não fui atropelada na rua (fico grata por isso!), não caí de nenhuma escada, não pulei no buraco do elevador (coisa estúpida), não tropecei na rua, nenhum entregador maluco passou por cima do meu pé com uma bicicleta, nada. Nada me aconteceu. Pelo menos não me lembro de ter acontecido nada que justifique isso. O fato é que acordei superfeliz e saltitante, e o saltitante é que foi o problema. Num desses pulinhos de alegria, senti o dedinho do pé esquerdo pulsar de dor assim que tocou o chão. Juro! A dor era tanta que senti latejar no fundo da alma. Começou com uma pontada aguda, depois virou uma batucada de tambores espalhando-se por todo o meu pé. Acho também que minha unha, ou melhor, o minúsculo pedaço de cartilagem que reveste a ponta do meu dedinho (não dá nem para chamar aquilo de unha, dá?), está prestes a cair. E não faço a mínima ideia de como isso aconteceu.

Estou tentando refazer todos os meus passos, literalmente falando, da hora em que encontrei Brian, ontem

A Pílula do Amor

à noite, quando estava em perfeitas condições físicas, até o momento em que acordei hoje de manhã com essa dor miserável no pé.

Não sei se deu para perceber, mas eu disse que acordei esta manhã NA CAMA DO BRIAN, com muita dor no dedinho. Fazendo um esforço enorme para lembrar de todos os detalhes da noite passada, comecei a juntar os pedaços de lembrança. Trabalhei a memória como um quebra-cabeças e consegui juntar as partes que ficaram nebulosas devido aos altos índices de álcool que ainda permanecem em meu sangue. Em suma, estou ligeiramente bêbada, minha unha do pé está roxa e caindo e meu dedinho está em pedaços. Entretanto, meu problema de frigidez, posso garantir, está totalmente superado.

Encontrei Brian no Nobu para jantar. Edamames, sushi com saquê, saquê com sashimi, tempurá com saquê, saquê com saquê e por aí – saquê – afora, minhas lembranças foram ficando gradualmente mais vagas. Depois do quarto copo de saquê, seria leviano da minha parte garantir a veracidade dos fatos a seguir, mas prometo ao menos tentar manter a lucidez e um pé (dolorido) na realidade.

Até onde me lembro, Brian e eu pegamos um táxi numa das esquinas da Hudson após o jantar e voltamos para casa. No caminho, Brian pediu ao motorista que parasse em uma loja de conveniência para comprar uma garrafa de água e um pacote de M&M. Eu sei que M&M não combinam com uma noite de sexo e luxúria, mas ele estava a fim de um docinho e eu também. Era uma noite agradável de fim de verão, quente o suficiente para eu usar um vestido de cetim, mas não tão quente para deixar o vestido molhado e colado no corpo por causa do suor.

Na porta do prédio, enquanto Brian pagava a corrida, eu mantinha a atenção em dois travestis altos, com peruca loura, minissaia e *top* de lantejoula e sapatos de salto ultra-alto que conversavam animadamente do outro lado da rua.

Bonitão o rapaz! – gritou um deles assim que o táxi virou a esquina. *Você é sortuda!* –, gritou o outro. *Tire proveito desse corpinho, meu bem!* – esse comentário me desconcertou. *Aproveitem bem a noite, crianças!* – gritou o segundo.

Brian riu. Uma risada deliciosa. *Obrigado, meninas! Vamos fazer isso mesmo! Tenho certeza!* – E me olhou com malícia. Senti o rosto ruborizar. Num momento de espontaneidade, soltei um gritinho de euforia e disse *Tchauzinho!* para os travestis, deixando claras minhas intenções para Brian. *É, também estou ansiosa para ter uma noite incrível com você.*

Abrimos a porta do prédio e as coisas começaram a esquentar ali mesmo. Brian nem se importou com a presença do porteiro, que tirava um cochilo. Quando o elevador chegou, estávamos os dois colados um ao outro como alguém que precisa se agarrar a uma boia salva-vida para sobreviver em um naufrágio. Mas, em vez de sentir pavor ou pânico, meu corpo era invadido por uma vontade enorme de transar com ele. No corredor, a primeira dúvida. – No meu apartamento ou no seu? – Ele perguntou. – No seu! É mais perto. – Respondi, sem tirar meus lábios dos dele. *É mais perto? Quanto desespero, ele deve ter pensado. Mas, se pensou, fingiu que não, e continuou.*

Ele revirou os bolsos da jaqueta em busca da chave, abriu a porta e um segundo depois já estávamos no sofá. Daí outras dúvidas (minhas dúvidas) me passaram rapidamente pela cabeça. *Será que a depilação está aceitável? Estou com a lingerie mais bonita que tenho? Será que ele vai reparar que não fiz as unhas dos pés esta semana? Será que estou cheirando bem? E meu hálito? Depois de tanto saquê e peixe cru...*

A Pílula do Amor

Com a respiração ligeiramente ofegante, ele tirou minha roupa como quem desembrulha um presente muito desejado. Olhou meu corpo inteiro e me fez prometer que não ficaria constrangida com nada que viesse a acontecer. Prometi.

Mordidas na orelha, lambidinhas que subiam e desciam pelo meu pescoço, suas mãos acariciando a parte interna de minhas coxas... isso era apenas parte do repertório dele para me deixar maluca. Tudo no tempo certo, do jeito certo. Se ele queria me deixar louca com tantas preliminares, preciso dizer que funcionou. Eu estava quase gritando para passarmos logo para o prato principal, mas deixei que ele me servisse o banquete inteiro como desejasse – e valeu a pena esperar. Algumas manobras inusitadas e finalmente... ato consumado.

Não vou dar detalhes de minha intimidade para ninguém. Só vou dizer que Brian é um pouco pervertido (adoro!), mas isso fica por conta da imaginação de cada um. Para as mentes mais puras, pervertido pode significar que ele gosta de lamber meus dedos dos pés. Para os que têm a mente suja e doentia, bem... o céu é o limite.

Explodi em orgasmos olhando fixamente nos olhos dele, numa sinfonia mágica de sentidos. Ele, perfeitamente alinhado ao meu prazer, conectado à minha alma, gozou também. Dormimos abraçados a noite inteira. Não tive insônia. Para ser sincera, dormi como um anjo. Não houve segundo tempo. Brian não fez questão de mostrar desempenho de atleta, apenas de qualidade.

Ele acordou bem cedo e foi trabalhar. Deixou um bilhete fofo ao lado da cama, me deu um beijo na testa e se foi. Sábado é o dia de maior movimento no restaurante. Enquanto Brian trabalhava, eu passaria meu dia de folga tirando radiografias do resto do que já foi o meu dedo. Aliás, acabei de me lembrar que, em uma das manobras de Brian na noite passada, senti um estalinho no pé. Foi isso!

Cheguei à emergência do Manhattan Hospital quando meu dedinho já havia se tornado um dedão. Inchado e cheio de dor. Entrei na recepção pulando em um pé só. Preenchi a ficha com meus dados pessoais, os dados do convênio e me sentei para esperar.

Na triagem, uma enfermeira magricela me encheu de perguntas antes de me enviar para o raio X.

– Você toma pílula? Tem DIU? Usa algum tipo de método anticoncepcional?

– Não. Nada. – *Mas ela acaba de me lembrar que preciso passar no ginecologista para definir um método anticoncepcional, já que agora minha vida sexual voltou a ser ativa.*

– Quando foi sua última menstruação?

Será que alguém avisou essa mulher que eu vim aqui fazer uma radiografia do dedinho do pé? Sei que até para ser paranoica tem um limite, mas estou começando a achar que essa mulher suspeita que tive uma noitada de orgia e sexo selvagem. Só depois de contar meu histórico sexual para ela, que ouviu incrédula, mas curiosa, todos os detalhes sobre minha frigidez e como Brian era atencioso e resolveu meu problema em apenas uma noite, foi que comecei a desconfiar que ela queria apenas saber se eu estava grávida.

Da sala de triagem fui direto para o raio X, que, por um milagre qualquer, estava vazio. O atendente lá me deu um colete pesado e me ajudou a colocá-lo corretamente, em seguida posicionou meu pé na máquina, saiu e fechou a porta. Como uma Polaroid gigante, a máquina começou a fotografar meu pé em diferentes posições. Não demorou mais que cinco minutos e fui encaminhada para a sala de espera.

Assim que cheguei mancando a uma sala apertada e com poucas cadeiras no final de um grande corredor, fui informada de que o ortopedista tinha saído para um café e iria demorar uns 30 minutos. Somente nessa hora me lembrei de que também não havia tomado meu café da manhã. Pulando e mancando, fui até a lanchonete e pedi um sanduíche de queijo com presunto e um *cappuccino*. Na TV passava a reprise do programa semanal do Dr. Oz, com uma discussão sobre alimentos que podem prevenir doenças. Nem preciso dizer que os 30 minutos de espera passaram sem que eu percebesse. Terminei o lanche e voltei para a salinha no final do corredor.

Não demorou muito para o médico me chamar com meus exames nas mãos.

– *Amanda Loeb*. E lá fui eu, saltitante e feliz da vida, ainda por causa de Brian. Afinal, o que é um dedo quebrado diante do fim de um problema de frigidez?

– E então, doutor, meu dedo está em pedacinhos?

– Não, na verdade eu preciso examiná-la, pois o raio X não mostra nada de errado com seu dedo.

Como não mostra nada? Estou sentindo uma dor insuportável, mal consigo botar o pé no chão e o raio X não mostra nada? Essa máquina deve estar quebrada. Quero uma revisão no exame!

– Doutor, quero revisão no exame. Aquela máquina só pode estar com problemas.

– Isso não é uma prova de biologia. A máquina está funcionando perfeitamente e não precisamos refazer nada. Só me deixe examinar seu dedo, está bem?

– Está bem – o que mais eu poderia dizer? Esses médicos são tão autoritários... Ele se acham. O médico revirou meu dedo de um lado para o outro. A cada estalinho eu soltava um grito de dor. Mas não pensem que ele se importava. Não deu a mínima e continuou me torturando. Quanto mais eu gemia e gritava, mais ele mexia. Eu pensava: *Muito obrigada por me fazer sentir pior, seu desalmado!* E ele dizia: – Dói aqui? E agora? Ainda está doendo? – e eu respondia: – Claro que não, imagina. A dor é quase como arrancar um dente sem anestesia, mas tudo bem, eu aguento! E me convencia de que era forte o suficiente para sobreviver àquela consulta.

– Olha, Amanda – disse ele em um suspiro –, você não deveria estar sentindo tanta dor como está descrevendo, pois o raio X não mostra nada de errado com seu dedo. Tem certeza de que está mesmo com tantas dores? – ele me lançou aquele olhar que eu conheço bem. Aquele que diz: *Você é louca, viciada em codeína, e está aqui no meu consultório tentando me fazer de idiota para conseguir uma receita.* Não aguento esse olhar. Perdi a paciência e quase o mandei para o inferno. Mas eu realmente precisava descobrir o mistério que envolvia meu minúsculo e amado membro.

– Com todo respeito doutor, acordei com uma dor lazarenta no meu dedinho, que, como o senhor mesmo pode ver, está com o dobro do tamanho do mesmo dedo do pé direito. Então, preciso dizer que sou, sim, hipocondríaca, mas meu sofrimento é verdadeiro. A máquina de raio X está com problemas de visão e eu preciso de tratamento agora mesmo!

Se o meu desabafo enfurecido convenceu ou não, eu não sei. Mas saí de lá com a receita de um analgésico leve, o pé enfaixado e uma mensagem de Brian no celular: *Seu cheiro está comigo, te ligo à noite. Tenha um bom dia, pequeno cacto.*

21

Quando abri os olhos preguiçosamente nesta manhã, me dei conta de que o dia da consulta havia chegado. Duas longas semanas de espera se passaram desde o primeiro contato com o Dr. Herman Dean e o agendamento do encontro. Acho que nem preciso dizer que fui consumida pela ansiedade nessas duas semanas. Tive nada menos que um aneurisma, uma perfuração no intestino (eu jurava que minhas fezes estavam indo para outro lugar que não era o caminho para serem expulsas do meu corpo), além da suspeita de pancreatite e da certeza (minha certeza) de uma apendicite. Não me pergunte por que, mas ando obcecada com meu sistema digestivo ultimamente. O mais engraçado é que nenhuma dessas doenças jamais encabeçou minha lista de preocupações. Na lista oficial constam: câncer no cérebro, câncer de mama, câncer de pulmão (eu sei que não fumo, mas e daí?), aneurisma, cirrose, hepatite, meningite e vitiligo (aquela doença que o Michael Jackson jurava que tinha; pois bem, tenho pavor dessa também).

A Pílula do Amor

Mas foi minha suspeita de apendicite que fez Brian levantar às 4h30min da manhã e me acompanhar até a emergência do Cornell. Ele simplesmente não entendeu nada quando, dois dias atrás, acordei sentindo muita dor no abdômen e do lado direito do ventre. Eu nem podia tocar o local, tamanha era a dor que sentia. Corri para o banheiro e senti ardor ao urinar. Relembrei o fato de que na semana anterior tivera vários indícios de que meu intestino defeituoso estava perfurado; bastou isso e uma fração de segundos para eu acordar Brian, totalmente em pânico.

– Acorda! Eu preciso de ajuda. Você tem que me levar ao hospital. É uma emergência.

– O que aconteceu? O que você está sentindo?

– Estou com uma inflamação no apêndice e preciso fazer uma cirurgia urgente.

Ele riu. Uma gargalhada alta e deliciosa. Inacreditável, tanto pela urgência da situação como pelo fato de estar sendo acordado no meio da madrugada – o que me deixaria com péssimo humor.

– Você precisa o quê? – perguntou, sorrindo.

– Eu preciso ir ao hospital agora mesmo. Preciso de um exame de urina, raio X simples do abdômen e, se confirmado meu diagnóstico, e tenho certeza de que será, precisarei passar por uma cirurgia de urgência. Fui falando enquanto organizava alguns objetos pessoas, pijamas e chinelos, coisas que iria usar no período de internação, numa pequena maleta para levar ao hospital.

Brian observava, incrédulo, mas não resistiu. Ligou para um serviço de táxi e pediu que um carro nos aguardasse na frente do prédio. Dez minutos depois eu estava preenchendo as fichas no serviço de emergência.

Na triagem, descrevi todos os sintomas. Contei sobre as suspeitas anteriores, da perfuração no intestino da semana passada. Expliquei que não fora ao médico por acreditar que precisava de mais evidências. Falei isso como se estivesse me justificando, pedindo desculpas à enfermeira por não tê-los procurado antes. Quando finalmente fiquei diante de um médico de verdade, ele fez o óbvio: apalpou minha barriga na altura do umbigo. Enquanto eu gemia de dor, ele continuava os exames preliminares antes de pedir o raio X, essencial para esse tipo de diagnóstico.

– Amanda, você não tem sinais de apendicite. – Disse ele, calmamente, enquanto me apalpava e mantinha o olhar fixo em algum ponto da parede, claramente concentrado.

– NÃO? Como assim? Você nem começou a examinar. Foi tão rápido, como pode ter certeza? Não vai pedir um raio X ou um exame de urina para ter certeza? – eu estava apavorada com a perspectiva de me tornar vítima de um erro médico.

– Amanda, seus ovários estão inchados e seu abdômen também. Quando foi sua última menstruação? Você toma pílula anticoncepcional?

Ah, não! Ele só pode estar brincando. Até parece que uma mulher como eu, às vésperas de completar 30 anos e menstruando desde os doze, não saberia que está na TPM. Isso é ridículo!

– Você está querendo dizer que toda essa dor não passa de TPM? Ou que a pílula que, sim, eu estou usando, está me deixando com essas dores horríveis?

– Estou dizendo que você está com os ovários inchados e que isso pode ser duas coisas. Ou sua próxima menstruação está muito próxima, ou você precisa conversar com seu ginecologista para lhe receitar um novo anticoncepcional.

A Pílula do Amor

Totalmente vencida e sob o olhar crítico de Brian, tive de confessar.

– É, eu troquei a marca do anticoncepcional há mais ou menos 20 dias. Minha médica me recomendou, pois o anterior me deixava muito irritada.

– Pois o caso de sua apendicite está solucionado. Agora pode voltar para casa e tentar dormir. Vou receitar algo apenas para o desconforto, mas acho que você deveria ligar para sua médica e marcar uma consulta urgente para trocar o medicamento. Está bem assim?

Ainda tenho que responder a isso? O cara é um tirano mal-educado. Mas pelo menos desvendou o mistério do meu apêndice e me garantiu que, por enquanto, vou conseguir mantê-lo intacto.

O dia da consulta chegou. Eu ainda estava no escritório tentando ler alguns processos, mas na verdade não conseguia tirar os olhos do ponteiro do relógio na parede. Não o ponteiro que conta as horas, mas o que conta os segundos – era ele que prendia minha concentração.

Estava ansiosa demais para trabalhar. Só Deus sabe há quantos anos venho fugindo dessa consulta. Não queria essa pessoa na minha vida. Essa era a única especialidade médica que não fazia questão de ter em minha agenda. Não achava que precisava de alguém para me dizer o que fazer. Apontar meus problemas e criticar minha condição. Para quê? Eu era feliz. Eu tinha uma vida, uma carreira estruturada, um chefe que me adorava, amigos (não muitos, mas o suficiente), família, uma vida social (nem tanto) e um namorado atencioso e dedicado. *O que mais eu poderia querer?* – eu me perguntava. Porém, em meio aos devaneios e à relutância, eu sabia a resposta. Precisava ser normal. Agir como alguém normal. Alguém que não acordasse o namorado todas as manhãs com a suspeita de uma nova doença. Ou, ainda, que não entrasse em pânico cada vez que constatasse que sua temperatura estava um grau acima ou abaixo do esperado. Alguém que usasse transporte público sem ter taquicardia. Ou que não verificasse a própria pulsação 34 vezes por dia. Trinta e quatro é meu número da sorte. Eu também já estava cansada de tudo isso.

Cheguei ao consultório com pontualidade. Em pé na porta, senti o corpo endurecer. Meu braço rígido não conseguia apertar o botão da campainha do consultório 8C, onde eu deveria encontrar o Dr. Herman Dean. Respirando rapidamente e aos solavancos, percebi que se não me acalmasse teria um ataque cardíaco ali mesmo – o que não seria de todo ruim, pois assim teria uma boa desculpa para não atravessar aquela porta.

Alguns exercícios de respiração, uma bala para aumentar a taxa de glicose no sangue e consegui apertar o botão. Uma voz firme atendeu e sem muitas perguntas me pediu para subir. Assim que desligou, a porta se abriu automaticamente e eu entrei.

O saguão era enorme; nada muito impressionante ou caro, apenas grande. Havia um quadro abstrato na parede e um sofá, diante de dois elevadores. Como eu não estava em condições de fazer escolhas, apertei o botão dos dois. O primeiro a chegar foi o da direita, e de dentro dele saiu um casal com ar de felicidade plena. Não consegui deixar de sentir inveja e comiseração. Apesar de estar com Brian e as coisas estarem indo bem, meus pensamentos compulsivos e nada condescendentes ou otimistas apostavam que minha relação não iria muito longe.

A Pílula do Amor

A cada andar pelo qual o elevador passava, eu me sentia pior. Minhas mãos suavam, minhas pernas tremiam e meu estômago parecia vazio, apesar de eu ter comido duas horas antes. Já no oitavo andar, eu me sentia tão mal que girei o corpo e com a mão tentei segurar a porta do elevador, caso mudasse de ideia e resolvesse fugir dali. Fiquei nessa posição por incríveis 30 segundos. Quando estava desistindo de tudo e com um dos pés dentro do elevador novamente, ouvi a porta do consultório se abrindo e uma voz chamar meu nome.

Agora não tem mais jeito, pensei. Terei de encarar meus medos e meu carrasco. A única coisa que ainda me consolava era a ideia de que, de uma maneira incomum, eu estava no comando da situação. *Comando? É. Você está no comando, Amanda. Pense bem. Você está aqui porque foi forçada a vir. Mas você sabe que precisa disso, então se conforme. Ele é, a partir de agora, o seu analista, mas você está pagando para isso, então você pode fazer isso à sua maneira* (erroneamente eu pensava!). *Os segredos são seus. Se quiser abrir as portas do seu mundinho sujo para ele entrar, você pode, senão não faça! Faça você as perguntas. Mostre a ele quem manda. Tome o controle. Faça com ele o que você faz com seus médicos. Mostre sua segurança, seu conhecimento, diga que não está interessada em conselhos banais e fórmulas prontas. É isso. Você está no comando.*

Funcionou. Cheia de autoconfiança, respirei fundo e me virei em direção à porta aberta. Lá encontrei um homem alto, muito alto, pelo menos dois metros de altura, eu suponho. Idade em torno de 60 anos, cabelos quase totalmente grisalhos, o rosto cravado com rugas profundas, típicas de quem ou sofreu demais, ou não faz a menor ideia do que é um creme anti-idade. No caso dele, talvez as duas coisas. Seu sorriso era amistoso, sua expressão inspirava confiança, o que talvez viesse da sua experiência profissional. Não parecia algo espontâneo. Mas não me incomodava.

– Amanda?
– Sim. Dr. Dean?
– Sim. Mas pode me chamar de Dr. Herman.

Passei pela porta do consultório ainda temerosa, como uma criança entrando na sala do diretor da escola pela primeira vez. Meus olhos percorreram o ambiente em alguns segundos. Havia estantes imensas ao redor, como em uma biblioteca, com muitos livros de vários temas. No centro da sala, dois sofás. Um grande e confortável, de couro preto, já envelhecido, amaciado, mas ainda assim charmoso. Outro menor, uma poltrona apenas, também de couro preto e no mesmo estilo, formando um conjunto. Ele me direcionou para o grande sofá, esperou que eu me sentasse e se sentou na poltrona menor, a minha frente. A meu lado havia uma mesa pequena com um copo vazio e uma garrafa pequena de água mineral. Havia ainda uma caixa enorme de lenços de papel. Cheguei a questionar o porquê da caixa, mas a resposta veio logo a seguir.

Ficamos os dois sentados, esperando que o outro tomasse algum tipo de iniciativa e começasse a falar. Porém, nada acontecia. Nenhum dos dois parecia disposto a quebrar o silêncio e o gelo.

Será que essa é a técnica dele? Me deixar sem graça por duas horas, embolsar meu dinheiro e acabou? Isso é terapia?

Eu fitava as paredes e o teto, enquanto meus dedos apertavam firmemente o braço do sofá. Analisei cada centímetro da sala numa tentativa evidente de ignorar a presença dele. Ele, ao contrário, olhava para mim fixamente com a mão no queixo, como se já estivesse me analisando, e vez ou outra pigarreava para me lembrar de que estava ali.

— Então... Qual a sua linha de trabalho? Quer dizer... você é freudiano? Ou segue algum outro? Sei lá... Melanie Klein? Lacan? Reich talvez?

— Freud. Mas não sou ortodoxo.

— Ah! Sei.

Mais cinco minutos de observação e cansado do meu vai-não-vai, ele resolveu começar de algum ponto.

— Amanda, existe alguma coisa que você gostaria de me contar? — ainda com a mão no queixo.

— Alguma coisa? Não sei, tipo algo errado que eu tenha feito? Tipo coisas feias, pensamentos pecaminosos ou obsessivos, ou coisas que a gente costuma confessar ao padre antes da missa? — falei, ainda sem prestar atenção nele. Eu continuava a fingir curiosidade pelos livros na estante.

— Não. Nada como isso. Coisas do seu dia a dia que a incomodam. Pessoas de quem você não gosta mas com as quais precisa conviver... algo que viu ou ouviu nos últimos tempos que a deixou insegura, ansiosa, estressada ou nervosa... talvez? — quando ele pronunciou a palavra TALVEZ, aumentou seu tom de voz, claramente pedindo minha atenção.

Péssima ideia. Obriguei-me a olhá-lo nos olhos com atenção, e o que vi não me agradou. Meus olhos percorreram rapidamente seu rosto, mas ficaram fixados em um detalhe em especial. Suas orelhas. Ele tinha orelhas enormes, com grandes tufos de cabelos saindo delas. TUFOS ENORMES! Ao contrário do que pensei, que teria vontade de sair correndo dali e nunca mais voltar em um claro ataque de pânico, dessa vez com justificativa plausível, os tufos acabaram sendo um ponto de apoio para mim. Ao observá-los, fui respondendo a todas as perguntas, e depois de algum tempo a conversa fluía tão naturalmente que nem consigo precisar as coisas que disse para ele. Entrei em um transe temporário, como se estivesse hipnotizada pelos tufos, e não conseguia tirar meus olhos dali. Um misto de horror e humor tomava conta de meus pensamentos. Eu falava da minha vida e pensava: *Por que ele não corta esses tufos? Já sei o que darei a ele de presente de Natal. Será que ele é judeu? Se for judeu preciso descobrir o dia do aniversário dele para presenteá-lo, levando em conta que os judeus não comemoram o Natal. Ele não pode mais viver sem um cortador de pelos para o nariz e as orelhas. Não pode.*

Exatos 50 minutos se passaram, o tempo de uma sessão. Acordei de meu transe e percebi que quase acabei com a caixa de lenços de papel. Na saída, no caminho para o elevador, passei por uma parede de espelho e não pude deixar de notar que meus olhos estavam inchados de tanto chorar. A julgar pelo estado da minha maquiagem e pelos meus olhos e nariz vermelhos, devo ter chorado muito.

Sentindo uma leveza na alma, saí para a rua sorrindo. Um estado de relaxamento que jamais havia experimentado antes. E a única coisa de que conseguia me lembrar de toda a consulta eram os tufos de pelos nas orelhas do Dr. Herman. Será que essa é uma nova forma de terapia? Liguei para a Sarah no escritório e lhe pedi que reservasse esse mesmo horário todas as semanas. Não especifiquei o motivo, mas disse a ela que todas as quartas-feiras nesse horário eu estaria indisponível.

22

A segunda consulta foi ainda mais fácil que a primeira, e lá pela quinta até o Dr. Herman já estava achando graça em minhas muitas doenças, casos e ataques e na maneira como eu dramatizava tudo, fazendo parecer engraçado. *Essa é a sua armadura, Amanda, você sabe disso* – dizia ele. Claro que eu sabia, nem precisa ser um gênio para ver isso. Era tão óbvio... fazer graça com minha própria desgraça em vez de sentir autocomiseração fazia minha vida um pouco melhor. Sou hipocondríaca, mas pelo menos ainda tenho senso de humor. No dia em que lhe contei como conheci Brian, pude ver em seu rosto que por baixo da fachada de homem sério e confiável existia um garoto curioso, que se deliciava com a história.

Conforme nossa intimidade aumentava e minha confiança nele também, fui deixando a máscara cair vagarosamente, até que, como um véu fino e transparente deslizando sobre o rosto, um dia finalmente deixei todos os medos e verdades expostos, em carne viva. Contei como me sentia patética por pensar que morreria a cada dez minutos. Mas que não tinha controle sobre isso, ou sobre o fato de sofrer um aneurisma por semana, dois ataques cardíacos, uma suspeita de câncer e uma dúzia de gripes todos os meses. Bem-vindo ao meu mundo, Dr. Herman.

– Como você está se sentindo esta semana, Amanda?

– Tive outro acidente vascular cerebral na semana passada. Eu estava saindo do escritório após um dia excepcionalmente estressante. Deveria ir a um coquetel depois do trabalho, uma espécie de *happy hour* com ambientalistas, advogados e meus colegas, mas não consegui.

– Por que não?

– Eu estava caminhando em direção a minha casa, pensando em tomar um bom banho e vestir uma roupa mais confortável e voltar para o local do coquetel, quando senti uma forte pontada na parte de trás da cabeça. Parei um minuto para tomar fôlego e procurei não pensar no pior. Juro que tentei ser positiva, como o senhor sempre me aconselha. Tentei me controlar e não pensar no pior. Mas era tarde demais. Eu já sentia o lado esquerdo do rosto dormente, depois disso vieram todos os sintomas. Dor no braço, visão embaçada, náusea, tontura, taquicardia e por fim o pânico.

– O que você fez?

– Em outras épocas ligaria imediatamente para mamãe e pediria que pegasse um táxi e viesse correndo, pois eu estava morrendo. Mas dessa vez foi diferente. Eu tinha consciência de que era apenas uma crise de pânico. Então poupei mamãe. Liguei para Brian. Ele atendeu ao primeiro toque, o que, preciso confessar, já me fez sentir melhor só por saber que ele está disponível para mim sempre que eu precisasse dele. Expliquei o que estava acontecendo e como estava me sentindo – fiz uma pausa com os olhos lacrimejantes.

– E o que aconteceu depois?

– Ele me acalmou. Sem remédios, correria ao hospital mais próximo. Nada. Ele só conversou comigo, pediu que eu não ficasse agitada por causa do *happy hour*. Que eu não precisava ir se não quisesse. No final ele brincou e disse que tudo ficaria bem. Ele sempre diz isso. Todas as vezes que preciso me controlar, ele diz: *Tudo vai ficar bem.*

– E fica.

– É como se alguém pronunciasse palavras mágicas nos meus ouvidos. Mas isso também acaba sendo um problema.

– Por que você acha isso?

– Porque eu sou doente. A hipocondria é um distúrbio sério. Sou viciada nisso. Sempre que tenho problemas, me sinto ansiosa ou acuada, preciso arrumar uma desculpa para fugir disso tudo. Daí fico doente. Isso por si só já é horrível. Não quero arrumar outro problema para colocar no lugar, entende?

– Explique melhor.

– Acho que estou trocando a hipocondria pela dependência. Estou ficando dependente do Brian para me sentir melhor, o que, em minha opinião, também é péssimo e me dá muito medo. Porque um dia ele pode não estar por perto quando eu precisar. Ou ele pode terminar comigo, ou pode sumir sem deixar rastro, ou pode morrer como meu pai e...

– Acho que chegamos a um ponto interessante. Você nunca contou nada sobre seu pai.

– É porque não gosto desse assunto. Não mais.

– Podemos falar disso agora ou mais tarde, mas um dia você terá de falar. O que acha de me contar coisas da infância que incluam seu pai?

A Pílula do Amor

— Sabe que hoje de manhã eu acordei com uma dor de garganta terrível? Minha voz quase não saía quando liguei para minha mãe e perguntei a ela se era possível eu ter contraído a gripe suína. Como sempre, ela disse: *Amanda, pare com isso agora mesmo.* Parei de falar com ela e fui buscar ajuda na internet, acessei meu site favorito de busca por sintomas e depois de cinco minutos concluí que não estava com gripe, pois estava ficando rouca rápido demais. Passei a suspeitar de que estava com inflamação nas amígdalas e que as perderia com certeza dessa vez. Elas seriam removidas, e meu corpo, já frágil, perderia mais um pedaço, e isso eu não poderia permitir. Não vou deixar nenhum médico remover minhas amígdalas. Não acredito mesmo nesse papo de que elas não fazem falta. Se não precisamos delas, por que nascemos com elas, então? — *como você pode ver, mudei completamente o foco da conversa.*

Ele achou mesmo que seria fácil tirar de mim uma confissão explícita de minhas dores mais íntimas? Não mesmo! Sei que é um bom terapeuta e que esse é o trabalho dele. Mas não posso me esquecer de que ele é médico, e, como tal, pode fazer parte daquele complô que vai de Nova York a Connecticut (já atravessou para outro Estado, eu sei!) para me enlouquecer.

Desde criança sempre fui obsessiva. Aos cinco anos eu jurava que seria sequestrada. Enquanto os meus amigos estavam preocupados em serem filhos adotivos (quanto a isso nunca tive dúvidas: a certeza absoluta reinava em minha alma), eu pensava que sairia de casa um dia para ir à escola e nunca mais voltaria. Convenci a mim mesma de que meu agressor seria o dentista. Falava tanto disso e com tanta convicção que um dia minha mãe foi confrontá-lo.

Mas notei que era diferente (leia-se: obsessiva, compulsiva e hipocondríaca) mais ou menos aos dez anos, quando meu pai teve o diagnóstico de câncer no cérebro. Mas essa não foi a primeira vez que tive contato com uma doença terminal. Antes foi com o meu avô, que originou os ataques iniciais. Coisas de criança, só para chamar atenção, jurava mamãe. Porém, foi depois da primeira cirurgia de meu pai para a retirada do tumor que me lembro de ter tomado conhecimento de meu problema.

Com dez anos de idade, eu não chorava. Queria resolver o problema. Passava horas intermináveis no hospital. Conversava com médicos e enfermeiras. Sempre interessada em cada detalhe. Pesquisava na biblioteca da escola todos os detalhes da doença para poder questionar os médicos e salvar a vida do meu pai. Eu era incansável. Me tornei familiar não apenas de diagnóstico, sintomas, resultados de exames, mas também de novos métodos de tratamento e remédios. Me agarrava a cada sinal, mínimo que fosse, que pudesse me dar a esperança de trazer meu pai curado para casa. Mas, quando as coisas não iam bem e ele piorava, era eu quem começava a sentir tonturas e fortes dores de cabeça. Durante muito tempo esse era meu escape, minha fuga. Construir minha própria doença me ajudava a fugir da doença de meu pai. Minha mãe, mais uma vez, dividia-se em cuidados entre mim e meu pai e negligenciava Lauren. Até hoje me pergunto como ela não tem sequelas. Não deve ter sido fácil para ela também. Esse é outro ponto que me consome: a culpa.

Depois que ele foi vencido pela doença e faleceu, fiquei convencida de que uma doença terminal poderia atingir qualquer pessoa, não importando sua idade ou situação financeira. Abracei essa ideia e comecei a desenvolver outro tipo de comportamento estranho. Passei a manipular os fatos para conseguir privilégios. Adorava ver os olhos marejados dos professores e das mães de meus colegas enquanto eu contava como era difícil para mim e para minha família lidar com a doença de meu pai e seu fim trágico. De repente, magicamente, eu me via dispensada de tarefas e atribuições na escola e na comunidade. Minha vida se tornara mais fácil e eu usava cada vez com mais frequência minha saúde frágil e meu histórico familiar para me livrar de toda e qualquer tarefa que não me agradasse. É isso mesmo. Sou uma manipuladora. Não acredito que seja uma pessoa ruim por causa disso. Eu não premeditava. Não era uma menina malvada usando a doença do próprio pai e a fraqueza dos outros para conseguir benefícios. Pelo menos não de maneira consciente. Eu também estava sofrendo. Não conseguia me concentrar nas coisas que deveria fazer. Foi o momento mais doloroso da minha vida e não tive suporte emocional. Não consegui digerir o impacto da notícia, o tratamento e a perda. Não consegui assimilar a morte de papai e seguir em frente.

Sei que, contando assim, parece que tive uma infância perturbadora e disfuncional. No entanto, não se esqueça que me especializei na arte de manipular, de emocionar e de me fazer de vítima. Eu sou doente, não se esqueça disso.

Embora os médicos atestassem que minha saúde era perfeita, meus ataques tornaram-se corriqueiros. Eu poderia enumerar mais de cem doenças que consegui desenvolver antes mesmo de completar 20 anos. Eu não sei. Sinceramente não tenho resposta para perguntas como: por que me recuso a acreditar que tenho uma saúde perfeita? Tática de manipulação? Hoje não acredito mais nisso; sou uma adulta responsável e cumpridora de meus deveres, não tenho motivos para usar isso como ferramenta que me facilite a vida. Porque, acredite, hoje não facilita mais. Fuga? Talvez. Fugir do tédio e dos problemas de adulta talvez seja uma resposta. Assim como chamar a atenção para uma questão fundamental: não sou feliz.

Porém, estou cansada. Cansada de viver dessa maneira. Mas tenho esperança de que vou conseguir atingir não a cura, mas o controle de minha doença. Na próxima semana vou começar a frequentar os encontros dos Hipocondríacos Anônimos. O Dr. Herman descobriu esse grupo para mim e sugeriu que eu fosse, como apoio ao tratamento, e eu topei. Se vai funcionar? Não sei. Veremos.

23

Manhattan está uma loucura. O trânsito, como de costume, está infernal. A fila de táxis tomou conta da Quinta Avenida, formando um grande rio amarelo. As pessoas estão malucas e a noite de *Halloween* promete, como em todos os anos, abalar as estruturas da cidade. O clima até agora está ajudando: estamos no meio do outono gelado de Nova York e tivemos duas noites de calor que me fizeram lembrar os meados do verão. Tive até que dormir com as janelas abertas. Entretanto, para meu azar, esqueci de colocar a tela anti-insetos e uma gangue de pernilongos se deliciou com meu corpo sensual, esbelto e provocante (para os pernilongos!). Fiquei toda empelotada, cheia de pintas vermelhas e com uma coceira desgraçada. Já passei tubos de creme antialérgico, e foi o mesmo que passar água. Fui trabalhar usando apenas uma blusa sem mangas e uma saia até o joelho, que, apesar das picadas de pernilongo, me caiu bem. Por precaução, levei um casaco de meia-estação, mas ele não saiu das costas da cadeira. O cara da TV, aquele repórter do topete louro e brilhante, sou fã dele, que todas as noites entra em nossa casa para contar como será o clima no dia seguinte, prometeu que a noite de hoje, 31 de outubro, será maravilhosa. Segundo ele, a temperatura vai subir e fará um calorão, talvez chova um pouco, mas ele disse que serão apenas alguns pingos, depois é só alegria. Veremos.

O *Halloween* é a única celebração coletiva que eu realmente adoro. O fato de precisar sair no meio da multidão ou passar a noite em bares e clubes lotados não me incomoda nem um pouco. Acho que isso se deve ao fato de ser o único dia do ano em que posso exorcizar minha hipocondria e usar até máscara de guerra que ninguém vai reparar.

Lembro-me de quando eu era criança e usava minhas fantasias de princesa (sempre! Agora me diga se é culpa minha eu ainda sonhar com príncipes!), com perucas de vários tamanhos, e saía pela vizinhança enchendo meu baldinho em formato de abóbora com doces, balas e chocolates. Tempos bons que não voltam mais. A única coisa capaz de estragar a minha festa seria comer um doce estragado e parar no ambulatório, vomitando uma meleca colorida e açucarada. Mas graças a Deus isso nunca aconteceu, apesar de todos os anos eu jurar de pés juntos que aconteceria.

Já que o Dia das Bruxas não é um feriado de verdade (como deveria ser), trabalhei o dia todo. A semana no escritório foi a mais puxada dos últimos seis meses. Muitos processos estão sendo agilizados para serem julgados antes do grande feriado de Ação de Graças e do Natal, por isso não consegui sair do escritório nem um minuto antes das nove da noite a semana inteira. Como consequência, ainda não consegui comprar minha fantasia. Mas já programei tudo: vou sair do trabalho lá pelas cinco e vou correndo a uma loja da Ricky's Costume, que, aliás, terá um monte de gente na porta esperando para entrar. Lauren me disse que ontem esperou mais de 40 minutos para conseguir chegar até a porta da loja. Tudo isso para comprar uma fantasia de joaninha para Sophia brincar na festa da escola. Imagine! Quarenta minutos!!! Ai, Deus, me dê a paciência que eu não tenho! Bom, se Deus me mandou para este mundo como um ser desprovido da virtude da paciência, não tem problema, eu passo na farmácia e compro um ansiolítico. Nessas horas serve qualquer um: Lexotan, Nervium, Valium, Rivotril ou Diazepan. O importante é equilibrar minha sanidade mental com o estresse que essa fila, definitivamente, vai me causar.

E foi o que fiz. Finalmente, às 4h50min, consegui dispensar Sarah, redigi o último e-mail da semana e fui correndo para a Ricky's. Como Lauren descreveu, a fila estava lá à minha espera, cheia de gente esquisita. Muitas adolescentes e pós-adolescentes desesperadas por uma roupa sensual e uma peruca loura que as fizessem parecer a Lady Gaga. Muitos *gays,* mulheres, crianças e eu, todos nós apertados numa fila indiana que parecia não ter fim. Porém, para minha total surpresa, a espera foi de apenas 25 minutos. Tive sorte.

Assim que entrei na loja, me deparei com a seguinte situação: a maioria das pessoas ali não tinha, assim como eu, a menor ideia do que gostaria de comprar. Todos circulavam desnorteados pelas prateleiras abarrotadas de fantasias com os olhos girando freneticamente para não perder o que poderia ser o visual apropriado, uma fantasia em potencial. E eu? Fiz a mesma coisa. Corri todas as prateleiras do primeiro andar três vezes. Entre heróis, monstros, bruxas ultrassensuais ou medonhas (não havia meio-termo), máscaras de silicone

A Pílula do Amor

horrendas e um festival de minivestidos *sexy* que iam de piratas e vampiros à fada Sininho (da Terra do Nunca) e à Barbie, não consegui encontrar nada adequado. Então aceitei a sugestão de uma atendente e fui conferir o subsolo. Descendo a escada, encontrei pendurada num canto da parede uma estola de plumas coloridas que me agradou. Eu não sabia exatamente o que queria usar, mas tinha certeza de que queria algo alegre, divertido e sem nenhum apelo sexual para este ano. Afinal, meu problema de frigidez já foi resolvido, e, como tenho namorado, estou tranquila quanto a esse aspecto.

Ano passado me fantasiei de enfermeira. Claro que isso não tem nada a ver com meus traumas, neuras e problemas de saúde. Claro que não! Ao final da noite eu estava exausta de tanto escutar as mesmas piadinhas infames: *você não quer ir cuidar de mim lá em casa?* ou *estou tão doente; preciso urgente de uma injeção de beijo*. Argh! Ai meu sacro-santo-espírito-do--dia-das-bruxas, me socorre. Outra coisa que aconteceu, agora me lembro bem, foi que quase fui parar no hospital por ingerir um doce apimentado, que até hoje não faço ideia de como veio parar na minha boca. Sabe como é... depois do terceiro *shot* de tequila e alguns coquetéis, eu passo a sofrer de amnésia alcoólica. Mas o tal doce de pimenta me rendeu uma indigestão, e passei o fim de semana inteiro como uma rainha, sentada no trono! Bom, acho que não foi bem assim. Na verdade fui da cama para a privada e da privada para a cama, num ritual sem fim, até que aquele veneno fosse completamente eliminado do meu corpo. Não houve remédio que desse jeito no problema.

Peguei a estola de plumas e continuei descendo as escadas. Numa pequena sala que antecedia o salão das fantasias havia alguns pares de sapatos enormes e de bico arredondado. Adorei! Abaixei-me para pegar um par. Eram imensos, azuis com flores cor de rosa, muito alegres. Quando me levantei, pude ver que acima dos sapatos estavam também alguns acessórios que poderiam me transformar em um palhaço multicolorido. No momento em que bati os olhos em um chapéu vermelho que já vinha com uma peruca verde embutida, um grande girassol e luzinhas piscando, tive certeza de que tinha achado o que estava procurando.

Além da estola, comprei o chapéu, o par de sapatos, uma gravata enorme, amarela, com estampa de bolas coloridas, um par de óculos amarelos desproporcionais, um macacão desmedido e também colorido e um *kit* de narizes vermelhos e boleados com meia dúzia de unidades. Acho que nem preciso explicar que nesse ponto minha nosofobia falou mais alto que a razão. É claro que só tenho um nariz, apesar de muitas vezes achar que devo ter algum problema genético em meus canais nasais, que juro que nunca funcionaram como deveriam, o que não me deixa respirar direito e tudo mais. Mas siga meu raciocínio: acho que tem muita lógica, pelo menos para mim. É *Halloween*! As pessoas bebem, trocam de fantasia, usam as máscaras umas das outras e por aí afora. E, como tenho certeza de que alguns engraçadinhos arrancarão meu nariz para usá-lo, não posso correr o risco de me contaminar com uma praga que venha do nariz suado de algum bêbado na multidão. Não podemos nos esquecer de que estamos vivendo sob a sombra da gripe suína, podemos? Bom, eu não posso. Além do mais, num mundo onde você abre o jornal num domingo ensolarado, clamando por boas notícias sobre a economia mundial, e encontra a seguinte manchete: *OMS estima que vírus H1N1 afetará 2 BILHÕES de pessoas no mundo!*, acho que a única saída racional é a hipocondria.

A Pílula do Amor

Saí da loja em menos de uma hora, um recorde, mas ainda assim uma tortura para mim. Totalmente satisfeita com minhas compras, fui saltitante para casa me preparar para a noitada. Marc, Julia e eu já havíamos combinado todos os detalhes. Julia passaria lá em casa com Luca (é, eles finalmente se acertaram), ambos fantasiados de tripulantes da Enterprise, do seriado *Jornada nas Estrelas*. Ele de Sr. Spock, com peruca e orelhas pontudas, e ela de Uhura – eu estava ansiosa para ver. Encontraríamos Marc por volta das 9h30min em algum ponto da Parada em Chelsea. Depois iríamos a um bar lá perto e terminaríamos a noite na TownHouse, um bar *gay* que Marc simplesmente adora. Sei que parece estranho uma garota hetero em uma balada *gay*, mas, acredite, esse programa é diversão garantida! E, como não estou em busca de amor ou sexo, será ótimo me divertir com os amigos. Brian não pode ir: o *Halloween* é um dos dias de maior movimento no restaurante.

O primeiro *shot* da noite aconteceu no Molly, onde nos encontramos. Para meu espanto, Marc estava vestido de Britney Spears. Britney Spears! Me diga se existe algo mais *gay* do que isso. Acho que se vestir de Madonna, Britney ou Priscila, a rainha do deserto, pelo menos uma vez na vida está gravado no *chip* de todo homossexual do mundo, e, como não podia ser diferente, também estava na memória RAM de Marc. Lá estava ele, um homem de 1,90 m de altura, exuberante em seu minúsculo vestido vermelho com franja no decote, saltos altíssimos, peruca loura e, pasme, seios tão grandes que acho que nem a Pamela Anderson já teve um par daquele tamanho.

Meu amigo repórter do tempo errou, e errou feio. A Parada seguiu debaixo de uma chuva torrencial. Demorou menos de uma hora para eu estar parecendo um palhaço triste, com a maquiagem completamente derretida e o chapéu com as abas caídas. O mesmo aconteceu com Marc e sua maquiagem – ele levara mais de uma hora para esconder os sinais da barba. Cansados de tantas Lady Gagas, Michael Jacksons, vampiros e lolitas sensuais, abandonamos a Parada ainda embaixo de chuva e fomos para um bar em Greenwich Village.

Dois *shots* de tequila a mais e o primeiro coquetel da noite. O bar tinha uma pequena pista de dança e um DJ. Marc não aguentou: foi até lá e pediu uma música da Britney. Atendendo aos pedidos de uma multidão, inflamada por Marc, o DJ tocou uma sequência de músicas da cantora. Enquanto a plateia brincava, gritava e aplaudia, Marc fazia uma *performance* perfeita – a própria Britney. Rimos e nos divertimos muito. Mas a ausência de Brian me desanimou. Eu olhava para um lado e lá estava Marc chacoalhando sua peruca loura; olhava para o outro e via Julia e Luca em tantas demonstrações de afeto que chegavam a enjoar. Nunca desejei tanto ter alguém ao meu lado. Alguém que estivesse ali e conseguisse se divertir como meus amigos, me fizesse rir e realmente gostasse daquilo tudo, assim como eu. Um companheiro na alegria, parceiro para todos os momentos. Um melhor amigo para os momentos de confidência ou dificuldades. Enfim, um amor. Eu sei que as coisas entre mim e Brian só estão no começo e que preciso ter paciência para que ele se torne essa pessoa. Mas confesso: sou ansiosa demais, e esperar não é algo que eu consiga fazer sem que minha saúde pague um preço caro por isso.

Já passava um pouco de uma da manhã, e eu estava visivelmente cansada quando chegamos animadíssimos à TownHouse. Na verdade, só a Britney chegou animadíssima. De cara encontramos alguns amigos de Marc, que foi levado pelo pessoal que estava brincando perto do bar. Julia e Luca desapareceram dez minutos depois, aos beijos e abraços – essa é a parte boa de uma reconciliação. Há algumas semanas estavam brigando como

A Pílula do Amor

cão e gato por causa da história do anel. E agora, embora o assunto não tenha sido totalmente superado, estão felizes como dois adolescentes apaixonados. O amor é realmente lindo.

Sozinha, procurei um lugar para sentar perto do bar e me esforcei, muito, para chamar a atenção do *barman*. Imagine. Bar *gay* lotado, em pleno *Halloween*, e eu ainda por cima sou mulher. Conseguir um *drink* nessas circunstâncias se torna quase uma missão impossível. Por sorte o padre a meu lado (um senhor bem apessoado) ofereceu-se para me ajudar. Consegui o *drink* e também um bom papo. Três *shots* de tequila a mais e dois mojitos e lá vou eu me confessar.

– Sabe, comecei a fazer terapia há pouco tempo e estou tendo problemas com meu terapeuta. Não consigo contar para ele a fonte de meus problemas. Não con-si-go abrir o co-ra-ção pa-ra ele, sa-be? (Completamente bêbada e falando pausadamente, eu tentava me explicar.)

– Não se preocupe tanto. A questão aí é mais financeira do que emocional – ele sorriu.

– Financeira? Não entendi – perguntei, completamente confusa e achando que ele estava bêbado demais para manter uma conversa racional.

– Fiz terapia por muitos anos e descobri que, quanto mais você demora para vomitar sua história, seu tormento verdadeiro, mais caro o tratamento fica.

– Ah! Eu não havia pensado por esse lado.

– Eu fazia terapia há seis anos. Um dia fui lá e simplesmente disse: Estou cansando dessa merda toda. Venho aqui todas as semanas há seis anos, deixei o valor do meu carro em consultas periódicas e para quê? Só para me encontrar?

– Mas você se encontrou?

– Olha, Lilly Pop (ele batizou minha fantasia de palhaça infeliz – o infeliz fica por conta da maquiagem escorrida.

Não faço ideia de quantas tequilas ele tomou, mas posso assegurar que foram muitas), para falar a verdade, eu descobri que paguei uma fortuna e gastei muito tempo da minha vida em busca do objetivo errado.

– Como assim?

– Meus problemas começaram na infância. Aos seis anos percebi que era diferente das outras crianças, principalmente dos meninos. Nunca gostei de brincadeiras agressivas, e toda oportunidade que eu tinha eu estava brincando no meio das meninas, e era muito feliz assim. Até que um dia, lá pelos oito anos, meu pai percebeu isso. E, como você pode imaginar, ele não ficou muito contente. Fui criado em uma família muito religiosa. Meu pai era o pastor da paróquia da nossa comunidade...

– Já entendi por que você está vestido de padre.

– Enquanto meu pai trabalhava, eu ficava em casa com minha mãe e mais cinco irmãs. Minha mãe nunca conseguiu enxergar o que se passava comigo. Ela não entendia. Mas um dia meus pais discutiram o assunto e resolveram me mandar para um seminário, achando que isso resolveria a questão.

– Nossa; o que você fez? – eu estava totalmente envolvida na conversa.

– Eu só tinha doze anos. Fiquei no seminário por três anos e, quando me senti seguro o bastante para enfrentar a família, voltei para casa e disse: *Não adianta mais negarmos os fatos. Eu sou* gay. – Seu tom de voz aumentou e seu rosto endureceu ao pronunciar essas palavras.

– O que aconteceu depois? Seu pai tentou matar você? Expulsou você de casa?

– Tudo junto ao mesmo tempo, querida. Foi um verdadeiro Deus-nos-acuda. Demorei muito tempo para me recuperar. Quando resolvi fazer terapia, achei que isso me ajudaria a encontrar a mim mesmo. Ou fecharia essas cicatrizes do

A Pílula do Amor

passado. Mas um dia acordei e percebi nitidamente que o que eu queria não era me achar. Eu queria me aceitar e me *perder*! – disse ele, se esbaldando em uma gargalhada.

– Entendo.

– Então, querida, não se preocupe tanto. As respostas chegarão a seu tempo. Só relaxe e conte o que tiver vontade de contar. Mas, mudando de assunto, você percebeu que o Coringa não tira os olhos de mim? (Ele apontou para um cara jovem, com um belo corpo, mas a beleza do rosto indecifrável, coberta por uma maquiagem perfeita do Coringa, como no filme *Batman*.)

– Acho que você está certíssimo. Ele parece bastante interessado.

– Então me dê licença, querida. Acho que vou me *perder* ou me encontrar nos braços dele agora mesmo! – ele partiu, deixando-me com um copo de mojito pela metade nas mãos e um vazio na alma. Só podia ser uma coisa: saudades de Brian.

Deixei Julia se atracando com Luca em um canto da TownHouse e Britney dançando empolgada com Madonna. Fui até o restaurante de Brian; queria encontrá-lo para fazer uma pequena surpresa. Chegar lá com minha fantasia de palhacinha... um pouco embriagada, mas disposta a ajudá-lo a fechar o restaurante. Então fui ao banheiro, retirei a maquiagem, passei batom e me joguei no primeiro táxi que encontrei. Quando cheguei, ele estava perto da porta, conversando com o casal da Família Adams, Mortícia e Gomez, que terminavam o jantar. Assim que me viu, abriu um imenso sorriso e veio até a porta. Me beijou carinhosamente. Fechamos o restaurante e ficamos lá. Na bancada central da cozinha, comemos queijo, tomamos vinho e fizemos amor. Ops! Este último era para ser segredo.

24

Já repeti 272 vezes a frase favorita do meu namorado amoroso (*Amanda, tudo ficará bem!*) para me acalmar, mas preciso dizer: Não está funcionando.

Brian pulou em um avião rumo a Paris 72 horas atrás, me deixando aqui, sozinha com Ali. Como todos sabem, minha relação com esse cachorro nunca foi das melhores, mas, por amor a Brian, ambos, eu e Ali, tentamos manter a cordialidade no convívio diário. Mas sem Brian por perto não consigo nem imaginar o que esse cão pode fazer contra mim.

Quando perguntei pela quinta vez se ele realmente achava que essa seria uma boa ideia, ele perdeu a paciência – e olha que ele tem muita –, pegou o telefone e ligou para um hotel para cachorros pedindo que alguém viesse buscar Ali para uma temporada de sete dias.

Consumida pela culpa e sem querer desapontá-lo, eu erroneamente recuei e disse que não precisava. Eu posso fazer isso. Afinal, era apenas uma semana, e uma mulher adulta, inteligente e bem informada como eu poderia cuidar de um cachorro, mesmo tendo sido o seu agressor. Nós ficaremos bem! – informei, tentando transmitir alguma empolgação. Já estava na hora de eu superar o passado e tentar viver numa boa com o melhor amigo do meu namorado.

– Se ele der muito trabalho, ligue para o hotelzinho e peça para alguém vir buscá-lo, ok? – parecia preocupado. – Converse com Kathy; ela já nos conhece e sabe exatamente o que fazer.

– Não precisa se preocupar, juro. Nós ficaremos bem – eu tentava arduamente convencê-lo e a mim mesma de que a ideia não era completamente maluca.

Eu teria de ficar uma semana inteira sem Brian, o que por si só já era bem difícil de aceitar. Desde que começamos a namorar, criei certa dependência em relação a ele. Gentil, carinhoso e atencioso ao extremo, ele sempre consegue me acalmar no meio de uma crise. Isso tem tornado a vida de minha mãe e de minha irmã mais fácil também. Agora, sem mais nem menos, ficarei sem meu apoio emocional por uma semana inteira, e, para piorar, ficarei na companhia de um cachorro que me odeia.

Brian foi chamado com urgência a Paris. Ele conseguiu um grupo de investidores para abrir uma filial de seu restaurante por lá. As obras começariam na próxima semana, mas parece que o arquiteto está atrasado com o projeto, além de vários outros problemas com a documentação que também podem atrasar a obra. Então Brian, cansado das desculpas dos seus advogados, empreiteiros e outros, resolveu pegar o avião e solucionar os problemas por conta própria.

Uma semana! Eu estarei bem. Tenho certeza. Sete dias. O que são sete dias? Eu dizia em voz alta para convencer-me de que conseguiria cumprir a tarefa de ser babá do pitbull por uma semana. Quando Brian voltasse, Ali estaria vivo, bem e vendendo saúde. Eu esperava que o mesmo acontecesse comigo. Nem contando com estar bem e com saúde (isso seria pedir demais) ao final dessa semana. Se estivesse com todos os membros intactos e colados ao corpo, já estaria no lucro.

Os dois primeiros dias transcorreram em ordem. Trabalhei normalmente. Deixava a comida de Ali e água em quantidade suficiente para o dia todo e, na volta, dava a ração especial para o jantar. À noite, saíamos para dar uma volta. Ele fazia as necessidades na rua, eu recolhia e voltávamos para casa acabados, mas alguns gramas mais leves, devido ao gasto calórico da caminhada pelo parque; ele, aliviado e feliz.

Antes de dormir eu lhe dava uma dose extra da ração. Brian me deixou ordens expressas para não fazer isso, pois o veterinário disse que Ali está acima do peso ideal para sua idade e tamanho. Mas tive de desobedecer. Não posso arriscar dormir com esse cachorro enorme e faminto ao lado de minha cama. Imagine se ele acorda delirando de fome e confunde meu braço com um pedaço de peru suculento? O veterinário que me desculpe, mas Ali será bem alimentado todas as noites desta semana. Qual o problema de um cachorro se tornar obeso? Ele está procurando uma noiva, por acaso? Vai investir na carreira de modelo? E depois, se ele precisar de uma força para emagrecer, posso dar sibutramina para ele (eu acho!).

No terceiro dia comecei a implicar com a presença dele. Meu lado obsessivo clamava por um pouco de ordem em casa, sempre imaculadamente limpa. Mas agora havia ração acumulada por todos os lados. Ali havia derrubado a vasilha de água, molhando e manchando todo o tapete, e isso, claro, não me deixou contente. A cada dia que passava a ansiedade do animal aumentava, e na mesma proporção aumentava minha preocupação sobre o que ele poderia fazer com meu pescoço enquanto eu dormia. Achei melhor tomar a iniciativa e fazer algo para ele se sentir melhor e menos agitado. Daí surgiu a brilhante ideia *vamos a um* spa *para cachorros*.

Passei horas na internet pesquisando lugares que oferecessem coisas como massagem para animais, manicure e pedicure (as unhas de Ali estão um horror), dentista (o hálito do bicho é de matar!) e também, além desses serviços, algumas roupas da moda. Marc me deu a dica de um lugar incrível e bem frequentado. Parece que é lá que as celebridades que vivem em Nova York levam seus *pets* para tratamentos de beleza.

– Alô. Eu gostaria de marcar hora para banho relaxante, massagem, dentista, manicure e pedicure.

– Qual o nome?

– Amanda Loeb.

– Amanda é gato ou cachorro? Qual a raça?

– Não. Amanda sou eu.

– Qual o nome do *pet* por favor?

– Ah... uhummm... desculpe. O nome é Ali. Ele é um cachorro, a raça é pitbull.

– Banho e tosa?

– Não, apenas banho relaxante. Acho que ele está estressado, sabe? E eu li no site de vocês que o banho relaxante é ótimo para...

– Qual a idade do Ali?

– Quatro anos, acho. Isso é relevante?

– Você precisa que alguém vá buscá-lo?

– Não, eu mesma posso levá-lo até aí.

– Eu tenho horário amanhã às nove, segunda às duas e quarta às cinco. Ele ficará conosco por aproximadamente cinco horas.
– Pode ser amanhã às nove, está perfeito para mim.
Dei uma rápida olhada na agenda e defini tudo mentalmente. Acordaria cedo, daria a ração para Ali, tomaria meu café da manhã e sairia para deixá-lo no *spa*. Trabalharia na parte da manhã, deixaria o almoço para o final da tarde, comeria algo rapidamente, passaria no spa, pegaria Ali e o levaria para casa. Daria tempo de voltar ao escritório e trabalhar por mais umas três horas antes de encerrar o dia. Isso tudo seria possível se o trânsito estivesse a meu favor. Afinal, apesar de o escritório ficar ao lado de casa, eu teria de atravessar a cidade para ir até o spa.

O despertador tocou e a correria começou instantaneamente. Ali colaborou como uma criança alegre e ansiosa. Parecia até que estava adivinhando que teria um dia de príncipe. Brian talvez não aprovasse a história toda, então resolvi manter segredo. Compartilhar segredos faz com que se instale certa cumplicidade entre duas pessoas. Assim sendo, Ali e eu poderíamos nos considerar mais íntimos agora. Eu não contaria a Brian sobre o spa e Ali também não, então tínhamos um pacto de silêncio que manteríamos até o fim, custasse o que custasse.

O plano seguiu como esperado. Deixei Ali para seu dia de beleza e fui para o trabalho convicta de que dia desses eu precisaria gastar US$ 250 comigo em uma jornada semelhante.

Dois dias depois Brian estava de volta, e, para sua total felicidade, encontrou Ali e eu vivendo como bons amigos, em perfeita harmonia. O que um dia de beleza não faz, não é mesmo? Até para um pitbull!

25

Tenho pensado muito em morte ultimamente. Na morte de Michael Jackson, de Britanny Murphy, ambos muito jovens, e principalmente em minha própria morte. Como Madonna já disse, entre Michael e eu existia muitas coincidências e um quê de inveja também – de minha parte, não de Madonna, claro. Não porque ele fosse o rei do pop, um cantor brilhante e um bailarino excepcional e eu apenas uma advogada hipocondríaca tentando salvar o mundo e fazer meu trabalho ter sua importância reconhecida pela minha mãe, orgulhosa de sua cria, ou pelo meu chefe, satisfeito com meu desempenho. Mas pelo simples fato de que ele ostentava suas máscaras antigermes para o mundo inteiro ver e mesmo assim não era considerado ridículo por causa disso. Era uma questão de estilo. Ai, que inveja! Uma pena que não tenha virado moda. Quem me dera poder entrar no metrô e ninguém reparar que estou usando máscara, camisa preta de manga longa, luvas e tudo mais em pleno verão. Mas mi-

A Pílula do Amor

nha angústia não para por aí. Se até ele, o Rei, o CARA, teve uma morte trágica e prematura, Deus meu, o que acontecerá comigo, que nem título de nobreza tenho?

Por falar em nobreza, a doença que venho sofrendo, francamente, é deplorável, desagradável e nem um pouco charmosa. É difícil mencionar em voz alta o momento pelo qual estou passando. Gostaria de ter orgulho suficiente e boca pequena para manter isso em segredo, mas como sempre o pânico e a aflição tomam conta do meu ser. E lá vou eu contar para Brian o que está acontecendo, após ele interromper meus devaneios sobre a morte com mais de 82 batidas na porta do banheiro, pelo que pude contar até agora.

– Brian, por favor, me deixe um em paz por um minuto. Estou com problemas gastrintestinais e não gostaria de compartilhar isso com você. Um casal, mesmo quando se entende muito bem, também precisa de individualidade e um pouco de privacidade – bufei.

– Amanda, só estou preocupado. Você já está nesse banheiro há 40 minutos. O que está acontecendo? Tem algo errado? Abra a porta, por favor.

– Não posso.

– Por que não? O que está havendo, Amanda? Vou arrombar a porta, juro – ouvi um risinho abafado após esta última frase.

Como eu poderia explicar a meu namorado que estou com problemas no meu... Ai, que droga. Nem consigo dizer isso em voz alta para mim mesma. Como poderei explicar para ele?

Tudo começou há uma semana. Faz uma semana que venho alternando dias de diarreia leve e constipação. Não tinha dado muita importância ao assunto, afinal sou mulher, e que mulher nesse mundo imenso nunca teve uma semana assim?

Mas hoje, devo dizer, o câncer no intestino está assombrando minha imaginação pra lá de fértil. Pela manhã, acordei feliz da vida. Tive uma noite incrível de sexo selvagem com o homem mais lindo e carinhoso da face da Terra. Eu sei que parece coisa de mulher apaixonada. Mas estou apaixonada mesmo, e daí? Isso é bom demais. Julia vive dizendo que, quando falo de Brian, minha empolgação é tamanha que o triângulo formado pela minha boca e por minhas bochechas parece um coração. Imagine isso.

    Fui para o banheiro escovar os dentes e colocar as toxinas para fora. Assim que sentei no vaso, a constatação: estou constipada outra vez. Não sou do tipo que força as coisas, sabe? Prefiro maneiras mais eficientes e menos dolorosas para resolver esse tipo de questão. Um dia inteiro de dieta de frutas e iogurte, por exemplo. Mas, sinceramente, essa manhã eu estava sem paciência e resolvi que o bom e velho gemido, juntamente com contorções abdominais e um pouco de força, daria conta do recado. Forcei. Forcei tanto que senti toda a elasticidade de meu ânus (pronto, falei!) sendo testada em grau máximo. Após uma dor infeliz, o alívio. Blocos rígidos de uma coisa indescritível (por respeito a você) foram caindo pesados no vaso. Bastou um exame rápido no material e fiquei apavorada. Sangue. Só isso já era motivo de alarme. Muito sangue em minhas fezes. Não consigo explicar o trauma envolvido nesse processo. Fiquei em choque, paralisada e com vontade de chorar. Passei quase 30 anos neste mundo e nunca fui vítima de algo assim. E agora? Como vou conviver com isso? Um câncer era algo que eu já esperava ter um dia. Tinha pesadelos com isso desde criança. Mas um câncer decente, que preservasse o mínimo de minha dignidade. Mas isso era ridículo. Um câncer no intestino era algo

A Pílula do Amor

com que eu não poderia lidar. Como poderia contar a meus amigos? Todos me olhariam segurando o riso, tenho certeza. Em vez de compaixão, eu seria vítima de gozação.

Depois de muita insistência, abri a porta para Brian entrar.

– O que você tem? – ele parecia realmente preocupado.

– Dores abdominais severas, constipação e sangue nas minhas fezes – *minha santa mãezinha, não acredito que acabei de dizer isso a meu namorado lindo e fofo.* – Não sei o que fazer. Estou apavorada. Acho que estou com câncer no intestino – resumi.

Ele me olhou com toda a calma, um sorriso leve no rosto, e disse:

– Você nunca pensa em uma doença simples e menos fatal? Hemorroida, por exemplo?

Hemorroida? Meu namorado é um gênio. Não entendo como ele não fez faculdade de medicina; é um talento nato. Como uma luz mágica, a ideia de Brian me iluminou a mente. Corri para o computador e acessei minha página favorita de diagnósticos na internet. Entre tantos que conheço, adoro o *ABC da saúde*. Dei uma busca por hemorroidas e lá estava tudo que eu precisava saber.

Hemorroida é a condição na qual as veias que normalmente existem na borda do ânus, no final do reto e no canal anal se tornam dilatadas ou inflamadas. Pode ser interna ou externa e existe em quatro graus.

Imprimi a página que listava todos os sintomas e voltei correndo para o banheiro com a lista e um espelho pequeno. Tranquei a porta rapidamente, antes que Brian pensasse em me acompanhar, e iniciei o autodiagnóstico. Segurando o espelho em uma das mãos e a folha com os sintomas na outra, fui examinando cada milímetro de minha intimidade.

Nunca tinha reparado nessa parte antes. Muito interessante, preciso dizer. Fiquei íntima de meu ânus em alguns minutos de observação. E até que o achei muito simpático. Passo a passo, fui analisando meus sintomas, buscando algo que justificasse aquilo tudo. O aspecto estava normal. A cor estava normal. Apenas um detalhe ainda me preocupava. Uma parte da borda parecia saliente demais. Pronto! Já achei o sinal de anomalia que tanto procurava. Voltei minha atenção para a lista de explicações e fui seguindo os itens até descobrir coisas aterrorizantes.

Primeiro grau: A hemorroida aumenta de tamanho, mas não pula para fora do ânus.

Segundo grau: A hemorroida pula para fora do ânus durante a evacuação e volta voluntariamente para dentro após esta.

Aqui, uma observação. A minha não voltou voluntariamente. Motivo de preocupação? Não sei. Pelo sim, pelo não, estou em pânico.

Terceiro grau: A hemorroida pula para fora do ânus na evacuação e volta para dentro após esta (como já constatei, a minha não voltou). Caso não volte, você pode empurrá-la para dentro com seu dedo. E ela deve ficar lá dentro.

Que coisa mais nojenta! Que situação degradante. Acabei de evacuar, agora vou ter de tomar um banho e colocar o dedo no meu (...) para colocar minha hemorroida rebelde para dentro simplesmente porque ela se recusa a colaborar e fazer seu trabalho sozinha. Que mal eu fiz? Devo ter sido uma pessoinha muito cruel na outra encarnação. Só pode ser isso.

Quarto grau: Se a hemorroida fica sempre para fora e, mesmo quando colocada para dentro, torna a sair, procure um médico. Você pode ter um problema real e talvez precise de uma cirurgia.

Procurar um médico? Para falar de um problema constrangedor como esse? Quem escreveu esse artigo só pode estar de brincadeira. Não me atrevo a ir ao médico com uma queixa dessas. A última coisa que quero é passar novamente por uma colonoscopia, anuscopia, retossigmoidoscopia. Sim, eu sei, os nomes são horríveis, não é? Então nem queira saber como é passar por isso. Não mesmo. Os médicos por enquanto estão fora de minha lista de soluções. Vou tentar usar o dedo como ferramenta e quem sabe, com um pouco de sorte, resolver tudo em casa mesmo.

Quando acabei o *checklist* para hemorroidas, já estava me sentindo o Corcunda de Notre Dame. Sentia dor nas costas, dor de cabeça e uma indescritível dor muscular nos braços. Tomei um banho caprichado e lavei cuidadosamente a região do meu problema de saúde. Ali mesmo, no box, fiz a primeira tentativa de colocar minha hemorroida para dentro. Infelizmente, minhas unhas estão grandes, o que dificulta a manobra, além de tornar tudo muito doloroso.

Depois da quarta tentativa frustrada – por favor, alguém me mate agora! –, não tive dúvidas: já estava humilhada, frustrada e em total desespero. Analisei os acontecimentos e decidi que entre um vexame (já passei por vários) e uma colonoscopia eu prefiro ficar com o primeiro. Chamei Brian e pedi o dedo dele emprestado.

Nem preciso dizer que a situação toda já era péssima e que, quando Brian teve um acesso incontrolável de riso, tudo ficou ainda pior. Assim que conseguiu parar de gargalhar, me fazendo sentir um ser lastimável e digno de pena, o dedo dele foi de grande ajuda.

Passei alguns dias com sensações desconfortáveis naquela área; mal conseguia me sentar. Se a cadeira fosse dura, então, pai amado! Mas eis que finalmente a hemorroida resolveu parar de ter preguiça e voltou a trabalhar sozinha, o que foi um alívio que nem posso mensurar.

Só tem mais um problema que preciso resolver com relação a essa história toda. Brian realmente precisa fazer a proposta e se casar comigo. Caso contrário, terei de matá-lo. Definitivamente, não posso deixar viva a testemunha de um episódio como esse. Desculpe, não posso. Já estou pesquisando na internet alguns tipos de envenenamento que não deixam rastro e não causam dor. Afinal de contas, o amor é lindo e não quero que Brian tenha uma morte lenta ou sofrida. Apesar de seus comentários maldosos sobre minha tragédia pessoal e após resmungar que, do jeito que as coisas andam, ele vai precisar fazer um curso de enfermagem se quiser continuar comigo.

26

– Oi. Meu nome é Amanda Loeb e sou hipocondríaca. Para a maioria das pessoas, boca seca é sinal de sede, mas eu consigo facilmente associar isso a um sintoma de leucemia. Essa sou eu, sempre tentando controlar meus pensamentos obsessivos e atos compulsivos. Há dois meses faço terapia e preciso confessar que está ajudando muito. Hoje ainda não verifiquei minha pulsação e tentarei não fazê-lo. Meses atrás eu fazia isso 34 vezes por dia. Ontem fiz apenas 15, o que é um grande avanço. Há pelo menos dez dias não leio absolutamente nada sobre doenças. Não. Minto. Acessei um site sobre autodiagnóstico três dias atrás, mas apenas para verificar se é verdade que mulheres que não comem carne têm deficiência de proteína, por isso podem perder mais cabelos e eles também ficam opacos, sem brilho e as unhas ficam fracas. E pasmem! Descobri que é verdade. *Nesse momento senti todos me olharem com alguma estranheza, até mesmo com repulsa. Então resolvi voltar ao meu discurso de apresentação e ao foco inicial.*

A Pílula do Amor

Não entro em uma farmácia há pelo menos três semanas, e, quando preciso de algo, praticamente me seguro na cadeira e peço a Brian, meu namorado, para comprar para mim. *Apontei para ele, que estava sentado na última fileira.* Ele veio comigo hoje porque é meu primeiro dia, e sabem como é. Estou me sentindo como uma criança no primeiro dia na escola. Fico ansiosa, o que me faz pensar em doenças e remédios, então estou realmente nervosa e precisando de apoio. *Todos olharam para trás e lá estava ele, lindo, sorrindo e dando um aceno simpático.* Ainda não consegui passar um dia sequer sem tomar remédio. Ontem mesmo tomei dois analgésicos e um antibiótico, pois tenho tido muita dor de ouvido e é certeza, por mais que os médicos atestem o contrário, que estou com uma baita otite. É isso mesmo. Também não confio nos médicos, muito menos em seus diagnósticos. Mas acho que isso acontecerá em breve. Entendo que isso é parte integrante da cura. Preciso desenvolver confiança nos profissionais de saúde, afinal eles salvam vidas todos os dias, não é mesmo? Sei que vai demorar um pouco para que eu possa festejar meu primeiro mês sem remédios, o terceiro, e assim por diante, até que um dia receberei como muitos de vocês minha pílula de ouro, simbolizando um ano sem um ataque de ansiedade, um surto ou uma doença fictícia. Para falar a verdade, estou bem ansiosa para isso. O que é muito contraditório, pois a ansiedade é meu gatilho. Fico ansiosa, meu corpo fica doente e preciso tomar remédios para me controlar. *Acho que essa doença é uma roda gigante descontrolada – pensei, mas não falei; não queria parecer pessimista no meu primeiro dia.* Há algum tempo não sofro um ataque de pânico. Há semanas não acho que vou ter um ataque cardíaco, um aneurisma ou uma crise hepática. *Fiz uma pausa para respirar e continuei.* Também não acho mais que cada célula do meu corpo é um câncer em potencial, muito menos que estou sofrendo de algum tipo de doença degenerativa. Não tenho Alzheimer, não tenho Parkinson, artrose, osteoporose... *Passei alguns minutos listando as mais de vinte doenças que achei que tive no último ano.* Apesar de achar que um dia ainda terei todas essas doenças, procuro me controlar. Já fiz mais de cem tomografias computadorizadas, mais de 160 ultrassons, pelo menos duas mil consultas médicas. É sério, eu posso provar – *disse eu, orgulhosa.* – É isso. Estou aqui porque sei que preciso de ajuda. A hipocondria é minha droga. Não experimente; me viciei e pirei. Tudo aconteceu rápido e ao mesmo tempo. Não sou melhor que um viciado em crack ou heroína. Tenho uma família maravilhosa, que sofre muito por minha causa. Quase arruinei minha vida financeira e perdi muitos amigos. Tenho um bom emprego, uma ótima carreira e sei que tudo isso está em risco. Eu tenho também um namorado amoroso e dedicado que está me ensinado muito com sua paciência e compreensão. Vocês não vão acreditar, mas há alguns dias ele estava muito misterioso, o que obviamente me deixou muito insegura e perturbada (muito fácil de acontecer!). Ele sumia duas noites por semana, e eu sabia que não estava no trabalho. Então comecei a ficar atormentada com a ideia de que ele poderia ter arrumado outra pessoa. Vocês sabem, tipo uma pessoa normal. Quando eu já estava à beira de um colapso nervoso, ele apareceu com um certificado. Tinha passado todas aquelas semanas em um curso sobre a manobra de Heimlich! Ele não é um fofo? – *disse, toda animada, enquanto olhares afáveis caíam sobre Brian, que ostentava um sorriso orgulhoso.* – Por tudo isso, preciso fazer o que estiver ao meu alcance para ficar bem. Hoje é meu aniversário, 30 anos, e espero sinceramente viver pelo menos mais 30 felizes e saudáveis anos – *foi assim que terminei meu primeiro discurso nos Hipocondríacos Anônimos, com os olhos marejados e sob intensa ovação dos que me ouviam, entre eles Brian e minha mãe.*

A Pílula do Amor

Assim que terminei, tive uma imensa surpresa. Entraram pela porta Julia, Sarah, Robert, Elizabeth, que se recupera rapidamente do tratamento e já está muito bem, Marc, Lauren, Eric e Sophia, que trazia em seus bracinhos um bolo de aniversário com duas velas: 3 e 0.

Imediatamente comecei a ouvi-los cantar "parabéns a você"! *Mas eu odeio aniversários.* Tudo bem, preciso admitir que fiquei muito emocionada e até chorei. Foi o melhor aniversário da minha vida. Estar no meio de pessoas queridas, que me amam e me ajudam, é o melhor presente que eu poderia ganhar.

Brian esperou que todos se servissem e me cumprimentassem e só depois se aproximou. Ele estava especialmente lindo em seu jeans surrado, camiseta polo rosa bebê e tênis. Colocou as duas mãos juntas, em formato de concha, na minha frente. Eu sorri de orelha a orelha, tentando imaginar o que seria revelado ali. Ele foi abrindo as mãos lentamente, e, quando se abriram completamente, vi uma pequena caixa azul da Tiffany com um laçarote de fita prateado. Peguei a caixa com a ansiedade de uma criança em dia de Natal. Quando comecei a desatar o laço, ele segurou as minhas mãos e disse no meu ouvido, só para eu ouvir:

– Eu te amo! Eu realmente te amo!

Abri o sorriso mais largo de minha existência. Estava em êxtase. Continuei abrindo a caixa e vi um brilho que apenas os metais preciosos conseguem ter. Um colar de ouro com pingente de letras onde se podia ler AB. Que romântico. Como ele é romântico.

– Que lindo! Amanda e Brian... – suspirei.

Ele sorriu:

– Não.

– Não? O que é não? Não significa Amanda e Brian? – Perguntei, surpresa.

– AB. Seu tipo sanguíneo – ele disse, sorrindo, enquanto eu pulava em cima dele para beijá-lo.

Agradecimentos

Agradeço a todas as pessoas que colaboraram direta ou indiretamente com este livro. Muito obrigada pela paciência que tiveram comigo quando por algumas (poucas!) vezes incorporei a Amanda e fiquei ligeiramente fora de controle. Desculpem-me por isso. Entre elas: Priscila Feitosa, Daniela Alves, Luciana Razente e Rick Pacelly. Todos novos amigos, que me acolheram e me fizeram sentir em casa, quando na verdade estava a milhares de quilômetros de distância.

Em especial, quero agradecer a David M. Forestieri, por ser meu anjo da guarda em Nova York, cidade que adotei para morar nos últimos dois anos, e também por tornar meu inglês fluente (ou, no mínimo, compreensível!). David, muito obrigada, nunca vou esquecer!

Agradeço também aos meus amigos de longa data José Antonio Pinotti, Mônica Xavier, Paula Monzani, Kathleen Makhohl, Claudio Thadeo, Luciano Thadeo, Lúcio Flávio Baúte, a meu pai, Gomes, e a meus irmãos, Bruno e Wellington, por me escutarem e por me incentivarem a continuar quando só queria desistir e voltar. A minha mãe, que deve estar no céu assistindo, incrédula, às minhas aventuras; também consegui sentir o apoio dela nos momentos difíceis.

Gostaria de agradecer a Soraia Reis, Roberto Raimundo e Paulo Rocco, que acreditaram no projeto deste livro desde o início. E a toda a equipe da Editora Prumo pelo trabalho maravilhoso e pelo resultado da obra. Parabéns! Vocês foram ótimos.

E, finalmente, gostaria de agradecer às minhas leitoras, que sempre falam dos meus livros com imenso carinho. Amo vocês!

Muito obrigada, de coração. Sou muito feliz por tê-los em minha vida!

Este livro foi impresso pela Prol Editora Gráfica
para a Editora Prumo Ltda.